Conan Doyle
Abenteuer aller Art

—

GESCHICHTEN

BAND I

SIR ARTHUR CONAN DOYLE

Abenteuer aller Art

HERAUSGEGEBEN, ÜBERSETZT,
MIT EINEM NACHWORT UND ANMERKUNGEN
VERSEHEN
VON
REINHARD HILLICH

HAFFMANS VERLAG

Umschlagbild von
Friedrich Karl Waechter

1.–6. Tausend, Frühling 1993

Satz: Jung Satzcentrum GmbH, Lahnau
Herstellung: SGB Schauenburg, Schwanau
ISBN 3 251 20134 4

Inhalt

DAS GEHEIMNIS DES SASASSATALS

Ob ich weiß, warum Tom Donahue nur ›Glückspilz Tom‹ genannt wird? Jawohl, und das können neun von zehn Leuten, die ihn so anreden, nicht von sich behaupten. Ich habe mich ziemlich herumgetrieben in meinem Leben und allerhand seltsame Sachen gesehen, aber das Seltsamste war, wie Tom zu seinem Glück und zu diesem Spitznamen kam. Denn ich war dabei damals.

Ich soll erzählen? Gewiß doch, aber die Geschichte ist nicht gerade kurz und äußerst seltsam; am besten, Sie füllen sich Ihr Glas noch mal und stecken sich eine neue Zigarre an. Eine merkwürdige Sache, wirklich, sie übertrifft manches Märchen, das mir zu Ohren gekommen ist; aber wahr, Sir, jedes Wort! Es leben noch Leute in der Kapkolonie, die sich daran erinnern und alles bestätigen können, was ich erzähle. Die Geschichte hat die Runde gemacht am Feuer in den Burenhütten, vom Oranjestaat bis nach Griqualand; ja, und auch draußen im Busch und auf den Diamantenfeldern.

Man sieht es mir nicht mehr an, Sir, aber ich habe mal die Universität besucht und Jura studiert. Tom war einer meiner Kommilitonen – leider, muß ich sagen, denn wir beide hatten dort eine stürmische Zeit, bis unser Geld verjubelt war. So mußten wir unser sogenanntes Studium aufgeben und uns nach einem Fleckchen Erde umsehen, wo junge Kerle mit starken Armen und kräftiger Konstitution es zu etwas bringen konnten. Damals hatte die Auswanderungswelle nach Afrika noch gar nicht richtig begonnen, deshalb rechneten wir uns die besten Chancen unten in der Kapkolonie aus. Nun, um es kurz zu machen: Wir setzten Segel und landeten schließlich in Kapstadt, mit weniger als fünf Pfund in den Taschen; dort trennten wir uns. Jeder versuchte sein Glück in vielerlei Dingen, erlebte Erfolge und Rückschläge.

Als wir uns nach drei Jahren zufällig im Hinterland wieder begegneten, ging es uns fast so dreckig wie bei der Ankunft.

Also keine Spur von dem Aufstieg, den wir uns erträumt hatten; wir waren ziemlich entmutigt, so entmutigt, daß Tom davon sprach, nach England zurückzukehren und einen Posten als Bürodiener anzunehmen. Wissen Sie, damals ahnten wir nicht, daß wir erst unsere Luschen ausgespielt hatten und noch nicht die Trümpfe. Wir dachten, wir hätten durchweg schlechte Karten. Es war eine sehr einsame Gegend, wo wir uns damals aufhielten, nur vereinzelt von Farmern bewohnt, deren Häuser mit Palisaden und Zäunen bewehrt waren, zum Schutz gegen die Kaffern. Tom Donahue und ich lebten in einer kleinen Hütte weit draußen im Busch; doch weil wir als Habenichtse und flinke Revolverschützen bekannt waren, brauchten wir kaum etwas zu befürchten. Wir hingen herum, machten hier und da mal Gelegenheitsarbeiten und hofften, daß sich irgend etwas ergeben würde. Und tatsächlich, nach ungefähr einem Monat geschah eines Abends etwas, wodurch sich das Blatt für uns wendete; und von diesem Abend erzähle ich Ihnen jetzt, Sir.

Ich erinnere mich genau. Der Wind heulte um die Hütte, und der Regen klatschte so heftig gegen unsere grob gezimmerten Fenster, daß wir um die Scheiben fürchteten. Im Herd prasselte und knackte ein kräftiges Holzfeuer. Ich saß davor und flickte eine Peitsche, während Tom auf seiner Pritsche lag und verzweifelt mit dem Schicksal haderte, das ihn in diese gottverlassene Gegend geführt hatte.

»Kopf hoch, Tom«, sagte ich. »Niemand weiß, was die Zukunft noch alles bringt.«

»Pech, nichts als Pech, Jack«, antwortete er. »Ich war immer schon ein Pechvogel. Bin jetzt drei lange Jahre in diesem verdammten Land und noch immer so arm wie bei meiner Ankunft. Andere Engländer sind kaum angekommen – schon klimpert Geld in ihren Taschen. Weißt du, Jack, wenn du deinen Kopf über Wasser halten willst, mußt du dein Glück ohne mich versuchen.«

»Unsinn, Tom! Du bist deprimiert heute abend. Doch horch! Da kommt jemand! Dick Wharton, dem Schritt nach zu urteilen. Wenn einer dich aufmuntern kann, dann er.«

Ich hatte noch nicht zu Ende gesprochen, als die Tür aufflog und der gute Dick Wharton reinkam, triefend vor Nässe, und sein gutmütiges rotes Gesicht schien durch den Dunst wie der Vollmond im Herbst. Er schüttelte sich, grüßte und hockte sich gleich ans Feuer, um sich aufzuwärmen.

»Was denn, in einer solchen Nacht noch auf den Beinen?« sagte ich. »Wenn du nicht besser auf deine Gesundheit achtest, wird dir das Rheuma bald mehr zu schaffen machen als eine ganze Horde Kaffern.«

Dick sah ungewöhnlich ernst aus, fast eingeschüchtert würde man sagen, wenn man ihn nicht kannte. »Ich mußte gehen«, erwiderte er. »Mußte gehen. Eins von Madisons Rindern ist ins Sasassatal gelaufen, und natürlich traut sich keiner von unseren Schwarzen bei Nacht in *jenes* Tal. Und hätten wir bis zum Morgen gewartet, wäre das Biest schon im Kaffernland gewesen.«

»Warum wollen sie nachts nicht ins Sasassatal?« fragte Tom.

»Aus Angst vor Kaffern wahrscheinlich«, sagte ich.

»Vor *Geistern*«, sagte Dick.

Tom und ich mußten lachen.

»Aber einem so nüchternen Kerl wie dir haben sich die Geister wohl nicht gezeigt, was?« sagte Tom von seiner Pritsche her.

»Doch«, sagte Dick ernst. »Wirklich. Ich habe gesehen, wovon die Schwarzen reden, und ich sage euch, Leute, einmal langt mir!«

Tom setzte sich im Bett auf. »Quatsch, Dick, willst uns wohl verkohlen, Mann! Na los, erzähl schon. Zuerst die Sage und dann dein Erlebnis. Reich ihm die Flasche rüber, Jack.«

»Nun denn, nach einer alten Überlieferung der Schwarzen«, begann Dick, »spukt ein böser Geist im Sasassatal. Jäger und Wanderer haben schon öfter seine glühenden Augen im

Schatten der Klippen gesehen, wenn sie durch die Schlucht kamen. Und es heißt, wen dieser böse Blick trifft, der findet in seinem Leben nach dem Tode keine Ruhe. Ob's wahr ist oder nicht«, setzte Dick niedergeschlagen hinzu, »werde ich ja selbst erleben.«

»Weiter, Dick, weiter!« rief Tom. »Erzähl uns, was du gesehen hast.«

»Also, ich steige in das Tal hinunter und suche nach Madisons Rind. Etwa auf halber Höhe, wo eine schwarze, spitze Klippe von rechts über den Hohlweg ragt, bleibe ich stehen, um mir einen Schluck zu genehmigen. Ich hatte diese vorspringende Klippe gerade im Blick und bemerkte nichts Ungewöhnliches. Wie ich aber meinen Flachmann ansetze und dabei ein oder zwei Schritte vorwärts mache, da ist es auf einmal am Fuß des Felsens, in etwa zwei Metern Höhe und vielleicht hundert Meter von mir entfernt: ein merkwürdiges, unheimliches Glühen, das flackert, größer und kleiner wird, langsam verschwindet und dann wiederkommt. – Nein, nein, ich habe schon jede Menge Glühwürmer und Leuchtkäfer gesehen – nichts von der Art. Da glüht es also vor sich hin, und ich starre es wohl volle zehn Minuten an und zittere am ganzen Körper. Dann mache ich einen Schritt vorwärts, und plötzlich ist es weg – weg, wie wenn man 'ne Kerze ausbläst. Ich trete wieder zurück, doch es dauert eine Weile, bis ich den genauen Punkt wieder finde, von wo ich es gesehen hatte. Und schließlich flackert dieses unheimliche rötliche Licht wieder wie zuvor. Ich nehme meinen ganzen Mumm zusammen und gehe auf die Klippe zu. Der Boden ist da ziemlich rauh, so daß ich nicht geradewegs draufzusteuern kann. Ich gehe bis an den Fuß der Klippe, suche ihn sogar in der ganzen Breite ab – nichts! Da habe ich mich schleunigst aus dem Staub gemacht, Jungs, und ich schwöre euch, von dem Regen habe ich auf dem ganzen Weg nichts bemerkt, sondern erst, als ihr davon anfingt. – Nanu, was ist denn mit Tom los?«

Ja, was war los mit Tom? Er hatte die Beine über den Pritschenrand geschwungen, saß nun kerzengerade da, und sein Gesicht verriet eine derart heftige Aufregung, daß es beinahe schmerzlich verzogen wirkte. »Ein Geist dürfte zwei Augen haben. Wie viele Lichter hast du gesehen, Dick? Los, sag schon!«

»Nur eines.«

»Hurra, Volltreffer!« schrie Tom. Er schleuderte seine Decke mitten ins Zimmer und begann mit langen, hektischen Schritten auf und ab zu gehen. Unvermittelt blieb er vor Dick stehen und legte ihm die Hand auf die Schulter: »Sag mal, Dick, schaffen wir's noch vor Sonnenaufgang zum Sasassatal?«

»Kaum«, meinte Dick.

»Hör mal, Dick Wharton, wir sind doch alte Freunde, du und ich. Also verrate ja keinem anderen Menschen, was du uns erzählt hast, wenigstens eine Woche lang nicht. Du versprichst mir's doch, nicht?«

Während Dick einwilligte, war seinem Gesicht abzulesen, daß er den armen Tom für verrückt hielt, und auch mir kam sein Benehmen reichlich seltsam vor. Andererseits hatte mein Freund schon oft scharfen Verstand und eine flinke Auffassungsgabe bewiesen. Ich traute ihm durchaus zu, einen Sinn in Whartons Bericht entdeckt zu haben, der mir verborgen geblieben war.

Den ganzen Abend war Tom Donahue mächtig aufgeregt, und als Wharton schließlich ging, bat er ihn, sein Versprechen ja nicht zu vergessen, und er entlockte ihm auch die genaue Beschreibung des Punktes, von wo aus er die Erscheinung gesehen hatte, sowie den Zeitpunkt, zu welchem sie aufgetreten war. Nach Dicks Weggang, so etwa gegen vier Uhr morgens, legte ich mich auf meine Pritsche und beobachtete Tom, wie er am Feuer saß und zwei Stöcke zusammenfügte, bis mir die Augen zuklappten.

Ich schlief wohl gute zwei Stunden, doch als ich aufwachte, saß Tom immer noch da und bastelte. Er hatte die beiden Stecken zu einem beweglichen ›T‹ zusammengefügt und brachte nun in ihrem Winkel eine kleinere Schrägstütze an, für die er mehrere Kerben in den senkrechten Stock schnitzte. Auf diese Weise ließ sich der waagerechte Stock in jede beliebige Neigung bringen und mit Hilfe der Stütze befestigen.

»Sieh mal, Jack!« rief er, als er sah, daß ich wach war. »Komm her und sag mir deine Meinung. Angenommen, ich visiere mit dieser Vorrichtung einen bestimmten Punkt an, fixiere sie mit dieser kleinen Stütze und lasse sie so stehen, dann müßte ich den Punkt doch wiederfinden, wenn ich wollte – nicht wahr, Jack – glaubst du nicht auch?« setzte er nervös hinzu und packte mich am Arm.

»Nun, das hängt ganz davon ab, wie weit der Punkt weg ist und wie genau du ihn angezielt hast«, antwortete ich. »Für größere Entfernungen könnte man Kimme und Korn auf dem oberen Stock anbringen. Wenn du dann vorn eine Schnur befestigst und in der Visierlinie spannst, müßtest du den gesuchten Punkt ziemlich genau wiederfinden. Sag bloß, Tom, du willst auf diese Weise das Gespenst orten!«

»Wart's ab, alter Freund, du wirst es heute abend sehen. Ich geh damit ins Sasassatal. Du borgst dir bei Madison eine Brechstange aus und kommst mit. Aber denke dran: Niemandem verraten, wohin du willst und wozu du sie brauchst!«

Den ganzen Tag über lief Tom in der Hütte auf und ab oder beschäftigte sich eifrig mit dem Apparat. Seine Augen funkelten, seine Wangen waren hektisch gerötet, und auch sonst zeigte er alle Symptome eines Fieberkranken.

»Hoffentlich hat Dick nicht recht mit seiner Diagnose«, dachte ich, als ich mit dem Brecheisen zurückkam. Aber je näher der Abend rückte, desto mehr griff die Erregung auch auf mich über.

Gegen sechs sprang Tom auf und schulterte seine Stöcke. »Ich halt's nicht länger aus, Jack«, rief er. »Schnapp dir das Brecheisen, und auf zum Sasassatal! Heute abend, alter Junge, geht's um alles oder nichts. Steck deinen Sechsschüssigen ein, für den Fall, daß wir auf Kaffern stoßen. Meinen lasse ich lieber zu Hause, Jack«, fuhr er fort und legte mir beide Hände auf die Schultern, »denn wenn meine Pechsträhne auch heute abend anhält, weiß ich nicht, was ich damit alles anstellen könnte.«

Wir stopften Proviant in unsere Taschen und stiefelten los. Während des mühsamen Marsches zum Sasassatal versuchte ich mehrmals, Tom etwas über seine Absichten zu entlocken. Aber seine Antwort war nur: »Beeilen wir uns, Jack. Wer weiß, wie vielen Leuten Wharton sein Abenteuer schon erzählt hat. Beeilen wir uns, sonst sind wir nicht die ersten dort.«

Nun Sir, wir kraxelten also ungefähr zehn Meilen durchs Gebirge, und schließlich, nach einem steilen Abstieg, öffnete sich vor uns eine Schlucht, die so finster und unheimlich war wie der Eingang zum Hades selbst. Klippen, an die hundert Meter hoch, säumten den mit Felsbrocken übersäten Hohlweg, der hinunter ins Gespenstertal und weiter ins Kafferngebiet führte. Der hinter den Klippen aufgehende Mond ließ die wild gezackten Felsspitzen darüber reliefartig hervortreten, doch unten war alles dunkel wie der Erebus.

»Das Sasassatal?« fragte ich.

»Ja«, sagte Tom.

Ich schaute ihn an. Er wirkte nun ganz ruhig, alles Hektische und Fahrige war von ihm abgefallen, er bewegte sich langsam und bedächtig. Dennoch erkannte ich an einer gewissen maskenhaften Starre seines Gesichts und dem Glitzern seiner Augen, daß der entscheidende Moment gekommen war.

Wir betraten die Schlucht und bewegten uns zwischen den großen Felsblöcken stolpernd vorwärts. Plötzlich ein kurzer Aufschrei von Tom. »Da ist die Klippe!« rief er und deutete auf eine hohe Wand, die in der Dunkelheit vor uns aufragte. »Jetzt aufpassen wie ein Luchs, Jack! Wir dürften etwa hundert Meter von der Klippe entfernt sein. Du gehst langsam nach links, ich nach rechts. Wenn du etwas siehst, bleib stehn und rufe. Mach kleine Schritte, nicht größer als dreißig Zentimeter, und halte den Blick immer auf den Fuß der Klippe gerichtet. Fertig?«

»Ja.« Ich war mittlerweile aufgeregter als Tom. Was hatte er vor? Ich begriff nur, daß er die Stelle an der Klippe, von der das Licht kam, bei Tage untersuchen wollte. Dennoch beeindruckten mich die romantische Situation und die mühsam gezügelte Erregung meines Freundes; ich spürte, wie mir das Blut durch die Adern jagte und in den Schläfen pochte.

»Los!« rief Tom, und wir gingen los, er nach rechts, ich nach links, jeder die Augen fest auf den Fuß der Klippe gerichtet. Ich hatte mich etwa zwanzig Meter weit bewegt, als es plötzlich aufblitzte: Ein rötlich glühender Lichtpunkt schimmerte in der zunehmenden Dunkelheit, wurde heller und schwächer, größer und kleiner, und mit jeder Veränderung mutete er unheimlicher an. Der alte Aberglaube der Kaffern kam mir in den Sinn, und ein kalter Schauer überlief mich. Unwillkürlich wich ich einen Schritt zurück – augenblicklich war das Licht weg und hinterließ nichts als schwarze Finsternis. Aber als ich wieder vorwärts ging, setzte das rötliche Glühen am Fuß der Klippe sofort wieder ein.

»Tom!« rief ich. »Tom!«

»Ja! Ja!« antwortete er und kam zu mir geeilt.

»Dort ist es – dort an der Klippe.«

Tom stand neben mir. »Ich sehe nichts«, sagte er.

»Na dort, dort, Mann, genau vor dir!« Ich trat zur Seite, während ich sprach. Sofort verschwand das Licht.

Aber Toms Freudenschrei bewies, daß er es nun von meinem ursprünglichen Standort aus sehen konnte. »Jack!« rief er, wandte sich um und schüttelte mir überschwenglich die Hand. »Jack, wir beide brauchen uns nie wieder über Fortuna zu beklagen. Häufe ein paar Steine aufeinander, wo wir stehen. – So, und nun stecken wir meinen Richtungsweiser darin fest. Na bitte, den bläst kein Wind um; er muß ja auch nur bis morgen früh halten. O Jack, Junge, wenn man sich das vorstellt: Noch gestern war ich drauf und dran, Bürodiener zu werden, und du sagtest, niemand wisse, was das Schicksal für einen bereithält. Jack, was für eine herrliche Story das abgeben würde!«

Wir verkeilten den senkrechten Stab fest zwischen zwei großen Steinen, dann bückte sich Tom und spähte dem waagerechten entlang. Eine volle Viertelstunde lang hob und senkte er ihn, bis er schließlich, zufrieden seufzend, die kleine Stütze in einer Kerbe einrastete und aufstand. »Schau mal drüber, Jack«, sagte er. »Du hast ein scharfes Auge und kannst zielen wie kaum einer, den ich kenne.«

Ich schaute drüber. Das rötliche, flimmernde Pünktchen lag haargenau in der Visierlinie; ja, es schien geradezu am vorderen Ende des Stockes selbst zu sitzen. »Jetzt essen wir erst einmal Abendbrot«, sagte Tom, »und dann legen wir uns aufs Ohr. Heute nacht gibt's nichts mehr zu tun für uns, aber morgen werden wir unsere ganze Konzentration und Kondition brauchen. Hol Reisig und mach hier ein Feuer, so behalten wir unseren Apparat im Auge und können achtgeben, daß in der Nacht nichts mit ihm passiert.«

Gesagt, getan, Sir. Wir machten ein Lagerfeuer und aßen etwas, während das Auge des Sasassa-Dämons die ganze Nacht lang vor uns rollte und glühte. Allerdings nicht immer an derselben Stelle, denn als ich nach dem Abendbrot einmal zu unserer Zielvorrichtung ging und nachsah, war es weg. Das schien Tom aber überhaupt nicht zu beunruhigen. Er murmelte nur: »Der Mond ist weitergewandert, nicht das Ding«, rollte sich zusammen und schlief ein.

Schon beim ersten Morgengrauen waren wir wieder auf den Beinen und spähten über unseren Richtungsweiser zur Klippe. Es ließ sich jedoch nichts ausmachen, außer einer kahlen, schiefergrauen Wand, die an der bewußten Stelle wohl einige Unebenheiten, aber sonst nichts Besonderes zeigte.

»Jetzt zu deiner Idee, Jack!« sagte Tom Donahue und wikkelte eine lange, dünne Schnur ab, die er sich um die Hüfte gewunden hatte. »Binde sie fest und dirigiere mich.« Mit diesen Worten nahm er ein Ende der Schnur und marschierte los in Richtung Klippe. Ich legte die Schnur in die Visierkerbe des Stockes, band sie am Ende fest und hielt den kleiner werdenden Rest straff. Auf diese Weise konnte ich Tom nach rechts oder links lenken, bis unsere Schnur über Kimme und Korn genau auf den Zielpunkt an der Felswand wies, der in etwa zweieinhalb Metern Höhe lag. Um diesen Punkt zog Tom einen Kreidekreis von einem Meter Durchmesser, dann rief er mich zu sich. »Wir haben die Sache gemeinsam angefangen, Jack«, sagte er, »also werden wir auch gemeinsam nachsehen, was es hier zu finden gibt.« Der Kreis umschloß ein Stück Fels, das glatter war als der Rest, nur in der Mitte gab es einige rauhe, hervorstehende Höcker. Tom deutete auf einen von ihnen und schrie auf vor Freude. Ein bräunlicher, faustgroßer, wie schmutziges Glas wirkender Klumpen stak in der Felswand. »Das ist er!« jubelte Tom – »Das ist er!«

»Das ist was?«

»Ein Diamant, Mensch! *Ein Diamant,* und zwar ein so großer, daß jeder Monarch Europas Tom Donahue darum beneiden würde. Her mit deinem Brecheisen – damit treiben wir den Dämon des Sasassatals ein für allemal aus!«

Ich war in dem Moment so verblüfft, daß ich mit offenem Mund dastand und mich nicht rührte, sondern nur den Schatz anstarrte, der uns so unerwartet in die Hände gefallen war.

»Nun gib schon das Brecheisen her«, wiederholte Tom. »Sieh mal, wenn ich es hier ansetze und diese kleine, hervorstehende Knolle da als Drehpunkt benutze, kann ich ihn vielleicht heraushebeln. – Ja, er kommt. Hätte nie gedacht, daß er so leicht herausgeht. Jetzt nichts wie zurück zur Hütte, Jack. Und dann auf nach Kapstadt – je eher, desto besser!«

Wir wickelten unseren Schatz ein und machten uns auf den Heimweg durch das Gebirge. Unterwegs erzählte mir

Tom, wie er einmal, noch während der Zeit seines Jurastudiums, an der Universität ein verstaubtes Pamphlet eines gewissen Jan von Hounym in der Bibliothek fand, in dem von einem ähnlichen Abenteuer wie dem unseren die Rede war. Es sei dem ehrenwerten Holländer gegen Ende des 17. Jahrhunderts widerfahren und habe zur Entdeckung eines funkelnden Diamanten geführt. Dieser Bericht war Tom in den Kopf gekommen, als er die Geistergeschichte des ehrlichen Dick Wharton hörte; das Mittel, um die Richtigkeit der Vermutung zu überprüfen, hatte sein findiger irischer Geist selbst ersonnen.

»Wir bringen ihn nach Kapstadt«, fuhr Tom fort, »und wenn wir ihn dort nicht vorteilhaft verscheuern können, macht er eben mit uns die Schiffsreise nach London. Wir sollten uns jedoch zuerst mit Madison beraten; er versteht etwas von solchen Sachen und kann vielleicht sagen, was ein fairer Preis für unseren Schatz wäre.«

Also bogen wir ab, bevor wir zu unserer Hütte kamen, und folgten dem schmalen Pfad, der zu Madisons Farm führte. Der Hausherr war beim Mittagessen, als wir eintraten; und sogleich mußten wir uns dazusetzen und genossen die südafrikanische Gastfreundschaft.

»Nun«, sagte er, als die Diener gegangen waren, »was habt ihr auf dem Herzen? Ich sehe euch doch an, daß ihr etwas von mir wollt. Was ist es?«

Tom holte den Klumpen hervor und wickelte ihn feierlich aus seinem Taschentuch. »Hier«, sagte er und legte ihn auf den Tisch, »was meinen Sie, was man dafür verlangen könnte?«

Madison nahm ihn, untersuchte ihn eingehend, legte ihn dann zurück auf die Tischplatte und meinte lakonisch: »Im Rohzustand ungefähr zwölf Schilling pro Tonne.«

»Zwölf Schilling!« rief Tom und sprang auf. »Sehen Sie denn nicht, was das ist?«

»Steinsalz.«

»Stein, Quatsch – ein Diamant ist es!«

»Kostet mal«, sagte Madison.

Tom führte den Brocken an die Lippen. Mit einem wüsten Fluch schleuderte er ihn zu Boden und rannte aus dem Zimmer.

Auch ich war ungeheuer enttäuscht und niedergeschmettert. Aber als mir einfiel, was Tom über seinen Revolver gesagt hatte, sprang ich auf, verließ Madison, der mir offenen Mundes nachstarrte, und eilte zu unserer Hütte. Ich fand Tom auf seiner Pritsche liegend vor. Er hatte sich mit dem Gesicht zur Wand gedreht und war offensichtlich zu niedergeschlagen, um auf meine Tröstungsversuche zu reagieren. Ich verwünschte Dick und Madison, den Dämon des Sasassatals und alles andere, ging hinaus und erholte mich bei einem Pfeifchen von unserem anstrengenden Abenteuer. Ich war etwa fünfzig Meter von der Hütte entfernt, als von dort ein Laut kam, den ich am allerwenigsten erwartet hätte. Seufzer oder Flüche wären mir ganz natürlich vorgekommen, doch der Laut, bei dem ich stehenblieb und die Pfeife aus dem Mund nahm, war ein herzhaftes Lachen! Im nächsten Augenblick trat Tom vor die Tür. Sein Gesicht strahlte vor Freude. »Machst du noch einmal den Zehnmeilenmarsch mit, Kumpel?«

»Was! Um noch einen Klumpen Steinsalz zu holen, für zwölf Schilling die Tonne?«

»Diesmal kein Steinsalz, mein Lieber. Du wirst mir noch auf Knien dafür danken.« Tom grinste fröhlich. »Hör zu, Jack. Wir sind Hornochsen gewesen und haben uns von einer Kleinigkeit irreführen lassen. Setz dich mal fünf Minuten auf diesen Baumstumpf. Die Sache ist nämlich sonnenklar. Du hast doch schon so manchen Steinsalzklumpen im Fels stecken sehen, genau wie ich. Mit diesem haben wir uns geirrt, zugegeben. Aber, Jack, hast du schon einmal Steinsalz gesehen, das im Dunkeln heller leuchtet als ein Glühwürmchen?«

»Nein, ich könnte nicht behaupten, daß es das überhaupt tut.«

»Ich sage dir: Wenn wir bis zum Abend warten würden – was ich nicht vorhabe –, könnten wir das Licht immer noch dort zwischen den Felsen schimmern sehen. Kurzum, wir haben mit diesem wertlosen Salz den falschen Kristall erwischt. In dieser Gegend sind schon öfter Diamanten neben Steinsalzeinschlüssen gefunden worden, weniger als einen halben Meter voneinander entfernt. Der Klumpen sprang uns ins Auge, vor Aufregung waren wir blind für alles andere – und *so haben wir den echten Stein übersehen.* Verlaß dich drauf, Jack, der Sasassa-Stein steckt noch dort in der Felswand, in unserem magischen Kreidekreis. Los, stopf dir noch eine Pfeife, und hol deinen Revolver. Wir machen uns auf die Socken, bevor der alte Madison Zeit hat, zwei und zwei zusammenzuzählen.«

Ich kann nicht sagen, daß ich diesmal besonders begeistert gewesen wäre. Der Diamant erschien mir mittlerweile wie eine wahre Plage. Dennoch wollte ich Toms Optimismus nicht dämpfen und erklärte mich aufbruchbereit. Was für ein Marsch! Tom war schon immer ein guter Bergwanderer gewesen, aber an dem Tag schien ihm seine Begeisterung Flügel zu verleihen. Ich keuchte hinterher, so schnell ich konnte. Eine halbe Meile vor der Felsklippe fiel er in Trab und hielt nicht eher, als bis er vor dem weißen Kreis an der Felswand stand. Armer alter Tom! Als ich bei ihm ankam, war seine Stimmung erneut umgeschlagen, er hatte die Hände in den Taschen vergraben und starrte abwesend zu Boden, sein Gesicht spiegelte maßlose Enttäuschung.

»Sieh selbst nach!« murmelte er und wies zur Klippe. Da war nicht das geringste, was nach einem Diamanten aussah. Im Kreis nur glatter, schiefergrauer Fels mit einem großen Loch, wo wir den Steinsalzbrocken herausgelöst hatten, und einigen kleineren Vertiefungen. Von dem Edelstein keine Spur. »Ich habe jeden Zoll abgesucht«, sagte der arme Tom. »Er ist nicht mehr da. Jemand muß den Kreis gesehen und den Stein mitgenommen haben. Gehn wir nach Hause, Jack;

mir langt's. Warum muß ausgerechnet ich soviel Pech haben!«

Ich wandte mich zum Gehen, warf aber noch einen letzten Blick auf die Felswand. Tom war schon zehn Schritte entfernt.

»Nanu!« rief ich. »Irgend etwas ist im Kreis anders als heute morgen.«

»Wieso?« fragte Tom.

»Fehlt denn nicht etwas?«

»Das Steinsalz?« fragte Tom.

»Das meine ich nicht«, sagte ich, »sondern den kleinen, knolligen Vorsprung, den wir als Auflage für das Brecheisen benutzten. Wir müssen ihn bei der Arbeit abgebrochen haben. Sehen wir mal nach, woraus er besteht.«

Wir suchten im Geröll am Fuß der Klippe.

»Hier ist er, Jack! Wir haben es doch noch geschafft! Wir sind gemachte Männer!«

Ich drehte mich um. Freudestrahlend hielt Tom ein kleines schwarzes Stückchen Fels in der Hand. Auf den ersten Blick sah es ganz normal aus, wie ein beliebiger Felssplitter, aber an seiner Unterseite ragte ein Objekt hervor, auf das Tom begeistert zeigte. Man hätte es für ein Glasauge halten können, doch diese Klarheit und Brillanz konnte Glas nie erreichen. Diesmal war kein Irrtum mehr möglich: Wir hatten ein Juwel von großem Wert gefunden. Fröhlich verließen wir das Tal, und mit uns verschwand der »böse Geist«, der dort so lange geherrscht hatte.

Das war's, Sir. Meine Geschichte ist ein bißchen lang geraten und hat Sie vielleicht ermüdet. Wissen Sie, wenn ich anfange, von den alten Zeiten zu erzählen, sehe ich die kleine Hütte vor mir, den Bach daneben, jeden Baum und Strauch, und ich meine, Toms ehrliche Stimme wieder zu hören. Viel mehr bleibt jetzt nicht zu berichten. Mit dem Stein sind wir wohlhabende Leute geworden. Tom ließ sich in dieser Stadt nieder, wie Sie wissen, und lebt hier als angesehener Bürger. Auch mir geht's gut, ich besitze eine Farm in Afrika und züchte dort Strauße. Ehrensache, daß wir dem guten alten Dick Wharton halfen, sich geschäftlich zu etablieren. Er ist jetzt einer meiner nächsten Nachbarn. Sollten Sie einmal in unsere Gegend kommen, Sir, müssen Sie mich unbedingt besuchen. Fragen Sie einfach nach Jack Turnbull – Jack Turnbull von der Sasassa-Farm.

SCHRECKEN IN DER LANDEINSAMKEIT

Hoch über dem Bodensee, eingeschmiegt in einen kleinen Winkel der Tiroler Alpen, liegt das stille Städtchen Feldkirch. Erwähnung verdient es eigentlich nur wegen einer großen, gut geführten Jesuitenschule und der außergewöhnlichen Schönheit seiner Lage. Einen anmutigeren Flecken gibt es in ganz Vorarlberg nicht. Von den Hügeln hinter der Stadt kann man, etwa fünfzehn Meilen entfernt, den großen Bodensee wie ein breites Quecksilberband glitzern sehen. Unten in der Ebene fließen Rhein und Donau flink und fröhlich dahin, noch ohne die behäbige Würde, die sie annehmen, wenn sie vom Flüßchen zum Strom werden. Vom Feldkircher Hochplateau blickt man auf fünf wichtige Länder oder Fürstentümer: die Schweiz, Österreich, Baden, Württemberg und Bayern.

Feldkirch bildet das Zentrum einer ausgedehnten idyllischen Hügellandschaft. Die Hauptstraße verläuft durch die Stadtmitte und geht dann weiter nach Anspach, wo sie sich gabelt. Der größere Abzweig führt durch die Täler des österreichischen Tirols und anschließend ins eigentliche Tirol, bis zur Großstadt Innsbruck, glaube ich. Die kleinere Straße schlängelt sich etwa acht oder zehn Meilen weit durch wilde Felsenschluchten bis zu dem Dorf Laden, wo sie sich in ein Netz von Schafspfaden auflöst. In diesem einsamen Nest verbrachte ich, John Hudson, fast zwei Jahre meines Lebens – vom Juni 1865 bis zum März 1867. Zu dieser Zeit ereigneten sich jene Vorfälle, die dem verschlafenen Dörfchen während einiger Wochen zu trauriger Berühmtheit verhalfen und seinen Namen zum ersten- und wahrscheinlich letztenmal in die Zeitungen Europas brachten. Der kurze Bericht, der über diese Vorkommnisse in der englischen Presse erschien, war recht ungenau und irreführend; im übrigen zog damals der schnelle Vormarsch der Preußen, der zur Schlacht bei Sadowa führte, die Aufmerksamkeit der Öffentlichkeit auf sich. So ging ein Ereignis unter, das in weniger bewegten Zeiten für höchste Aufregung gesorgt hätte. Ich halte es für angebracht, den Fall, der der Mehrheit der Leser unbekannt ist, ausführlich zu dokumentieren, zumal ich als unmittelbar Beteiligter des Dramas sprechen und viele Fakten anführen kann, die noch nie erwähnt wurden.

Zuerst einige Worte zu meinem Aufenthalt in jenem entlegenen Winkel. Als die große Aktiengesellschaft Sprynge, Wilkinson & Spragge Konkurs anmeldete und ihren Anteilseignern weniger als achtzehn Pennies für das Pfund zurückzahlte, waren einige ihrer kleineren Geschäftspartner völlig ruiniert, so auch ich. In meinem Falle existierten jedoch ein paar Vertragsklauseln, die mich, verglichen mit den andern Gläubigern, zur Ausnahme machten und mittels derer ich die vollständige Rückerstattung meiner Kapitaleinlage durchzusetzen hoffte. Während das Prüfungsverfahren lief, stand mir nur eine äußerst geringe Summe für den Lebensunterhalt zur Verfügung.

Deshalb beschloß ich, meine Zelte vorübergehend im Ausland aufzuschlagen; dort konnte ich sparsamer leben und demütigende Begegnungen mit Leuten vermeiden, die mich aus besseren Tagen kannten. Ein Freund hatte mir Laden schon vor Jahren als den einsamsten Ort beschrieben, der ihm je untergekommen war, und da Einsamkeit und Sparsamkeit Synonyme sind, beherzigte ich seinen Hinweis. Nebenbei bemerkt, ich befand mich in einer ziemlich zynischen Stimmung und wollte mit meinen Mitmenschen so wenig wie möglich zu tun haben. Armut und eine gewisse Misanthropie führten mich also nach Laden, wo meine Ankunft beträchtliches Aufsehen unter den einfachen Dorfbewohnern erregte. Die Sitten und Gewohnheiten des rotbärtigen Engländers, seine langen Spaziergänge, sein karierter Anzug und die Gründe, die ihn zum Verlassen seines Vaterlandes bewogen hatten – all das lieferte willkommenen Gesprächsstoff für die Zecher im ›Grünen Mann‹ und im ›Schwarzen Bären‹, den beiden Wirtshäusern des Dorfes.

Ich fühlte mich sehr wohl in Laden. Die Umgebung gefiel mir ausgezeichnet. Zwanzig Jahre Brixton hatten meine Empfänglichkeit für die Schönheiten der Natur gesteigert, etwa wie der herbe Geschmack der Olive das Bukett eines Weines hervorhebt. In meiner Jugend hatte ich eifrig Deutsch gelernt, und so war ich schon nach wenigen Monaten in Laden imstande, mich mit dem neuen Pfarrer der Gemeinde auch über wissenschaftliche und ganz entlegene Themen zu unterhalten.

Diesen Priester betrachtete ich als wahres Gottesgeschenk, denn er war ein Gelehrter und brillanter Unterhalter zugleich. Pater Verhagen – so hieß er – hatte sich als kaum Vierzigjähriger mit einer glänzenden Monographie über die ersten Päpste einen Namen gemacht. Führende Kritiker stellten diese Abhandlung noch über von Rankes Werk. Ich gehe wohl nicht fehl in der Annahme, daß Verhagen wegen einiger recht unorthodoxer Thesen seines Buches in das hinterwäldlerische Laden verbannt worden war. Er äußerte sich stets ultraliberal, hatte als hitziger Jugendlicher sogar versucht, seine Ansichten praktisch durchzusetzen; eine tiefe Narbe über seinem Kinn, von einem Dragonersäbel bei einem gescheiterten Aufstand in Berlin verpaßt, zeugte davon. Alles in allem ein interessanter Mann, wenngleich von Natur aus etwas kühl und reserviert, mit dem ich bald näheren Umgang pflegte.

Auf Anstand und Sitte wurde in Laden ungemein viel Wert gelegt. Die Posten von Wachtmeister Wurms und seinen Trabanten galten seit vielen Jahren als einträgliche Ruheämter. Das Fernbleiben vom Gottesdienst an einem Sonn- oder Feiertag war so etwa das schwärzeste Verbrechen, dessen sich die Unerschrockensten unter den Dorfbewohnern erdreisteten. Es kam schon gelegentlich vor, daß ein grobschlächtiger Fritz oder Andreas abends bezecht vom bayrischen Bier heimkehrte und seine Angetraute verprügelte, weil sie ihm Vorhaltungen machen wollte. Aber solche Fälle waren selten, und wenn sie doch einmal eintraten, betrachteten die Ladener den Unhold eine gewisse Zeit lang halb bewundernd, halb verabscheuend als jemanden, der sich mit einer verruchten Sünde seine Individualität ertrotzt hatte.

Ausgerechnet in diesem friedlichen Dörfchen begann plötzlich eine Serie von Verbrechen, die ganz Europa in Erstaunen versetzte und an Grausamkeit und Rätselhaftigkeit alles übertraf, was ich je gehört oder gelesen hatte. Ich werde versuchen, einen umfassenden Bericht über diese Vorfälle zu geben, und zwar genau in der Reihenfolge, in der sie sich ereigneten. Dabei kommt mir der Umstand zugute, daß ich mein Leben lang regelmäßig Tagebuch geführt habe – ich blättere gerade darin.

Ich sehe, es war der 19. Mai 1866, ein schöner Frühlingsmorgen, ich trank gerade meine morgendliche heiße Schokolade, als meine ältliche Wirtin, Frau Zimmer, hereingestürzt kam und berichtete, im Dorf sei ein Mord geschehen. Zuerst wollte ich das kaum glauben, da sie aber die Nachricht beschwor und einen äußerst verschreckten Eindruck machte, setzte ich meinen Hut auf und ging hinaus, um mehr herauszufinden. Ich folgte einigen Männern, die die Dorfstraße entlangeilten, und stieß vor dem kleinen Rathaus – einem scheunenartigen Gebäude, das für öffentliche Versammlungen aller Art benutzt wurde – auf eine erregte Menschenmenge. Die Leute drängten sich um die Leiche eines gewissen Maul, der Steward auf einem der zwischen Lindau und Friedrichshafen verkehrenden Bodenseedampfer gewesen war, ein harmloser, friedfertiger Mensch, beliebt im Dorf und, soweit man wußte, ohne einen Feind auf der Welt. Maul lag auf dem Gesicht, seine Finger im Todeskampf in die Erde gekrallt, sein Haar ganz verklebt von Blut, das auch über den Kragen seines Mantels gelaufen war. Man hatte die Leiche vor fast zwei Stunden schon gefunden, aber niemand schien zu wissen, was man damit tun oder wohin man sie schaffen sollte. Erst das Erscheinen von mir und dem Priester, der fast gleichzeitig eintraf, brachte Bewegung in die Menge. Auf unser Geheiß trug man den Körper die Treppe des Rathauses hinauf und legte ihn auf die Dielen. Nachdem wir uns vergewissert hatten, daß kein Leben mehr in ihm war, machten wir uns, gemeinsam mit dem inzwischen auch herbeigeeilten Polizeiwachtmeister Wurms, daran, die Wunden zu untersuchen. Mauls friedlicher Gesichtsausdruck verriet, daß er bis zu dem tödlichen Hieb nichts von einer Gefahr geahnt hatte. Uhr und Geldbörse trug er noch bei sich. Nachdem wir das geronnene Blut vom Hinterkopf gewaschen hatten, kam eine dreieckige Wunde zum Vorschein, die durch den Schädelknochen tief ins Gehirn führte. Sie war offensichtlich durch einen heftigen Hieb mit einem langen, pyramidal zugespitzten Instrument verursacht worden. Wenn ich mich recht erinnere, verdankten wir Pater Verhagen den Hinweis, es könne eine kleine Spitzhacke oder eine Bergpicke gewesen sein, wie man sie hier überall in den Alphütten findet. Mit bewundernswürdiger Promptheit schaffte der Wachtmeister solch ein Werkzeug herbei, hieb damit auf eine Kohlrübe ein und produzierte ein Loch ganz wie das im Schädel des armen Maul. Wir spürten, daß wir das erste Glied der Indizienkette in der Hand hatten, die uns zu dem Täter führen würde. Es dauerte gar nicht lange, und die Lösung schien vor uns zu liegen.

Noch am Nachmittag desselben Tages wurde eine Art Beweisaufnahme veranstaltet, bei der Bürgermeister Pfiffor den Vorsitz führte, während der Pfarrer, der Wachtmeister, Postvorsteher Freckler und ich als Untersuchungskomitee fungierten. Wir luden jeden Dörfler, der etwas zur Klärung des Falles beitragen oder über Mauls Aufenthalt am Abend zuvor Auskunft geben konnte, zur Teilnahme ein. Wir hatten eine ziemliche Anzahl von Zeugen zu vernehmen, und alsbald schälten sich einige Fakten und Zusammenhänge heraus. Um halb acht hatte Maul das Wirtshaus ›Grüner Mann‹ betreten und einen Krug Bier bestellt. Zu der Zeit saßen im Schankraum Waghorn, der Fleischer des Ortes, und ein italienischer Hausierer namens Cellini, der alle vier Monate mit billigem Schmuck und anderem Tand nach Laden kam. Unmittelbar nach Mauls Ankunft setzte sich der Wirt zu seinen Gästen und verbrachte den Abend mit ihnen, was er bei gewöhnlichen Dörflern nicht zu tun pflegte. Nach übereinstimmender Aussage von Waghorn und Wirt, beide höchst angesehene und vertrauenswürdige Männer, brach kurz nach neun Uhr ein hitziger Streit zwischen Maul und dem Hausierer aus. Es fielen Kraftausdrücke, schließlich sprang der Italiener auf, schrie, er werde nicht länger mit anhören, wie man sein Heimatland beleidige, und verließ den Raum. Maul blieb noch fast eine Stunde, und vor lauter Freude, seinen Kontrahenten aus dem Felde geschlagen zu haben, trank er mehr als sonst. Ein Zeuge hatte den stark Bezechten heimwärts torkeln gesehen. Ein anderer war dem Opfer sogar noch unmittelbar vor dem Tatort begegnet. Die Aussage dieses Mannes spielte eine entscheidende Rolle. Er schwor nämlich, beim Passieren des Rathauses, noch vor der Begegnung mit Maul, eine im Schatten des Gebäudes stehende Gestalt gesehen zu haben. Und er fügte hinzu, diese Person sei, soweit sich das bei der Dunkelheit beurteilen ließ, dem Italiener nicht unähnlich gewesen.

In diesem Stadium verfügten wir über zwei gesicherte Erkenntnisse. Erstens: Der Italiener hatte den ›Grünen Mann‹ vor Maul und mit zornigen Worten auf den Lippen verlassen. Zweitens: Ein Unbekannter hatte dem Ex-Steward auf dem Heimweg aufgelauert. Ein dritter, äußerst wichtiger Punkt kam hinzu, als die Zimmerwirtin des Italieners aussagte, ihr Mieter sei erst gegen halb elf heimgekehrt – eine ungewöhnlich späte Uhrzeit für Laden. Wo war er zwischen dem Verlassen des Wirtshauses kurz nach neun und dem Eintreffen in seinem Quartier um halb elf gewesen? Die Sache sah tatsächlich schlecht aus für den Hausierer.

Es ließ sich allerdings nicht leugnen, daß einige Umstände sogar zu seinen Gunsten sprachen und daß der Verdacht gegen ihn vollständig auf Indizien beruhte. Zum einen befanden sich weder Spitzhacken noch ähnliche Gerätschaften im Warenangebot des Italieners. Es ließ sich auch nicht erklären, wie er in den Besitz einer solchen Mordwaffe gelangt sein sollte, denn er war zwischen dem Zeitpunkt des Streites und seiner späten Heimkehr nicht zu Hause gewesen. Außerdem – auch darauf wies der Pfarrer hin: Woher sollte Cellini als Fremder im Dorf Mauls Heimweg kennen? Dieser Einwand wurde jedoch von der Köchin des Ermordeten entkräftet, die aussagte, der Händler habe tags zuvor seine Waren vor Mauls Haus feilgeboten. Er konnte ihn also durchaus am Fenster gesehen haben. Der Festgenommene reagierte anfangs trotzig und auch etwas spöttisch auf die Anschuldigung, doch als er begriff, wieviel Belastungsmaterial gegen ihn vorlag, bekam er es offensichtlich mit der Angst zu tun; er benahm sich unterwürfig, rang pathetisch die Hände und beteuerte lauthals seine Unschuld. Zu seiner Verteidigung brachte er vor, er habe, nachdem er das Wirtshaus verlassen hatte, einen langen Spaziergang auf der Straße nach Anspach unternommen, um seinen Ärger abzukühlen, und das sei der Grund seines späten Heimkommens gewesen. Über den Mord an Maul wisse er gerade soviel wie ein neugeborenes Baby.

Ich habe die Umstände dieses Falles so ausführlich behandelt, weil sie durch die Verbindung mit späteren Ereignissen besondere Bedeutung erlangen. Nun greife ich auf mein Tagebuch zurück, das ich damals, wie überhaupt während meines gesamten Exils, sehr sorgfältig führte. Das erspart mir die Mühe des häufigen Zitierens und garantiert Genauigkeit der Fakten.

20. Mai. Alle Gedanken und Gespräche drehen sich nur um den Mord. Man hat den umliegenden Wald und den Bach nach der Tatwaffe abgesucht – vergebens. Je länger ich darüber nachdenke, desto fester glaube ich, Cellini ist der Mörder. Der Umstand, daß das Geld nicht angerührt wurde, deutet auf ein Verbrechen aus Rache hin – und wer hegte

mehr Groll gegen den armen, ahnungslosen Maul als der nachtragende, hitzige Italiener, den er kurz zuvor beleidigt hatte? Habe am Abend mit Pfiffor gespeist. Er teilt meine Ansicht über den Fall völlig.

21. Mai. Noch nicht die geringste Klärung in diesem rätselhaften Mordfall in Sicht. Der arme Maul wurde heute Mittag um zwölf auf dem hübschen kleinen Dorffriedhof beigesetzt. Der Pfarrer zelebrierte die Andacht mit viel Gefühl, und die Trauergemeinde, bestehend aus der gesamten Dorfbevölkerung, unterbrach seine Predigt mehrfach mit Schluchzern und Klagerufen. Nach der schmerzlichen Zeremonie machten der gute Pfarrer und ich einen kurzen Spaziergang. Seine ohnehin leicht erregbare Natur war von den jüngsten Ereignissen beträchtlich mitgenommen. Ihm zitterten die Hände, sein Gesicht war bleich.

»Mein Freund«, sagte er und ergriff meine Hand im Gehen, »Sie verstehen doch etwas von Medizin.« (Ich habe zwei Jahre am Londoner Guy's Hospital gearbeitet.) »Es geht mir in letzter Zeit gar nicht gut.«

»Diese traurige Sache belastet Sie, nicht wahr?«

»Das meine ich nicht«, antwortete er, »sondern einen Schmerz, der sich schon vorher eingestellt hat, in letzter Zeit aber besonders schlimm geworden ist. Er geht von hier nach hier.« Und er führte beide Hände an die Schläfen. »Würde ich von einem Blitz getroffen, könnte der Schlag nicht schlimmer sein. Schließe ich dann die Augen, sehe ich auch wirklich Blitze zucken, und in den Ohren saust es fortwährend. Manchmal weiß ich nicht mehr, was ich machen soll. Ich befürchte, einmal während der heiligen Messe umzufallen.«

»Sie sind überarbeitet«, sagte ich, »brauchen Ruhe und stärkende Mittel. Sie schreiben doch gerade an einem Buch, nicht wahr? Wie viele Stunden pro Tag?«

»Acht«, antwortete er. »Manchmal zehn, auch zwölf, wenn es dieser Schmerz im Kopf zuläßt.«

»Reduzieren Sie auf vier Stunden«, legte ich autoritär fest.

»Sie sollten sich täglich ein wenig Bewegung verschaffen. Ich lasse Ihnen nachher etwas Chinin bringen, das ich in meinem Koffer habe. Davon nehmen Sie morgens und abends soviel, wie es braucht, um einen Gulden zu bedecken, aufgelöst in einem Glas Milch.«

Er versprach, meine Anordnungen zu befolgen, und verabschiedete sich.

Vom Bürgermeister habe ich erfahren, daß vier Gendarmen von Anspach herüberkommen und Cellini in ein sichereres Gefängnis bringen sollen.

22. Mai. Von Verblüffung zu reden wäre eine Beschönigung meines geistigen Zustandes. Ich bin verwirrt, schokkiert, über alle Maßen entsetzt. Ein weiteres, noch schrecklicheres Verbrechen ist in der Nacht verübt worden. Man hat Freckler tot in seinem Haus gefunden – eben den Freckler, der noch vor wenigen Tagen mit mir im Untersuchungsausschuß saß. Ich schreibe dies nach einem langen Tag angespannter Arbeit, an dem ich mich nach Kräften bemüht habe, die Polizei zu unterstützen. Bei den Dorfbewohnern hat dieser neuerliche Beweis für die Anwesenheit eines Mörders unter ihnen lähmende Furcht ausgelöst, die nur durch unser entschiedenes Auftreten nicht in allgemeiner Panik endete. Freckler, offenbar ein Mensch mit sonderlingshaften Gewohnheiten, lebte allein in einem ziemlich abgelegenen Haus. Aufmerksam wurde man erst heute früh, als er nicht zur Arbeit erschien und auch bei ihm zu Hause alles still blieb. Es bildete sich ein Menschenauflauf, schließlich wurde die Haustür aufgebrochen. Man fand den Unglücklichen im oberen Stockwerk in seinem Schlafzimmer, mit dem Kopf im Kamin liegend. Die Todesursache war eine Wunde, haargenau wie die bei Maul, diesmal jedoch in der Stirn. Seine Fäuste waren geballt, seine Gesichtszüge widerspiegelten unbeschreibliches Entsetzen und, wie ich meine, auch Überraschung. Auf der Treppe fand man lehmige Schuhspuren, die von dem hinaufsteigenden Täter stammen mußten, denn Freckler hatte Pantoffeln angezogen, als er sich ins

Schlafzimmer begeben hatte. Die Spuren waren leider zu stark verwischt, um daraus einen verläßlichen Umriß der Schuhe zu gewinnen. Sie befanden sich auf jeder dritten Treppenstufe, was auf die ungewöhnliche Schnelligkeit hindeutet, mit der dieser Tiger in Menschengestalt seinem Opfer nachgestellt haben mußte. Freckler hatte eine beträchtliche Summe Geldes im Haus, doch es fehlte kein Heller, und auch die Schlafzimmerschränke waren offensichtlich nicht durchsucht worden.

Die schaurige Neuigkeit machte schnell die Runde, und alsbald fand sich die gesamte Dorfbevölkerung vor dem Haus ein – angezogen nicht so sehr von bloßer Neugier, glaube ich, sondern dem Bedürfnis nach Gemeinschaft, das aus der Furcht entsteht. Jeder blickte mißtrauisch auf seinen Nachbarn. Die meisten schwiegen, und wer sprach, tat es flüsternd, als sei es gefährlich, die Stimme zu heben. Keiner durfte das Haus betreten, während wir, die aufgeklärteren Mitglieder der Gemeinde, das Grundstück genauestens inspizierten. Es fanden sich jedoch nicht die geringsten Hinweise auf die Person des Täters. Außer der Tatsache, daß er ein sportlicher Mensch sein muß – was aus der Art des Erstürmens der Treppe hervorgeht –, bietet diese zweite Tragödie keine Aufschlüsse. Wachtmeister Wurms meinte, der ausgestreckte Arm des Toten könne bedeuten, daß Freckler seinen späten Besucher gekannt habe und begrüßen wollte. Doch dies halte ich für eine recht kühne Hypothese. Wenn etwas das Schreckliche des Ereignisses noch steigern konnte, dann war es die Entdeckung, daß das Verbrechen am frühen Abend gegen halb neun verübt wurde. Diese Zeit zeigte eine kleine Kuckucksuhr an, die Freckler bei seinem Fall heruntergerissen hatte.

Offenbar hat niemand etwas gehört oder eine verdächtige Person beim Betreten oder Verlassen des Hauses beobachtet. Der Mord wurde zielstrebig, schnell und lautlos ausgeführt – zu einer Zeit, da mehrere Leute in unmittelbarer Nähe waren. Den armen Pfiffor und unseren bedauernswerten Pfarrer nimmt diese böse Sache besonders arg mit, und auch ich fühle mich nun, da die erste Aufregung vorbei ist, ziemlich deprimiert. Heute abend lassen sich nur wenige Leute auf der Straße blicken, aber von überall ertönt das Geräusch des Hämmerns. Die Bauern befestigen Riegel und Sperrhaken an den Türen und Fenstern ihrer Häuser. An den meisten gab es nichts dergleichen – und war bisher auch nicht notwendig gewesen. Frau Zimmer hat eine klobige Sperrvorrichtung angebracht, die man sicher urkomisch finden würde, wenn einem zum Lachen zumute wäre.

Gegen Abend hieß es, Cellini sei wieder auf freiem Fuß. Natürlich, es gibt ja nun keinen plausiblen Grund mehr, ihn länger festzuhalten. Außerdem wurden alle umliegenden Ortschaften aufgefordert, jeden entbehrlichen Polizisten hierher zu schicken.

Ich bin so aufgeregt, daß ich schon die halbe Nacht kein Auge zugetan, sondern bei Kerzenlicht gesessen und in Gordons Übersetzung des Tacitus gelesen habe. Für alle Fälle liegt mein frisch geölter Armeerevolver griffbereit neben mir.

23. Mai. Die Polizeitruppe ist durch drei Männer von Anspach und zwei vom jenseits des Gebirgskamms gelegenen Thalstadt verstärkt worden. Wachtmeister Wurms hat ein ausgeklügeltes System von Patrouillen eingeführt, das uns ein gewisses Maß an Sicherheit gewährleisten dürfte. Neue Aufschlüsse über die Morde gab es heute nicht. Die allgemeine Meinung im Dorf ist, sie seien von einem Fremden verübt worden, der sich im Wald verbirgt. Man argumentiert damit, daß sich alle Dorfbewohner untereinander von Kindheit an kennen und niemandem solche brutalen Handlungen zuzutrauen wären. Ein paar von den mutigeren Männern haben heute die Kiefernwälder abgesucht – aber ohne Erfolg.

24. Mai. Die Ereignisse überschlagen sich. Kaum haben wir uns von einem Schrecken erholt, gibt es die nächste Aufregung, die die allgemeinen Ängste erneut anfacht. Glück-

licherweise handelt es sich diesmal nicht um einen weiteren Mord, doch die Nachricht ist ernst genug.

Man hat den Mörder gesehen – und zwar auf offener Straße! Das beweist, daß sein Blutdurst noch nicht gestillt ist und die Verstärkung unserer Polizei bei weitem nicht ausreicht, um unsere Sicherheit zu garantieren. Ich habe soeben mit angehört, wie Andreas Murch sein Erlebnis erzählte. Der arme Kerl ist freilich noch derart durcheinander, daß sein Bericht recht unzusammenhängend ausfiel. Er befand sich auf dem Heimweg, als es passierte. Da im Gebirge Nebel herrschte, erreichte er erst gegen dreiundzwanzig Uhr die Hauptstraße, einige Meilen vom Dorf entfernt. Er bekennt, daß es ihm angesichts der jüngsten Ereignisse nicht geheuer war, so spät noch unterwegs zu sein. Aber als sich der Nebel schließlich lichtete und der Mond hell schien, schritt er munter aus. Ungefähr eine Viertelmeile vor dem Dorf macht die Straße eine scharfe Biegung. Murch war fast dort angelangt, als er plötzlich in der nächtlichen Stille rasche Schritte hörte, die aus der Kurve kamen. Vor Angst sprang er in den Straßengraben, duckte sich dort reglos in den Schatten und spähte über den Rand. Die Schritte kamen näher und näher, dann bog eine große dunkle Gestalt federnden Ganges um die Ecke, passierte die Stelle, wo der Mond auf das schrekkensbleiche Gesicht des Bauern schien, blieb ungefähr zwanzig Meter weiter stehen und stocherte mit einem Instrument, das Andreas Murch zu seinem Entsetzen als eine langstielige Bergpicke erkannte, im Schilf des Grabens herum. Nach etwa einer Minute vergeblichen Suchens stützte sie sich auf ihre Waffe und verharrte still, als vermutete sie, daß sich jemand dort versteckte, denn sie schien Schritte vernommen zu haben. Murch beschrieb die Person als einen hochgewachsenen, schlanken Mann, der dunkle Kleidung trug. Eine Art Schal verdeckte den unteren Teil seines Gesichts, und das wenige, was darüber zu sehen war, wirkte geisterhaft bleich. Murch erkannte zuwenig von seinen Gesichtszügen, um ihn identifizieren zu können, ist aber der Meinung, daß er diesen Menschen nie zuvor in seinem Leben gesehen hat. Der Mann mit der Bergpicke blieb eine Weile stehen, dann marschierte er eilig weiter in die Dunkelheit, als wolle er den Geflüchteten einholen. Murch verlor keine Zeit, wie man sich vorstellen kann, sondern eilte ins Dorf und alarmierte die Polizei. Drei mit Karabinern bewaffnete Gendarmen machten sich sofort auf den Weg, bemerkten aber nicht das geringste von dem Schurken. Es besteht natürlich die Möglichkeit, daß manches an Murchs Geschichte stark übertrieben ist, weil seine Einbildungskraft ihm einen Streich gespielt hat. Dennoch sollte man den Vorfall nicht unterbewerten; der schreckliche Dämon, der uns verfolgt, ist offensichtlich immer noch aktiv.

Es gibt hier einen übel beleumdeten Burschen namens Hiedler, der in einer Hütte am Hang des Spiegelbergs wohnt und seinen Lebensunterhalt mit der Wilderei auf Gemsen beziehungsweise als Fremdenführer für die wenigen Touristen verdient, die sich hierher verirren. Der Verdacht der Dorföffentlichkeit fällt nun auf ihn – eigentlich nur, weil er ein hochgewachsener, dürrer Mann und zudem als grob und brutal verschrien ist. Man hat seine Hütte heute durchsucht, jedoch nichts von Bedeutung gefunden. Dennoch wurde er verhaftet und in denselben Raum gesperrt, der schon als Arrestzelle für Cellini gedient hatte.

An dieser Stelle folgt eine Lücke von einer Woche in meinem Tagebuch. Ich machte keine Eintragungen, weil in dieser Zeit der Strom der Schreckensnachrichten, der uns zuletzt so in Atem gehalten hatte, plötzlich abriß. Manche erklärten das mit der Annahme, der furchtbare Unbekannte habe sich ein neues, weniger bewachtes Operationsgebiet gesucht. Andere meinten, wir hätten mit dem Vagabunden Hiedler den richtigen Mann verhaftet. Den wahren Grund will ich dahingestellt sein lassen; auf jeden Fall herrschten wieder Friede und Eintracht im Dorf. Sieben Tage genügten, um den Albdruck der Angst von der Brust der Dorfbewohner zu nehmen – und das, obwohl die verstärkte Polizeipräsenz anhielt. Es begann die Saison der Schützenfeste, und Laden hatte, wie jedes Dorf in Tirol, einen eigenen Schießstand. Manchmal dauerte die Knallerei den ganzen Tag lang. Diese tirolischen Bauern sind wahre Scharfschützen auf Entfernungen bis zu vierhundert Meter. In ihren heimatlichen Bergen könnten sie sich mühelos gegen jede reguläre Truppe behaupten.

Mit meinem Freund Verhagen, dem Pfarrer, und Pfiffor, dem Bürgermeister, ging ich an den Nachmittagen hinunter zum Schießplatz, um den Wettbewerben zuzusehen. Dem Geistlichen hatte das Chinin sehr gutgetan und auch wieder einen gesunden Appetit verschafft. Wir fühlten uns verpflichtet, das Amüsement der Dorfbevölkerung sichtbar zu unterstützen, damit sie die leidigen Vorfälle möglichst schnell vergäße. Waghorn, der Fleischer, gewann den vom Bürgermeister gestifteten Preis. Er traf bei sechs Schüssen auf einhundert Meter fünfmal glatt ins Schwarze, einmal riß er das Schwarze an, wie es bei den Schützen heißt. In England würde er mit solch einer Leistung Meisterschaftsmedaillen erringen.

2. Juni. Wer hätte gedacht, daß ein Tag, der so gut begann, derartig schlimm enden würde? Heute morgen brachte mir der Postbote einen Brief von meinem Rechtsanwalt. Er teilt mir mit, Spragge & Co. seien nunmehr bereit, meine Forderungen in voller Höhe anzuerkennen, wollten das Geld aber erst in einigen Monaten auszahlen. Das bedeutet für mich immerhin vierhundert Pfund mehr jährlich – keine Kleinigkeit, wenn man schon siebenundvierzig Jahre alt ist.

Doch nun zu den Hauptereignissen des Tages: meiner Begegnung mit dem blutdürstigen Vampir, dessen Attentat auf Frau Bischoff, die Wirtin des ›Grünen Manns‹ – ganz zu schweigen davon, wie knapp unser guter Pfarrer mit dem Leben davonkam. Die Art, wie dieser Unhold seine mörderischen Umtriebe dreist und unbehelligt fortsetzt, scheint beinahe etwas Übernatürliches zu haben.

Der wahre Grund liegt freilich in der schlechten Beleuchtung im Ort – genauer gesagt dem Fehlen jeglicher Straßenlaternen. Auch der Umstand, daß sich beidseits des Dorfes dichter Wald bis zu den Häusern erstreckt, begünstigt den flüchtenden Verbrecher. Trotzdem ist er heute abend zweimal nur knapp entkommen – zuerst meinem Revolver, dann den Gendarmen. Ich werde diese Nacht wohl kaum schlafen, also kann ich getrost ein halbes Stündchen meinem Tagebuch widmen und die seltsamen Geschehnisse festhalten. Ich bin wahrhaftig kein Feigling, aber das Leben in Laden wird mir allmählich zu gefährlich. Wahrscheinlich wird es noch soweit kommen, daß die gesamte Bevölkerung auswandert.

Nun also zu meinem Erlebnis. Trotz der angenehmen Nachricht vom Vormittag fühlte ich mich heute abend niedergeschlagen und einsam. Gegen neun Uhr – es begann gerade dunkel zu werden – beschloß ich, den Pfarrer zu besuchen. Ich hoffte, ein kleines intellektuelles Gespräch würde mich aufmuntern. Ich steckte meinen Revolver ein – eine Vorsichtsmaßnahme, die ich mir zur Regel gemacht habe – und brach auf, obwohl mir die gute Frau Zimmer dringend davon abriet. Wie ich wohl schon vor Monaten in diesem Tagebuch erwähnt habe, steht das Pfarrhaus etwas außerhalb des Dorfes, auf dem Kamm eines kleinen Hügels. Dort angekommen, stellte ich fest, daß Verhagen ausgegangen war. Damit hätte ich eigentlich rechnen müssen, schließlich hatte ich ihm selbst zu abendlichen Spaziergängen geraten, als er über Schlaflosigkeit klagte. Seine freundliche Haushälterin ließ mich trotzdem ein, zündete eine Lampe im Arbeitszimmer an und versorgte mich mit einigen Büchern, damit ich mir die Zeit vertriebe, bis der Hausherr zurückkam.

So saß ich wohl eine halbe Stunde und blätterte in einer seltenen Ausgabe von Klopstocks Gedichten, als mich eine plötzliche instinktive Regung zum Aufblicken veranlaßte. Ich bin in meinem Leben schon in manchen bedrohlichen Situationen gewesen, doch nie zuvor durchfuhr mich solch ein Schreck wie in diesem Moment. Selbst jetzt noch, Stunden danach, läßt mich die bloße Erinnerung daran erschauern. Hinter der unteren Fensterscheibe befand sich ein Gesicht, das aus dem nächtlichen Dunkel in das erleuchtete Zimmer starrte – das Gesicht eines Mannes, nahezu verdeckt von einem Halstuch und einem Schlapphut. Erkennbar waren eigentlich nur ein raubtierhaftes Augenpaar und eine weiße, gegen die Glasscheibe gepreßte Nase. Auch ohne Andreas Murchs Beschreibung begriff ich sofort, daß ich den Mann mit der Picke vor mir hatte. In seinen wilden Augen funkelte Mordlust. Eine Sekunde lang war ich hilflos vor Verblüffung, doch in der nächsten spannte ich den Revolver und feuerte direkt auf die finstere Fratze. Leider einen Augenblick zu spät, denn im selben Moment, da ich auf den Abzug drückte, tauchte der Kopf unter, und da klirrten auch schon die Scherben der durchschossenen Scheibe zu Boden. Ich eilte zum Fenster, dann zur Haustür. Draußen war alles ruhig, keine Spur von dem Besucher. Offenbar hatte er es auf den Pfarrer abgesehen und wollte durch das angelehnte Fenster einsteigen, wovon ihn auch nichts abgehalten hätte, wenn er nicht auf einen Bewaffneten gestoßen wäre.

Noch während ich, mit der verängstigten Haushälterin neben mir, in der kühlen Nachtluft stand und lauschte, erhob sich ein Lärm unten im Dorf. Mittlerweile kannten wir dergleichen leider zur Genüge und wußten, was es bedeutete. Ein neues Unglück mußte geschehen sein. Diese Nacht schien eine Nacht des Schreckens zu werden. Vielleicht brauchte man meine Hilfe im Dorf. Ich machte mich sofort auf den Weg und nahm die zitternde Frau mit, die sich strikte weigerte, allein im Pfarrhaus zu bleiben. Vor dem ›Grünen Mann‹ stießen wir auf eine Menschenansammlung. Ein Dutzend erregte Stimmen redeten gleichzeitig auf den kurz vor uns eingetroffenen Pfarrer ein und suchten ihm das Geschehene zu erklären. Es war, wie ich vermutet hatte, nur meine schlimmste Befürchtung bewahrheitete sich zum Glück nicht. Frau Bischoff, die Ehefrau des Wirtshausinhabers, war etwa zwanzig Minuten zuvor vor die Tür zur nur wenige Meter entfernten Pumpe gegangen und dabei plötzlich von einem hochgewachsenen Vermummten angefallen worden, der mit einer Waffe auf sie einhieb. Glücklicherweise rutschte der Angreifer dabei aus, so daß sie sein Handgelenk fassen, weitere Schläge verhindern und um Hilfe rufen konnte. Sofort kamen ein paar Leute herbeigeeilt, die sich in der Nähe aufhielten. Der Unhold riß sich los und flüchtete in den Wald. Zwei unserer Gendarmen nahmen sofort die Verfolgung auf. Es besteht jedoch wenig Hoffnung, daß sie ihn in diesem finsteren Labyrinth einholen oder aufspüren werden. Frau Bischoff behauptet, ihm bei ihrer verzweifelten Gegenwehr tiefe Kratzspuren am rechten Handgelenk beigebracht zu haben. Dies ist allerdings eine bloße Vermutung, denn um diese Zeit war es kaum noch hell genug, um etwas zu erkennen. Die Gesichtszüge des Mannes vermag sie ebensowenig zu beschreiben wie ich. Glücklicherweise blieb sie völlig unverletzt. Der Pfarrer war entsetzt, als ich ihm von dem Vorfall in seinem Haus berichtete. Er wiederum erzählte mir, er sei gerade von seinem Spaziergang zurückgekehrt, als er Schreie im Dorf hörte, denen er unverzüglich folgte. Den anderen gegenüber habe ich nichts von meinem Abenteuer erwähnt; die Beunruhigung unter den Dorfleuten ist ohnehin schon groß genug.

Wie ich bereits sagte: Wenn man diesen mysteriösen und blutgierigen Schurken nicht bald faßt, wird das Dorf noch veröden. Normale Menschen aus Fleisch und Blut halten solch einer Bedrohung auf die Dauer nicht stand. Entweder handelt es sich um einen mordlustigen Misanthropen, der sich an der gesamten menschlichen Rasse rächen will, oder einen entlaufenen Irrenhäusler. Offensichtlich ist er nach dem fehlgeschlagenen Angriff auf Frau Bischoff unverzüglich zum Pfarrhaus gerannt, dessen einsame Lage ihn wohl hoffen ließ, seinen Blutdurst ungefährdet stillen zu können. Hätte ich doch gleich aus der Manteltasche auf ihn gefeuert!

Im selben Moment, da er die schimmernde Waffe bemerkte, war er auch schon weg.

3. Juni. Heute vormittag wußte bereits jeder über den gestrigen Mordanschlag auf den Pfarrer Bescheid. Eine ziemliche Menschenmenge versammelte sich vor seinem Haus, um ihm zu seinem Glück zu gratulieren. Als ich hinzukam, stimmte man Hochrufe auf den »tapferen Engländer« an. Wie es aussieht, ist dem Verbrecher gestern der Schreck heftig in die Glieder gefahren, denn man fand einen dicken Wollschal neben dem Pfad, der zum Dorf führt. Später, es war schon Nachmittag, wurde unweit dieser Stelle auch die als Mordwaffe benutzte Bergpicke entdeckt. Der Schurke hat diese Dinge wohl weggeworfen, als er Reißaus nahm. Durchaus möglich, daß ihn der Schreck ganz und gar aus unserer Gegend vertrieben hat. Wollen wir es hoffen!

4. Juni. Ein ruhiger Tag – gegenwärtig in den Annalen dieses Dorfes etwas so Seltenes wie ein aufregender Tag andernorts. Wurms hat gründliche Nachforschungen angestellt, konnte aber den Besitzer von Picke und Schal nicht ermitteln. Er ließ eine genaue Beschreibung beider Fundstücke unter den Bauern in Anspach und in den umliegenden Dörfern verteilen, in der Hoffnung, daß irgend jemand einen Hinweis liefern kann. Am kommenden Sonntag soll ein Dankgottesdienst für die wunderbare Errettung unseres Pfarrers und Martha Bischoffs abgehalten werden. Pfiffor hat mir verraten, daß Herr von Weissendorf, einer der tüchtigsten Detektive Wiens, sich auf dem Weg nach Laden befindet. Aus den englischen Zeitungen, die ich mir kommen lasse, ersehe ich, daß die Kunde von den hiesigen Tragödien sogar bis zu uns nach Hause gedrungen ist, wenngleich in verstümmelter und zum Teil sinnentstellter Form.

Wie gut ich mich an jenen Sonntag nach den beschriebenen Ereignissen erinnere! Es war ein strahlender Morgen, wie man ihn eigentlich nur im Tirol findet. Am blauen Himmel stand kein einziges Wölkchen, eine sanfte Brise wehte frischen Kieferndutt zum offenen Fenster herein, von den fernen Bergwiesen drang das melodiöse Gebimmel der Kuhglocken herüber, das dann vom dröhnenden Klang der Kirchenglocken übertönt wurde, der die Gläubigen zur Messe rief. Blickte man die friedliche kleine Straße mit den hübschen altmodischen Holzhäusern hinab, fiel es schwer zu glauben, daß in diesem Ort eine Serie finsterer Verbrechen geschehen war, die in ganz Europa Entsetzen hervorgerufen hatte. Ich saß am Fenster und beobachtete die Bauern, die mit ihren fein herausgeputzten Frauen und Töchtern zur Kirche gingen. Wie in katholischen Gegenden üblich, bekreuzigten sie sich ehrerbietig vor Frecklers Haus und an der Stelle, wo Maul das Schicksal ereilt hatte. Als das Läuten aufhörte und die gesamte Gemeinde in der Kirche war, ging ich hinterher, denn ich habe es mir zur Gewohnheit gemacht, den religiösen Zeremonien der Leute, unter denen ich mich aufhalte, beizuwohnen.

Als ich die Kirche betrat, hatte der Gottesdienst bereits begonnen. Ich stieg die Empore hinauf und nahm neben der Orgel Platz, von wo ich die Gemeinde gut überblicken konnte. Ganz vorn saß Frau Bischoff, deren wunderbarer Errettung die Messe galt, flankiert von ihrem würdigen Herrn Gemahl und dem Bürgermeister. Feierliche Stille breitete sich im Kirchenraum aus, als der Priester den Altar verließ und die Kanzel bestieg. Eine so ergreifende Predigt habe ich selten gehört. Pater Verhagen war schon immer ein brillanter Redner, doch an diesem Tag übertraf er sich selbst. Er wählte als Thema das Bibelzitat »Nun muß ich zu des Totenreiches Pforten fahren in der Mitte meines Lebens« und führte uns eindringlich vor Augen, welch dünner Schleier uns von der Ewigkeit trennt und wie unerwartet dieser zerreißen kann, so daß er die erschütterten Zuhörer bald in seinen Bann geschlagen hatte. Dann sprach er mit leichter Ergriffenheit in der Stimme von den Freunden, die so plötzlich und unerwartet aus unserer Mitte abberufen worden waren, woraufhin seine Worte im Schluchzen der Frauen nahezu untergingen. Und schließlich schlug er einen Bogen, indem er den ewigen Frieden der Toten in einem besseren Land mit dem düsteren Schicksal des hoffnungslosen, blutbesudelten Verbrechers verglich, der weder in dieser noch in einer anderen Welt etwas zu hoffen habe – ein Mann, einsam unter seinen Mitmenschen, ohne Frau, die ihn liebt, ohne ein Kind, das auf seinem Schoß plappert, mit nichts als nagenden Schuldgefühlen, die ihn ohne Unterlaß peinigen und plagen. Er predigte so feurig und mitreißend, daß am Ende jeder den gnadenlosen Bösewicht aufs lebhafteste bedauerte.

Die Andacht war vorbei, der Priester verließ mit seinen beiden Meßdienern den Altar, wandte sich aber vor dem Auszug noch einmal zur Gemeinde, um den Segen zu erteilen. Diesen Anblick werde ich nie vergessen. Die Sommersonne schien schräg in das einzige bunt verglaste, schmale Fenster, das die kleine Kirche schmückte. Das Licht fiel als gelber Schimmer auf des Pfarrers wachsames, intellektuelles Gesicht mit den düsteren, hageren Zügen, während seine hoch erhobene Rechte in einen wabernden roten Schein getaucht war, der durch das purpurne Gewand einer Figur auf dem bemalten Fenster entstand. Atemlose Stille, als die Gläubigen die Köpfe senkten, um den Segen ihres Priesters zu empfangen – und plötzlich ein überraschter Aufschrei einer Frau, die in der vorderen Bankreihe aufsprang und wild gestikulierend auf Pater Verhagens erhobenen Arm deutete. Es hätte der Erklärungen von Frau Bischoff dazu nicht bedurft, denn dort – deutlich sichtbar für die gesamte Gemeinde – prangten am weißen Handgelenk des Priesters frische Kratzspuren, wie sie nur von den Fingernägeln einer verzweifelten Frau herrühren konnten, jener Frau Bischoff, die sich zwei Tage zuvor so wacker gegen den Mörder gewehrt hatte!

Ich bezweifle nicht, daß der bedauernswerteste Mensch in dieser schrecklichen Angelegenheit der arme Verhagen selbst war. In einer Stadt mit ordentlicher medizinischer

Versorgung hätte man das Entstehen seiner psychopathischen Mordlust, die bestimmt aus dem Zusammenspiel von Überarbeitung und Hirnstörungen resultierte und derart monströse Formen annahm, sicherlich rechtzeitig erkannt und behandelt. Damit wären ihm auch die fürchterlichen Gewissensbisse erspart geblieben, die ihn in den klarsichtigen Intervallen zwischen den Anfällen gepeinigt haben müssen – wenn es denn solche klaren Phasen überhaupt gab. Wie hätte ich mit meinen oberflächlichen Medizinkenntnissen und insbesondere aufgrund der vagen Symptombeschreibung aus dem Mund des Kranken die Diagnose einer derart schrecklichen und heimtückischen Form des Wahnsinns stellen können? In der Rückschau fallen einem jetzt viele kleine Begebenheiten auf, die uns auf die richtige Fährte hätten setzen können, doch hinterher klug zu sein ist einfach. Ich wäre wirklich traurig, wenn ich mir in dieser Hinsicht etwas vorzuwerfen hätte.

Wir fanden nie heraus, woher er sich das Mordwerkzeug beschafft und wo er es zwischen seinen Anfällen verborgen hatte. Mein Erlebnis bewies, daß er sein Arbeitszimmer durch das Fenster verließ und wieder betrat, ohne daß seine Haushälterin davon etwas merkte. Nach dem Mordversuch an Frau Bischoff war er sofort nach Hause geeilt, doch als er zu seiner Überraschung jemanden in seinem Zimmer vorfand, blieb ihm nichts anderes übrig, als Picke und Schal wegzuwerfen und sich im Dorf unter die Leute zu mischen. Einem kräftigen und behenden Mann wie ihm, der die Waldpfade gut kannte, war es ein leichtes, sich jeglicher Verfolgung zu entziehen.

Unmittelbar nach Verhagens Verhaftung erreichte seine Krankheit ein akutes Stadium, und man brachte ihn nach Feldkirch in die Nervenklinik. Monate später soll er einen seiner Wärter attackiert und dann anschließend Selbstmord begangen haben. Aber dafür kann ich mich nicht verbürgen, ich hörte es nur zufällig, als Reisende im Zug davon sprachen.

Ich selbst blieb noch einige Monate in Laden, dann erreichte mich die erfreuliche Mitteilung meines Anwalts, daß mein Geld in voller Höhe zurückgezahlt worden war. Obwohl ich Tragisches dort erlebt hatte, behielt ich das kleine Tiroler Dorf in angenehmer Erinnerung und besuchte es später noch zweimal. Dabei frischte ich meine Bekanntschaft mit dem Bürgermeister, dem Wachtmeister und all den alten Freunden auf. Wir saßen bei langen Pfeifen und manchem Humpen Bier beisammen und unterhielten uns mit grimmigem Vergnügen über den schrecklichen Monat in dem stillen Dörfchen in Vorarlberg.

KATALOGNR. 249

Wahrscheinlich wird man nie mit letzter Sicherheit feststellen, was zwischen Edward Bellingham und William Monkhouse Lee vorgefallen ist und Abercrombie Smith so verstört hat. Zwar existiert ein ausführlicher, präzise formulierter Bericht aus der Feder jenes Smith, den sogar der Hausdiener Thomas Styles, der am Old College unterrichtende Theologe Plumptree Peterson sowie mehrere andere zufällige Augenzeugen in einigen Punkten bestätigen. Was jedoch den Kern der merkwürdigen Geschichte anbetrifft, sind wir ausschließlich auf Smiths Angaben angewiesen. Und so wird wohl die Mehrzahl der Leser einen kleinen Webfehler in diesem äußerlich ganz vernünftig wirkenden Menschen, eine falsche Windung in seinem strapazierten Hirn, für wesentlich wahrscheinlicher halten als die Vorstellung, naturgesetzliche Zusammenhänge seien am hellichten Tage und ausgerechnet an solch einem Hort der Wissenschaften und der Aufklärung wie der Universität zu Oxford außer Kraft gesetzt worden. Doch wenn wir bedenken, wie eng und verschlungen die Wege der Natur sind, wie schlecht wir sie zu erkennen vermögen trotz aller wissenschaftlichen Erleuchtung und wie viele ungeahnte, schreckliche Möglichkeiten sich in der Finsternis ringsum verbergen, dann braucht es wahrlich einen mutigen und überzeugten Mann, um die merkwürdigen Bahnen, die der menschliche Geist einschlagen kann, in Grenzen zu halten.

In einem gewissen Flügel eines zur Oxforder Universität gehörenden Colleges – nennen wir es Old College – steht ein uralter Eckturm. Der mächtige Bogen über seinem offenen Eingang hat sich unter der Last der Jahre in der Mitte gesenkt; dichtverzweigte Efeuranken umspannen seine grauen, flechtenverkrusteten Steinblöcke, als wolle Mutter Natur das Bauwerk höchstpersönlich vor Wind und Wetter beschützen. Vom Eingang führt eine steinerne Wendeltreppe drei Stockwerke hinauf. Die Füße vieler Generationen Wissensdurstiger haben ihre Stufen abgewetzt und ausgetreten. Wie Wasser ist das Leben über diese gewundene Treppe geströmt und hat dort genauso glatt ausgewaschene Rinnen hinterlassen. Was für ein mächtiger, ungestümer Strom jungen englischen Lebens, angefangen bei den pedantischen, in lange Gewänder gehüllten Scholaren aus den Tagen der Plantagenets bis hin zu den ausgelassenen Studenten späterer Zeiten! Und was blieb von all dem Hoffen, dem Streben, der heißblütigen Energie, außer da und dort auf einem alten Friedhof ein paar verwitterte Buchstaben auf einem Grabstein und vielleicht eine Handvoll Staub im morschen Sarg? Nur die stille Treppe und die mit eingeritzten Schlingen, Andreaskreuzen und anderen heraldischen Symbolen bedeckten grauen Mauern stehen noch immer, wie groteske Schatten längst vergangener Tage.

Im Mai des Jahres 1884 bewohnten drei junge Männer die auf den oberen Stockwerken gelegenen separaten Studentenquartiere, zu denen die alte Wendeltreppe den gemeinsamen Zugang bildete. Jede dieser Unterkünfte bestand lediglich aus einem Wohnzimmer und einer Schlafkammer. Von den entsprechenden Räumen im Erdgeschoß wurde der eine als Kohlenlager genutzt, im anderen wohnte der Hausdiener Thomas Styles, zu dessen Obliegenheiten es gehörte, den drei jungen Herren aufzuwarten. In den Gebäuden ringsum befanden sich überwiegend Büros und Seminarräume, was den Bewohnern des Turms eine gewisse Abgeschiedenheit bescherte und die Quartiere unter den etwas strebsameren Studenten sehr begehrt machte. Die drei gegenwärtigen Mieter – Abercrombie Smith zuoberst, Edward Bellingham darunter und William Monkhouse Lee auf der ersten Etage – gehörten zu dieser Kategorie.

Es war zehn Uhr, ein heller Frühlingsabend, und Abercrombie Smith lehnte in seinem Sessel, die Füße gegen das

Kamingitter gestützt, eine Bruyèrepfeife zwischen den Lippen. In einem ähnlichen Sessel auf der anderen Seite des Kamins räkelte sich ebenso behaglich sein alter Schulfreund Jephro Hastie. Beide Studenten trugen Trainingsanzüge, denn sie hatten den Nachmittag auf dem Fluß zugebracht. Mehr noch als ihre Kleidung verrieten die scharfgeschnittenen Gesichtszüge mit dem hellwachen Ausdruck, daß diese Männer den Aufenthalt im Freien liebten – abgehärtete Burschen, die natürlicherweise alles Männliche und Robuste bevorzugten. Hastie war Schlagmann seines Collegebootes, Smith sogar ein noch besserer Ruderer, aber eine bevorstehende Prüfung warf ihre Schatten voraus und fesselte ihn an seine Bücher, von denen er sich nur wenige Stunden in der Woche losriß, gerade soviel, wie für sein Wohlbefinden erforderlich. Der Wirrwarr von medizinischen Nachschlagewerken, Knochen, Modellen und anatomischen Tafeln auf seinem Tisch verriet sowohl den Gegenstand als auch den Eifer seiner Studien, während Kricketschläger und ein Paar Boxhandschuhe über dem Kaminsims auf die weniger zeitaufwendigen, intensiveren Sportarten verwiesen, mittels deren er sich – gemeinsam mit Hastie – körperliche Bewegung zu verschaffen pflegte. Sie kannten sich gegenseitig sehr gut – so gut, daß sie jetzt in jenem gelassenen Schweigen beieinander sitzen konnten, welches die höchste Form von Kameradschaft charakterisiert.

»Einen Whisky?« stieß Abercrombie Smith schließlich zwischen zwei Tabakwolken hervor. »In der Karaffe ist schottischer, in der Flasche irischer.«

»Danke, nein, ich versuche mich gerade als Skuller. Rühre grundsätzlich keinen Schnaps im Training an. Und du?«

»Verzichte auch. Habe noch ein ziemliches Pensum zu lesen.«

Hastie nickte, und sie überließen sich wieder ihrem gemütlichen Schweigen.

»Übrigens Smith«, begann Hastie nach einer Weile, »hast du dich schon mit den beiden unter dir bekannt gemacht?«

»Wir grüßen uns auf der Treppe. Das ist alles.«

»Hm. An deiner Stelle ließe ich es dabei bewenden. Ich habe einiges über sie gehört. Nicht viel, aber es reicht. Halte sie dir vom Leibe. Gegen Monkhouse Lee habe ich eigentlich nichts –«

»Du meinst den schmächtigen?«

»Genau. Ein anständiger Kerl, dem ich kaum etwas Gemeines zutraue. Aber er steckt dauernd mit Bellingham zusammen.«

»Mit dem dicken?«

»Richtig. Und mit dem würde ich mich lieber nicht einlassen.«

Abercrombie Smith hob die Augenbrauen und blickte zu seinem Freund hinüber.

»Weshalb?« fragte er. »Alkohol? Karten? Glücksspiel? Du warst doch früher nicht so moralisch.«

»Ah – so kann nur einer fragen, der ihn wirklich nicht kennt. Der Kerl hat etwas Tückisches, Unberechenbares an sich, wie ein Reptil. Ich kriege Beklemmungen, wenn ich ihn bloß sehe. Er ist jemand mit geheimen Lastern – ein ganz falscher Fuffziger, wenn du mich fragst. Aber nicht dumm, im Gegenteil. Er soll einer der besten Studenten seiner Fachrichtung sein, die sie je am College hatten.«

»Medizin oder Geisteswissenschaften?«

»Er hat Sprachen des Nahen Ostens belegt. Muß wirklich ein As sein. Chillingworth traf ihn in den letzten Semesterferien am Nil, irgendwo oberhalb der zweiten Stromschnelle, und war ganz baff, wie dieser Bursche mit den Ägyptern schwatzte – als wäre er da geboren und aufgewachsen. Er parlierte koptisch mit den Kopten, hebräisch mit den Juden und arabisch mit den Beduinen, und das Merkwürdigste: Die benahmen sich so, als wollten sie ihm jeden Moment den Saum seines Gewandes küssen. Es gibt dort in der Gegend ein paar Eremiten – komische alte Käuze, die auf Felsblöcken hocken und jeden Fremden finster angucken, manchmal auch anspucken. Stell dir vor: Dieser Bellingham brauchte bloß drei, vier Worte zu murmeln – schon lagen sie vor ihm auf dem Bauch und krochen. Chillingworth sagt, er hätte so was noch nie gesehen. Bellingham schien das ganz selbstverständlich zu finden, stolzierte herum und redete herablassend zu ihnen wie ein reicher Onkel. Nicht schlecht für einen einfachen Studenten, was?«

»Wieso steckt Lee immer mit ihm zusammen?«

»Weil Bellingham mit seiner Schwester Eveline verlobt ist. Ein prima Mädchen, Smith! Ich kenne auch ihre Familie ganz gut. Es ist widerlich, diesen Kotzbrocken mit ihr zu sehen, ich muß dabei immer an eine Kröte und eine Taube denken.«

Abercrombie Smith griente und klopfte seine Pfeife am Kaminrost aus.

»Man kann dir leicht in die Karten gucken, alter Junge«, sagte er. »Außer ein paar Vorurteilen aus Neid und Eifersucht hast du nichts gegen den Burschen?«

»Unsinn, ich kenne sie von klein auf und sehe sie nicht gern in ihr Unglück rennen. Und er ist ihr Unglück, glaub mir. Er sieht nicht nur häßlich aus, sondern hat auch so einen Charakter. Er kann ausgesprochen giftig werden. Du erinnerst dich doch an seinen Streit mit Long Norton?«

»Nein; du vergißt ständig, daß ich das erste Jahr hier bin.«

»Stimmt, das war ja im letzten Winter. Natürlich. Die Sache passierte unten am Fluß, auf dem Treidelpfad am Ufer. Ein paar Studenten gingen dort spazieren, allen voran Bellingham. Auf einmal kommt ihnen ein altes Marktweib entgegen. Es hatte geregnet – du weißt, wie sehr dort der Boden bei Regen aufweicht –, und sie begegneten sich an einer Stelle, wo zwischen dem Flußufer und einer Riesenpfütze nur noch ein schmales Stück passierbar war. Was glaubst du, was dieses Schwein tut? Er bleibt stur auf dem Pfad und schubst die Alte beiseite, die mitsamt ihrer Ware im Schlamm landet und schrecklich zu Schaden kommt. Eine unglaubliche Gemeinheit, und Long Norton, ein einmalig feiner Kerl, hat ihm auch gleich ordentlich die Meinung gesagt. Ein Wort ergab das andere und führte schließlich dazu, daß Norton ihm eins mit dem Spazierstock überbriet. Es gab einen Heidenspektakel deswegen, und wenn Bellingham jetzt Norton sieht, zieht er eine finstere Miene, die absolut bühnenreif ist. Mein Gott, Smith, schon fast elf Uhr!«

»Keine Hektik. Genehmigen wir uns noch ein Pfeifchen.«

»Ohne mich. Ich muß Trainingsdisziplin halten. Eigentlich sollte ich längst im Bett liegen, statt dessen hocke ich hier und schwatze. Ich borge mir mal deinen Schädel, ja? Williams hat meinen schon seit einem Monat und gibt ihn nicht zurück. Ich nehme auch deine Innenohrknochen, wenn du sie nicht brauchst. Vielen Dank. Nein, eine Tasche ist nicht nötig, ich kann alles bequem unterm Arm tragen. Gute Nacht, mein Freund, und denk daran: Vorsicht vor deinen Nachbarn!«

Während Hastie mit den anatomischen Anschauungsstücken die Wendeltreppe hinabstieg, klopfte Abercrombie Smith seine Pfeife aus, rückte den Sessel näher zur Lampe und vertiefte sich in einen dicken, grün eingebundenen Wälzer mit großen Farbtafeln der merkwürdigen Innenwelt, deren hilflose und hüllenlose Herrscher wir selbst sind. Obwohl das erste Jahr in Oxford, war er kein Studienanfänger, sondern hatte bereits vier Jahre an den Universitäten von Glasgow und Berlin hinter sich und bereitete sich nunmehr auf das Abschlußexamen vor. Sein energischer Mund, die breite Stirn und die scharf gezeichneten, etwas groben Gesichtszüge verrieten einen Mann, der zwar nicht mit besonderen Gaben brillierte, aber doch so beharrlich, ausdauernd und stark war, daß er auch wesentlich glänzendere Kontrahenten aus dem Feld schlagen konnte. Ein Mann, der sich unter Schotten und Norddeutschen zu behaupten weiß, sollte nie unterschätzt werden. Smith hatte sich in Glasgow und Berlin durch Fleiß und Zielstrebigkeit einen Namen gemacht und war dabei, dies in Oxford zu wiederholen.

Er hatte etwa eine Stunde gesessen und gelesen, die Zeiger des geräuschvoll tickenden Weckers auf dem Tisch näherten sich der Zwölf, als ihn ein plötzlicher Laut aufhorchen ließ –

ein scharfer, fast schriller Laut wie das zischende Einatmen eines vor heftiger Erregung keuchenden Menschen. Smith ließ sein Buch sinken und lauschte. Das konnte nur der Mieter ein Stockwerk tiefer gewesen sein, den Hastie als so unangenehm beschrieben hatte. Smith kannte ihn lediglich als einen schlaff wirkenden, bleichgesichtigen Mann von ruhigem Auftreten, der eifrig studierte; manchmal, wenn Smith seine Lampe löschte, drang aus dem Turmfenster unter ihm noch ein gelber Schein in die Dunkelheit. Diese Gemeinsamkeit in späten Nachtstunden hatte ein gewisses unsichtbares Band zwischen ihnen entstehen lassen. Wenn Stunde um Stunde verstrich und es schon zu dämmern begann, war es für Smith eine Beruhigung, noch einen Menschen in unmittelbarer Nähe zu wissen, der dem Schlaf ebenso wenig Wert beimaß wie er. Auch jetzt, als Smith seine Aufmerksamkeit auf den Mann im zweiten Stockwerk richtete, fühlte er Sympathie für ihn. Hastie war ein guter Kerl, aber etwas grob, ungehobelt, ohne Phantasie und Einfühlungsvermögen. Natürlich konnte man von ihm wenig Toleranz erwarten, denn Hastie verabscheute und mied Leute, die nicht seinem eigenen Männlichkeitsideal entsprachen. Ließ sich jemand nicht mit dem Maßstab der strengen Privatschulen messen, war er für Hastie jenseits der Grenzen des Erlaubten. Wie viele robuste Menschen, setzte er Konstitution mit Charakter gleich und betrachtete als Charakterschwäche, was vielleicht nur eine Kreislaufschwäche war. Der klügere Smith durchschaute die Ansichten seines Freundes und relativierte sie, während er auf den Nachbarn unter sich lauschte.

Der merkwürdige Laut wiederholte sich nicht, und Smith wollte sich erneut seiner Arbeit zuwenden, als plötzlich ein heiserer Schrei die nächtliche Stille zerriß – ein deutlich vernehmbarer Hilfeschrei eines fassungslosen, zu Tode erschrockenen Mannes. Smith schnellte aus dem Sessel, sein Buch polterte zu Boden. Er war kein furchtsamer Mensch, doch in diesem unbeherrschten, plötzlichen Schreckensschrei lag etwas, das ihm Kälteschauer über den Rücken jagte. Ort und Zeit taten ein übriges, um tausend phantastische Möglichkeiten vor seinem geistigen Auge entstehen zu lassen. Sollte er hinuntereilen und nachsehen oder lieber abwarten? Wie jeder gute Brite haßte er Szenen; außerdem kannte er seinen Nachbarn zu wenig, um sich ungebeten in dessen Angelegenheiten zu mischen. Noch während er unschlüssig verharrte und überlegte, hallten schnelle Schritte auf der Treppe, die Tür flog auf und herein stürzte der junge Monkhouse Lee, in hastig übergeworfener Kleidung und mit kalkweißem Gesicht.

»Bitte, kommen Sie schnell!« stieß er hervor. »Bellingham braucht Hilfe.«

Abercrombie Smith folgte ihm sogleich die Treppe hinab ins Wohnzimmer, das unter seinem eigenen lag, und wenn auch seine Aufmerksamkeit ganz der dringlichen Angelegenheit galt, so mußte er sich doch beim Eintreten erstaunt umschauen. Ein Zimmer wie dieses hatte er noch nie gesehen. Es glich eher einem Museum als einer Studentenbude. Wände und Decke waren dicht behängt mit merkwürdigen altägyptischen und orientalischen Kultgegenständen. Ein unheimlicher Fries, der an den Wänden rings um den Raum verlief, zeigte stolzierende, hochgewachsene, eckige Gestalten, die Waffen oder Lasten trugen. Auf dem oberen Sims des Frieses standen Statuetten mit Stierköpfen, Storchenköpfen, Katzenköpfen, Eulenköpfen, Büsten mandeläugiger Könige mit Schlangenkronen, dazwischen Darstellungen käferähnlicher Gottheiten aus blauem ägyptischem Lapislazuli. Horus, Isis und Osiris lugten aus jeder Nische und jedem Regal hervor, während ein echter Sohn des Nils in zwei von der Decke herabhängenden Seilschlingen schwebte – ein riesiges Krokodil mit aufgerissenem Maul.

In der Mitte des erstaunlichen Raumes stand ein großer quadratischer Tisch, überhäuft mit Papieren, Flaschen und getrockneten Blättern einer zierlichen, palmenartigen Pflanze. Man hatte den Wust zur Seite geschoben, um Platz zu schaffen für einen Mumiensarg, der nun den vorderen

Teil des Tisches einnahm, vorher jedoch aufrecht an einer Wand gestanden haben mußte, wie aus einer Lücke dort zu schließen war. Die Mumie selbst, ein furchtbares, schwarzes, vertrocknetes Ding, wie eine knorrige Wurzel mit einem verkohlten Schädel, lag mit dem Oberkörper auf dem Sargrand, ihre klauenartigen Hände und knochigen Unterarme ruhten auf dem Tisch. Vor einer schräg an den Sarg gestellten alten gelben Papyrusrolle saß der Bewohner des Raumes in einem hölzernen Lehnstuhl. Sein Kopf war hintenübergesunken, seine weit aufgerissenen Augen starrten unverwandt auf das Krokodil über ihm, seine dicken bläulichen Lippen formten jedesmal ein lautes blubberndes Keuchen, wenn er ausatmete.

»Mein Gott, er stirbt!« rief Monkhouse Lee außer sich.

Er war ein schlanker, ansehnlicher Bursche mit Olivenhaut und dunklen Augen, der eher wie ein Spanier als ein Engländer aussah und sich auch durch sein lebhaftes keltisches Temperament kraß von dem phlegmatischen Angelsachsen Abercrombie Smith unterschied.

»Nur eine Ohnmacht, glaube ich«, sagte der Medizinstudent. »Fassen Sie mit an. Nehmen Sie die Beine. Jetzt aufs Sofa mit ihm. Räumen Sie mal diese hölzernen Teufelchen dort weg. Was für ein Krempel! So, nun öffnen wir ihm den Kragen und geben ihm etwas Wasser, dann kommt er wieder zu sich. Wie ist denn das passiert?«

»Ich weiß es nicht. Als ich ihn schreien hörte, rannte ich nach oben. Wir kennen uns näher, wissen Sie. Sehr freundlich von Ihnen, daß Sie gleich gekommen sind.«

»Sein Herz schlägt wie ein Paar Kastagnetten«, sagte Smith, der seine Hand auf die Brust des Ohnmächtigen gelegt hatte. »Mir scheint, er steht unter einem starken Schock. Bespritzen Sie ihn mit Wasser! Er sieht ja zum Fürchten aus!«

Es war in der Tat ein furchterregendes, abstoßendes Gesicht, das in Farbe und Form völlig vom Normalen abwich. Auf ihm lag nicht die übliche Schreckensblässe, sondern ein absolut blutleeres Weiß. Bellingham war sehr fett, schien aber einst noch weitaus fetter gewesen zu sein, denn seine Gesichtshaut bestand ganz aus Runzeln, herabhängenden Säckchen und Falten. Aus seinem borstigen braunen Haar, das er kurzgeschnitten trug, ragten lappige, welke Ohren hervor. Seine hellgrauen Augen waren immer noch geöffnet, die Pupillen erweitert, die Augäpfel hervorgequollen, starr und blicklos. Als er so auf ihn runterschaute, schien es Smith, als hätte er noch nie die Warnsignale der Natur so deutlich an einem Menschen gesehen wie jetzt, und seine Gedanken kehrten ernsthafter zur Warnung zurück, die ihm Hastie vor einer Stunde gegeben hatte.

»Was kann ihn nur so erschreckt haben?« fragte er.

»Die Mumie.«

»Diese Mumie? Wie das?«

»Keine Ahnung. Sie ist scheußlich und morbid. Wenn er doch bloß die Finger davon lassen würde! Das ist schon das zweite Mal, daß er mir so einen Schrecken einjagt. Genau wie im letzten Winter. Damals fand ich ihn genau so wie jetzt, und dieses schreckliche Ding lag vor ihm.«

»Was will er denn mit der Mumie?«

»Oh, er ist einfach verrückt nach solchen Sachen – ein leidenschaftlicher Sammler, wissen Sie. Er versteht davon mehr als jeder andere Mensch in England. Aber ich wünschte, dem wäre nicht so. Ah, er kommt wieder zu sich.«

Eine schwache Spur Farbe war in Bellinghams bleiches Gesicht zurückgekehrt, seine Lider zitterten wie Segel nach einer Flaute. Er ballte und öffnete die Hände, tat einen langen, zischenden Atemzug durch die geschlossenen Zähne, hob plötzlich ruckartig den Kopf und blickte verwirrt um sich. Als er die Mumie sah, sprang er vom Sofa auf, ergriff die Papyrusrolle, stopfte sie in eine Schublade, drehte den Schlüssel um und wankte dann zum Sofa zurück.

»Was ist los?« fragte er. »Was wollt ihr hier?«

»Du hast geschrien und warst unendlich aufgeregt«, sagte Monkhouse Lee. »Wäre unser Nachbar nicht gewesen – ich hätte nicht gewußt, was ich mit dir hätte anstellen sollen.«

»Ah, Sie, Abercrombie Smith!« sagte Bellingham nach einem kurzen Seitenblick. »Sehr freundlich von Ihnen, daß Sie sich her bemühten. Was war ich für ein Idiot! O mein Gott, was für ein Idiot!«

Er schlug die Hände vors Gesicht und begann, stoßweise und hysterisch zu lachen.

»Schluß damit! Keine Fisimatenten!« Smith packte ihn an der Schulter und rüttelte ihn derb.

»Ihr Nervenkostüm hält das nicht aus. Lassen Sie diese Mitternachtsspielchen mit der Mumie, sonst landen Sie demnächst im Irrenhaus. Sie sind bereits auf dem besten Weg dorthin.«

»Wer weiß, ob Sie so ruhig wären wie ich, wenn Sie erlebt hätten ...«

»Was denn?«

»Ach nichts. Ich wollte sagen: ob Sie nächtelang wach bleiben könnten mit einer Mumie zur Gesellschaft, ohne Ihre Nerven aufzureiben. Aber ich gebe Ihnen vollkommen recht. Ich habe mich in letzter Zeit wohl etwas verausgabt. Jetzt geht es mir schon viel besser. Aber bitte, gehen Sie noch nicht. Warten Sie noch ein paar Minuten, bis ich mich wieder ganz erholt habe.«

»Ziemlich stickig hier«, bemerkte Lee, während er das Fenster öffnete und kühle Nachtluft hereinließ.

»Balsamkraut«, sagte Bellingham. Er nahm eines der trokkenen gefingerten Blätter und hielt es über die Glasglocke der Petroleumlampe. Dicke Rauchschwaden stiegen auf und erfüllten den Raum mit durchdringendem, stechendem Geruch. »Die heilige Pflanze – die Pflanze der Priester«, setzte er hinzu. »Verstehen Sie etwas von den Sprachen des Orients, Smith?«

»Nicht das geringste.«

Diese Antwort schien den Ägyptologen ungemein zu erleichtern.

»Übrigens«, fuhr er fort, »wie lange war ich ohne Besinnung?«

»Nicht lange. Vielleicht vier oder fünf Minuten.«

»Das dachte ich mir«, sagte Bellingham und atmete tief durch. »Eine seltsame Sache, so eine Ohnmacht! Es fehlt jedes Zeitgefühl. Nach meinem Empfinden könnte ich nicht sagen, ob es Sekunden oder Wochen waren. Wahrscheinlich hätte der Herr da auf dem Tisch, der in den Tagen der elften Dynastie, also etwa vor viertausend Jahren, eingewickelt wurde, dieselben Schwierigkeiten. Wenn er seine Zunge wiederfände, würde er vielleicht meinen, nur ein Augenblick, die Zeitspanne zwischen dem Schließen und Öffnen der Lider, sei vergangen. Eine bemerkenswert gut erhaltene Mumie, nicht wahr?«

Smith trat an den Tisch und betrachtete die schwarze, gekrümmte Gestalt fachmännisch. Das Gesicht war schrecklich verfärbt, aber völlig unversehrt, selbst zwei haselnußartige Augen steckten noch in den tiefen schwarzen Höhlen. Flekkige Haut umspannte die Gesichtsknochen straff von einer Erhebung zur anderen. Auf dem Schädel ein struppiger schwarzer Haarschopf, der die Ohren bedeckte. Zwei dünne Vorderzähne, ähnlich denen einer Ratte, ragten über die geschrumpfte Unterlippe. Die wie zum Kriechen angewinkelten Arme und der seitwärts gewendete Kopf verliehen dem starren Körper etwas Dynamisches, Geschmeidiges, vor dem es Smith unwillkürlich schauderte. Der Brustkorb mit den dünnen Rippen und der pergamentähnlichen Haut war entblößt, ebenso die eingesunkene, bleigraue Bauchdecke, in der der Einbalsamierer seinen langen Schnitt als Markenzeichen hinterlassen hatte; die Beine steckten jedoch noch in groben gelben Stoffbinden. Kleine Myrrheknollen und Bröckchen zerbröselter Zimtrinde lagen überall auf dem Körper und im Innern des Sarges.

»Ich kenne nicht einmal seinen Namen«, sagte Bellingham und strich mit der Hand über den zusammengeschrumpften Mumienschädel. »Der äußere Sarkophag mit den Inschriften fehlt nämlich. Ich nenne ihn einfach »Katalognr. 249«, wie es dort auf dem Sarg aufgedruckt ist. Das war die Bezeichnung, unter der ich ihn auf einer Auktion erstand.«

»Er muß zu seinen Lebzeiten ein ziemlich stattlicher Bursche gewesen sein«, bemerkte Abercrombie Smith.

»Ein Hüne! Selbst als Mumie mißt er noch über einen Meter neunzig. Demnach dürfte er ein wahrer Herkules gewesen sein, zumal die Menschen dort nie von der robusteren Art waren. Fühlen Sie mal diese dicken Armknochen. Mit dem Kerl könnten selbst Sie es kaum aufnehmen.«

»Vielleicht haben seine Hände die Steinblöcke der Pyramiden bewegt«, meinte Monkhouse Lee und blickte angewidert auf die schmuddeligen, zu Klauen gekrümmten Finger.

»Ausgeschlossen. Dieser Herr wurde in Natron gelegt und mit allen Finessen der Totenkosmetik behandelt. So etwas war für einfache Arbeiter unerschwinglich; die mußten sich mit Salz und Bitumen begnügen. Man hat errechnet, daß die Kosten dieser Konservierungsart etwa dem heutigen Geldwert von siebenhundertdreißig Pfund entsprechen. Unser Freund hier war also mindestens ein Edelmann. Was halten Sie von der kleinen Inschrift am Fußende des Sarges, Smith?«

»Ich sagte Ihnen doch, ich beherrsche keine Sprache des Orients.«

»Ach ja, richtig. Das ist der Name des Einbalsamierers, wenn ich nicht irre. Ein sehr gewissenhafter Arbeiter, der Mann. Wie viele Meisterwerke von heute werden wohl viertausend Jahre überdauern?«

Er bemühte sich, leichthin und beiläufig zu plaudern, doch Abercrombie Smith sah genau, wie tief die Angst noch in ihm saß. Er erkannte es am Zittern der Hände und der Unterlippe. Wohin Bellingham auch schaute, sein Blick kehrte sogleich wieder zu seinem schauerlichen Zimmergenossen zurück. Seine Redeweise und sein Auftreten verrieten jedoch neben Furcht auch so etwas wie heimlichen Triumph. Seine Augen blitzten, und er durchmaß das Zimmer mit raschen, energischen Schritten. Er wirkte wie ein

Mensch, der zwar noch unter dem Eindruck durchlebter Gefahr steht, aber durch sie sein Ziel erreicht hat.

»Sie wollen doch nicht schon gehen?« rief er, als Smith sich vom Sofa erhob.

Die Aussicht auf erneutes Alleinsein schien seine Angst wiederzubringen, er streckte einen Arm aus, um ihn zurückzuhalten.

»Doch, ich muß. Habe noch eine Menge zu büffeln. Sie sind ja wieder auf dem Damm. Aber jemand mit einem derartig schwachen Nervenkostüm wie Sie sollte sich nicht mit solchen morbiden Sachen beschäftigen.«

»Ich bin sonst nicht so zartbesaitet, und das ist auch nicht die erste Mumie, die ich auswickle.«

»Aber du bist schon zum zweitenmal dabei ohnmächtig geworden«, entgegnete Monkhouse Lee.

»Nun ja, freilich. Ich muß mir wohl ein Nerventonikum verschreiben lassen oder eine Behandlung mit Elektrizität. Aber du bleibst doch noch, Lee?«

»Ganz wie du möchtest, Ned.«

»Am besten, wir gehen hinunter zu dir, und ich mache es mir ein Weilchen auf deinem Sofa bequem. Gute Nacht, Smith. Tut mir leid, daß ich Ihnen mit meinem Blödsinn solche Umstände gemacht habe.«

Sie schüttelten einander die Hände, und während der Medizinstudent die unregelmäßigen Stufen der Wendeltreppe erklomm, hörte er das Abschließen einer Tür und die Schritte seiner neuen Bekannten, die zum ersten Stock hinabstiegen.

Auf diese merkwürdige Weise begann die Bekanntschaft zwischen Edward Bellingham und Abercrombie Smith – eine Bekanntschaft, die letzterer zunächst gar nicht zu vertiefen wünschte. Bellingham jedoch schien an dem geradlinigen Wesen seines Nachbarn Gefallen zu finden und erwies ihm Aufmerksamkeiten, die abzulehnen grobe Unhöflichkeit erfordert hätte. Zweimal erschien er bei Smith, um ihm für seine Hilfe zu danken, dann kam er öfter, brachte ein

Buch, eine Zeitschrift oder andere Kleinigkeiten vorbei, mit denen sich studierende Wohnungsnachbarn gelegentlich aushelfen. Smith stellte bald fest, daß Bellingham ein äußerst belesener Mensch mit universalen Interessen und einem ungewöhnlichen Gedächtnis war. Auch wußte er sein abstoßendes Äußeres durch ein zuvorkommendes, liebenswürdiges Auftreten wettzumachen. Für einen erschöpften, gequälten Studenten war er ein unterhaltsamer Gesprächspartner, und bald begann Smith, seine Besuche zu erwarten und sogar zu erwidern.

Obwohl der Medizinstudent nicht Bellinghams außerordentliche Klugheit bezweifelte, glaubte er manchmal, Anzeichen von Wahnsinn an ihm zu entdecken. Bellingham verfiel gelegentlich in eine herrische, geschwollene Redeweise, die in krassem Widerspruch zur Bescheidenheit seines Lebensstils stand.

»Es ist ein wunderbares Gefühl«, rief er aus, »wenn einem die Mächte des Bösen und des Guten gleichermaßen gehorchen – der Schutzengel ebenso wie der Racheengel!« Ein andermal meinte er über Monkhouse Lee: »Lee mag ein guter Kerl sein, ein ehrlicher Bursche, aber ihm gebricht es an Kraft und Ehrgeiz. Für jemanden, der etwas Großes anstrebt, wäre er nicht der geeignete Partner. Ich jedenfalls betrachte ihn nicht als den mir ebenbürtigen Partner, den ich brauche.«

Auf solche versteckten Angebote und Aufforderungen pflegte Smith gleichmütig zu reagieren: Er paffte schweigend weiter an seiner Pfeife, oder er hob einfach die Augenbrauen, schüttelte den Kopf und gab kleine medizinische Weisheiten wie »Früher zu Bett gehen!« und »Mehr frische Luft!« von sich.

Nach einiger Zeit entwickelte Bellingham eine Angewohnheit, die Smith als häufigen Vorboten geistigen Verfalls kannte: Er begann, endlose Selbstgespräche zu führen. Spät nachts, wenn es ringsum still war und kein Besucher mehr bei Bellingham sein konnte, drangen seine halblauten, fast geflüsterten Monologe bis zu Smiths Stockwerk herauf. Das monotone Gebrabbel störte und belästigte den Studenten, so daß er seinen Nachbarn mehrmals deswegen zur Rede stellte. Bellingham wurde jedesmal rot, leugnete jedoch heftig, Selbstgespräche zu führen, und ereiferte sich weit mehr, als dem Anlaß angemessen.

Abercrombie Smith wollte schon an seinem Gehör zweifeln, da erhielt er eine Bestätigung für die Richtigkeit seiner Wahrnehmungen. Tom Styles, der schmächtige, runzelige Mann, der schon Generationen von Turmmietern betreut hatte, beklagte sich über dieselbe Sache.

»Verzeihung, Sir«, begann er eines Morgens beim Aufräumen der oberen Wohnung, »glauben Sie, daß mit Mr. Bellingham alles in Ordnung ist?«

»Wie bitte, Styles?«

»Ob er noch ganz richtig im Kopf ist, meine ich, Sir.«

»Weshalb sollte er das nicht sein?«

»Ich weiß nicht, Sir, aber in letzter Zeit kommt er mir irgendwie merkwürdig vor – so verändert. Er ist nicht mehr wie früher, obwohl ich ihn nie für einen Gentleman von der Art wie Mr. Hastie oder Sie gehalten habe, wenn ich mir die Bemerkung erlauben darf. Jetzt murmelt er abends dauernd vor sich hin. Das muß Ihnen doch auch auf die Nerven gehen. Ich werde nicht schlau daraus.«

»Was kümmert Sie das überhaupt, Styles?«

»Nun, man macht sich so seine Gedanken, Mr. Smith. Vielleicht geht es mich nichts an, aber ich bin nun einmal so. Ich fühle mich verantwortlich für meine jungen Herren, bin für sie Vater und Mutter zugleich. Wenn etwas schiefgeht und die Angehörigen kommen, bleibt alles an mir hängen. Aber noch einmal zu Mr. Bellingham, Sir. Ich frage mich, wer in seiner Wohnung herumläuft, wenn er ausgegangen und seine Tür von außen abgeschlossen ist.«

»Jetzt reden Sie aber wirklich Unsinn, Styles.«

»Vielleicht, Sir, aber ich habe es mehr als einmal mit eigenen Ohren gehört.«

»Einbildung, Styles!«

»Wie Sie meinen, Sir. Klingeln Sie, wenn Sie mich brauchen.«

Abercrombie Smith gab wenig auf das Geschwätz des alten Hausdieners, doch wenige Tage danach ereignete sich ein kleiner Vorfall, der ihn unangenehm berührte und Styles' Worten plötzlich Gewicht verlieh.

Bellingham war spät abends noch nach oben gekommen und erzählte sehr interessant von den Felsengräbern von Beni Hassan im oberen Ägypten, als Smith mit seinem beneidenswert scharfen Gehör vernahm, wie ein Stockwerk tiefer eine Tür geöffnet wurde.

»Jemand hat soeben Ihre Wohnung betreten oder verlassen«, bemerkte er.

Bellingham sprang auf, verharrte dann aber unschlüssig. Auf seinem Gesicht spiegelte sich eine Mischung von Ungläubigkeit und Angst.

»Aber ich habe doch abgeschlossen. Ich bin fast sicher, daß ich die Tür abgeschlossen habe«, stammelte er. »Also kann sie auch niemand öffnen.«

»Und doch kommt dieser Niemand jetzt die Treppe herauf«, sagte Smith.

Bellingham stürzte zur Tür, schlug sie heftig hinter sich zu und rannte die Treppe hinab. Smith hörte, daß er auf halbem Wege stehenblieb, und glaubte, einen geflüsterten Wortwechsel zu vernehmen. Einige Augenblicke später klappte unten die Tür, ein Schlüssel wurde quietschend im Schloß herumgedreht, erneut ertönten Schritte auf den Stufen, dann betrat Bellingham, bleich und mit dicken Schweißperlen auf der Stirn, wieder den Raum.

»Alles in Ordnung«, sagte er und ließ sich in einen Sessel fallen. »Es war dieser verrückte Hund. Er hat die Tür aufgedrückt. Ich muß wohl vergessen haben, sie abzuschließen.«

»Ich wußte gar nicht, daß Sie einen Hund besitzen«, entgegnete Smith und betrachtete aufmerksam das aufgewühlte Gesicht seines Besuchers.

»Ja, ich habe ihn noch nicht lange und werde ihn mir bald wieder vom Hals schaffen müssen. Er stellt einfach zuviel Unfug an.«

»Offensichtlich, wenn es schon so schwierig ist, ihn einzusperren. Normalerweise genügt bei einem Hund das Einklinken der Wohnungstür, ohne daß sie abgeschlossen werden müßte.«

»Ich will nicht, daß der alte Styles ihn versehentlich hinausläßt. Er ist ziemlich wertvoll, wissen Sie, und es wäre schade, wenn er davonliefe.«

»Zufällig bin ich auch ein Hundeliebhaber«, sagte Smith und beobachtete seinen Nachbarn aus den Augenwinkeln sehr genau. »Vielleicht darf ich ihn mir einmal ansehen?«

»Gewiß. Aber im Augenblick geht es leider nicht. Ich habe noch eine Verabredung heute abend. Stimmt Ihre Uhr? Dann müßte ich ja schon seit einer Viertelstunde weg sein! Sie entschuldigen mich bitte.«

Er griff nach seiner Mütze und eilte davon. Jedoch nicht zu seiner Verabredung, wie Smith sehr wohl hörte, sondern zurück in seine Wohnung, die er von innen abschloß.

Diese Episode machte auf den Medizinstudenten einen denkbar unangenehmen Eindruck. Bellingham hatte ihn angelogen, und zwar so plump und dreist, daß ihm offenbar jedes Mittel recht gewesen war, um die Wahrheit zu verbergen. Smith wußte, sein Nachbar besaß keinen Hund. Er wußte auch, daß die Schritte auf der Treppe von keinem Tier stammten. Aber wer konnte es gewesen sein? Der Beobachtung des alten Styles zufolge lief jemand in Bellinghams Räumen umher, wenn der Wohnungsinhaber nicht zu Hause war. Eine Frau? Anfangs neigte Smith zu dieser Ansicht. Wenn die Universitätsleitung etwas davon erfuhr, bedeutete das für Bellingham Relegation mit Schimpf und Schande. Das konnte seine Furcht und seine Unehrlichkeit erklären. Andererseits war es praktisch unmöglich, eine Frau auch nur einen Tag lang in einer Studentenbude wie dieser zu verbergen; schon nach wenigen Stunden würde man sie entdekken. Was immer auch die Erklärung sein mochte, etwas war faul an der Sache, fand Smith, und während er sich wieder seinen Büchern zuwandte, beschloß er, künftig den Umgang mit seinem glattzüngigen, häßlichen Nachbarn zu meiden.

Aber Unterbrechungen seiner Arbeit schienen an jenem Abend die Regel zu sein. Kaum hatte er den Faden wieder aufgenommen, als jemand geräuschvoll die Treppe heraufstürmte, mit jedem Satz drei Stufen nehmend. Die Tür flog auf, und Hastie, in Blazer und Trainingsanzug, stürzte herein.

»Immer noch beim Büffeln!« sagte er und ließ sich in seinen gewohnten Sessel plumpsen. »Dein Sitzfleisch möchte ich haben. Ich glaube, selbst wenn ein Erdbeben Oxford heimsuchte, würdest du vollkommen ungerührt zwischen den Ruinen hocken und in deinen Büchern blättern. Ich will dich auch nicht lange aufhalten. Nur einen kleinen Knösel, dann bin ich wieder weg.«

»Was gibt's Neues?« fragte Smith, während er mit einem Zeigefinger eine Tabakfüllung in seine Bruyèrepfeife stopfte.

»Nicht viel. Wilson hat beim Vergleich erstes gegen elftes Semester siebzig Punkte gemacht. Es heißt, sie wollen ihn für Buddicomb in die Auswahlmannschaft nehmen, weil Buddicomb klar außer Form ist. Er hatte mal einen ganz ordentlichen Wurf, aber was er jetzt macht, kann man nicht mit ansehen.«

»Genau!« bestätigte Smith mit jenem eifrigen Ernst, der englische Studenten beim Thema Universitätssport überkommt.

»Er geht zu schnell runter und muß dann mit den Beinen nachdrücken. Dabei hebt sich die Hand natürlich um sieben bis acht Zentimeter. Keine Spur mehr von seiner alten Gefährlichkeit. Ach übrigens, hast du das mit Long Norton schon gehört?«

»Was denn?«

»Er ist überfallen worden.«

»Überfallen?«

»Ja, gerade als er aus der High Street bog, keine hundert Meter hinter dem College-Tor.«

»Aber wer –«

»Tja, damit sind wir wohl schon beim Merkwürdigsten. ›Was?‹ statt ›Wer?‹ sollte man wohl eher fragen, um der Sache näherzukommen. Norton schwört nämlich steif und fest, daß es kein menschliches Wesen war, und so wie die Kratzer an seinem Hals aussehen, muß ich ihm sogar recht geben.«

»Was denn sonst? Ein Gespenst etwa?«

Abercrombie Smith, ganz Naturwissenschaftler, schnaubte verächtlich.

»Nein, das meine ich nicht. Sollte mich nicht wundern, wenn sich herausstellt, daß hier in der Gegend ein großer Affe vom Rummelplatz ausgerissen ist. Norton geht dort, wo es geschah, jeden Abend etwa zur selben Zeit vorbei. Es gibt an der Stelle einen Baum, dessen Äste tief über den Weg hängen – die große Rüster in Rainy's Garten. Norton glaubt, der Angreifer stürzte sich aus dem Geäst auf ihn. Jedenfalls wurde er von hinten umgerissen und gewürgt. Norton sagt, es waren Arme, so dünn und stark wie Stahlseile. Er sah nichts außer diesen komischen Armen, die ihm immer mehr die Luft abdrückten. Glücklicherweise konnte er noch schreien, ein paar Jungs kamen auch gleich gerannt, und das Biest verschwand flink wie eine Katze über eine Mauer. Er hat es die ganze Zeit nicht einmal richtig sehen können. Die Sache hat ihn recht mitgenommen, sage ich dir. Diese Art Luftveränderung verträgt man nicht besonders.«

»Ein Straßenräuber, höchstwahrscheinlich«, sagte Smith.

»Auch möglich. Norton verneint das zwar, aber darauf kann man nichts geben. Sicher ist nur, daß der Angreifer lange Fingernägel hatte und klettern konnte wie ein Affe. Übrigens, dein gutaussehender Nachbar wird entzückt sein, wenn er davon erfährt. Er hat einen Rochus auf Norton, und nach allem, was ich von ihm weiß, ist er nicht der Mann, der so etwas vergißt. He, was hast du, alter Junge?«

»Nichts«, antwortete Smith unwirsch.

Er war zusammengezuckt und machte ein Gesicht, als sei ihm etwas Unangenehmes eingefallen.

»Habe ich was Falsches gesagt? Übrigens höre ich, du hast inzwischen Bekanntschaft mit Mr. B. geschlossen. Monkhouse Lee hat's mir erzählt.«

»Ja, aber nur flüchtig. Er war ein- oder zweimal hier.«

»Tja, du bist groß und häßlich genug, um selber auf dich aufzupassen. Du weißt, ich halte ihn für keinen besonders empfehlenswerten Umgang, obwohl er sicher mächtig klug und belesen ist und so. Aber du wirst es bald selbst merken. Lee ist ganz patent – ein grundanständiger Kerl. Also mach's gut, alter Junge. Übrigens rudere ich nächste Woche am Mittwoch gegen Mullins um den Pokal des Vizekanzlers. Du kommst doch? Also vergiß es nicht, falls wir uns vorher nicht mehr sehen.«

Schwerfällig legte Smith die Pfeife beiseite und machte sich einmal mehr an seine Bücher. Aber auch mit größter Willensanstrengung gelang es ihm nicht, sich auf die Arbeit zu konzentrieren. Seine Gedanken schweiften zu Bellingham und dem Geheimnis, das dessen Wohnung umgab. Dann dachte er an den seltsamen Überfall, der ausgerechnet jemandem zustieß, dem Bellingham nicht grün war. Diese beiden Gedanken kehrten hartnäckig immer wieder, als bestünde eine unmittelbare, enge Verbindung zwischen ihnen. Ein leiser Verdacht regte sich in ihm, noch so vage und unbestimmt, daß er sich nicht in Worte fassen ließ.

»Verdammter Kerl!« rief Smith und stieß sein Pathologiebuch so heftig von sich, daß es durchs Zimmer segelte. »Ich schaffe nichts mehr heute abend. Und schon das ist Grund genug, ihm künftig aus dem Weg zu gehen!«

Die nächsten zehn Tage vertiefte sich der Medizinstudent so konsequent in seine Arbeit, daß er von den beiden anderen Turmbewohnern weder etwas sah noch hörte. Zu den

Zeiten, da Bellingham zu erscheinen pflegte, schloß er ab, und obwohl es mehrmals klopfte, antwortete er nicht. Eines Nachmittags jedoch, er ging gerade die Treppe hinab, flog Bellinghams Tür auf und der junge Monkhouse Lee kam heraus, mit funkelnden Augen und vor Zorn geröteten Wangen. Ihm folgte Bellingham, sein fettes, ungesundes Gesicht zuckte vor wütender Erregung.

»Dummkopf!« zischte er. »Das wirst du bereuen!«

»Na wenn schon!« rief der andere. »Es ist aus und vorbei – merk dir das! Und dabei bleibt es!«

»Denk an dein Versprechen!«

»Das halte ich, keine Sorge. Ich schweige. Aber meine kleine Evi würde ich lieber tot sehen als verheiratet mit dir. Ein für allemal: Es ist aus zwischen euch. Evi hört auf mich. Wir wollen nichts mehr mit dir zu tun haben!«

Soviel mußte Smith unfreiwillig mit anhören, doch er eilte weiter, um nicht in den Streit verwickelt zu werden. Offenbar hatte es ein ernstes Zerwürfnis zwischen den beiden gegeben, und Lee wollte seine Schwester dazu bewegen, die Verlobung zu lösen. Smith dachte an Hasties Vergleich mit Kröte und Taube und war erleichtert. Das Gesicht des wutentbrannten Bellingham hatte gefährlich ausgesehen. Solch einem Mann konnte man kein unschuldiges Mädchen anvertrauen. Träge fragte sich Smith beim Gehen, was wohl den Streit verursacht hatte und was für ein Versprechen Monkhouse Lee abgegeben haben mochte, um das Bellingham so besorgt war.

Es war der Tag des Ruderwettkampfes zwischen Hastie und Mullins, und ein langer Zug Schaulustiger bewegte sich hinab zu den Ufern der Isis. Eine helle Maisonne schien, und die Schatten der größen Rüstern lagen wie schwarze Balken über der gelben Chaussee. Zu beiden Seiten der Straße, etwas abseits, die grauen Colleges, die altehrwürdigen Ziehmütter des Geistes, die aus ihren hohen, mullverhangenen Fenstern auf den Strom jungen Lebens schauten, der so fröhlich an ihnen vorüberzog. Schwarzgekleidete Tutoren,

Würdenträger in vornehmen Roben, bleichgesichtige Examenskandidaten, gebräunte Athleten in weißen Jerseys und bunten Blazern und mit Strohhüten auf dem Kopf – sie alle pilgerten zu dem blauen Flüßchen, das sich windungsreich durch die Wiesen von Oxford schlängelte.

Mit der Intuition des erfahrenen Ruderers wählte Abercrombie Smith seinen Standort in einem Abschnitt, in dem sich der Zweikampf – vorausgesetzt, es kam zu einem – aller Wahrscheinlichkeit nach entscheiden würde. Er hörte in der Ferne aufbrandendes Geschrei, das den Start verkündete; es schwoll an beim Näherkommen, begleitet vom Getrampel rennender Menschen und den Rufen der Zuschauer in den Booten in seiner Nähe. Eine Gruppe halbnackter, schnaufender Läufer eilte vorbei, und er mußte sich recken, um über sie hinweg zur Flußmitte zu sehen, wo Hastie mit gleichmäßiger sechsunddreißiger Schlagzahl eine gute Bootslänge vor seinem hektischer ziehenden Konkurrenten lag. Smith feuerte seinen Freund an, dann zog er seine Uhr hervor und wollte zur Studierstube zurückkehren, als ihn jemand an der Schulter berührte. Der junge Monkhouse Lee stand neben ihm.

»Verzeihung – ich habe schon nach Ihnen gesucht«, begann er in seiner zurückhaltenden, schüchtern wirkenden Art. »Ich muß Sie unbedingt sprechen. Hätten Sie ein halbes Stündchen Zeit? Ich hause jetzt in der Hütte dort drüben, gemeinsam mit Harrington vom King College. Bitte kommen Sie. Ich mache uns einen Tee.«

»Ich habe nicht viel Zeit«, sagte Smith, »muß noch eine Menge pauken. Aber für ein paar Minuten komm ich gerne mit. Ich wäre normalerweise gar nicht hergekommen. Es ist nur, weil ich mit Hastie befreundet bin.«

»Genau wie ich. Hervorragend, sein Stil, nicht wahr? Dagegen sah Mullins schwach aus. Bitte, treten Sie ein. Es ist ein bißchen eng, aber in den Sommermonaten kann man hier sehr gut arbeiten.«

Es war ein kleines, quadratisches, weißgetünchtes Häuschen mit grünen Türen und Fensterläden und einer Veranda aus gitterförmig angeordneten Latten, etwa fünfzig Meter vom Flußufer entfernt. Im Innern ein zentraler Raum, der als spartanisches Arbeitszimmer eingerichtet war – es gab einen rohen Brettertisch, ungestrichene Regale mit Büchern und an den Wänden ein paar billige Öldrucke. Der Wasserkessel summte schon auf einem Spirituskocher, die übrigen Tee-Utensilien standen auf einem Tablett auf dem Tisch bereit.

»Nehmen Sie diesen Stuhl. Dort sind Zigaretten – bedienen Sie sich. Darf ich Ihnen eine Tasse Tee einschenken? Ich bin Ihnen dankbar, daß Sie meiner Einladung gefolgt sind, zumal Ihre Zeit knapp ist, wie ich weiß. Ich wollte Ihnen folgendes sagen: Wenn ich Sie wäre, würde ich unverzüglich die Wohnung wechseln.«

»Wie bitte?«

Verblüfft erstarrte Smith, das brennende Streichholz in einer Hand haltend, die noch nicht angezündete Zigarette in der anderen.

»Ich weiß, es muß Ihnen sehr merkwürdig vorkommen. Und das Schlimmste: Ich kann Ihnen nicht einmal die Gründe nennen, aus denen ich Ihnen das rate. Ich habe nämlich einen heiligen Eid geschworen, über diese Sache zu schweigen. Immerhin darf ich soviel sagen, daß man in Bellinghams Nähe nicht sicher ist. Ich werde in der nächsten Zeit so oft wie möglich hier draußen campieren.«

»Nicht sicher? Was meinen Sie?«

»Das eben darf ich nicht sagen. Aber befolgen Sie meinen Rat, und ziehen Sie um! Wir hatten heute eine heftige Auseinandersetzung. Sie müssen uns gehört haben, als Sie die Treppe herunterkamen.«

»Es sah nach einem ernsten Krach aus.«

»Er ist ein furchtbarer Kerl, Smith; ein anderes Wort gibt es für ihn nicht. Ich hatte einen bestimmten Verdacht seit jenem Abend, als er ohnmächtig wurde und ich Sie holte, erinnern Sie sich? Heute nun sagte ich ihm auf den Kopf zu, was ich vermutete, und er stritt nichts ab, sondern brüstete sich mit noch schlimmeren Dingen, bis mir die Haare zu Berge standen. Er wollte mich zu seinem Komplizen machen. Ich bin nicht zimperlich, aber als Sohn eines Pfarrers widerstreben mir einige Dinge zutiefst. Ich danke Gott, daß ich ihn noch rechtzeitig entlarven konnte. Er wollte in meine Familie einheiraten, wissen Sie.«

»Das ist ja alles gut und schön, Lee«, unterbrach ihn Abercrombie Smith. »Aber entweder sagen Sie viel zu viel oder viel zu wenig.«

»Ich will Sie warnen.«

»Sollte es dafür einen triftigen Grund geben, wären Gelöbnisse nicht mehr bindend. Wenn ich zum Beispiel jemanden sehe, der ein Haus mit Dynamit in die Luft jagen will, dann hält mich kein Schwur davon ab, es zu verhindern.«

»Ich kann leider nichts verhindern, sondern Sie nur warnen.«

»Ohne zu sagen, wovor!«

»Vor Bellingham.«

»Das ist doch lächerlich. Weshalb sollte ich ausgerechnet vor ihm Angst haben?«

»Darüber darf ich nicht sprechen. Aber ich beschwöre Sie: Suchen Sie sich ein neues Quartier. Im jetzigen sind Sie nicht sicher. Ich behaupte nicht, daß Bellingham etwas gegen Sie im Schilde führt. Aber es könnte passieren, denn er ist gerade jetzt unberechenbar.«

»Vielleicht weiß ich mehr, als Sie ahnen«, sagte Smith und blickte fest in das besorgte Jungengesicht seines Gegenübers. »Angenommen, ich sage Ihnen, daß sich noch jemand in Bellinghams Wohnung aufhält.«

Monkhouse Lee sprang erregt vom Stuhl auf.

»Sie wissen es also?« keuchte er.

»Eine Frau.«

Mit einem Seufzer ließ sich Lee wieder auf den Stuhl sinken.

»Meine Lippen sind versiegelt«, sagte er. »Ich muß schweigen.«

»Ganz wie Sie meinen«, entgegnete Smith und erhob sich. »Ich bin mit meiner Wohnung sehr zufrieden, und es fällt mir nicht im Traum ein, meine Sachen zu packen, nur weil Sie in höchst nebulöser Weise andeuten, Bellingham könnte mir etwas Böses antun. Ich gedenke zu bleiben, wo ich bin, und das Risiko auf mich zu nehmen. Und nun entschuldigen Sie mich; wie ich sehe, ist es schon fast fünf Uhr.«

Er verabschiedete sich mit knappen Worten von dem jungen Studenten und machte sich auf den Rückweg. Während er durch den herrlichen Frühlingsnachmittag lief, fühlte er sich halb verwirrt, halb belustigt – eine typische Empfindung bei starken, phantasiearmen Menschen, die der Schatten einer unbestimmbaren Gefahr gestreift hat.

Eine kleine regelmäßige Abwechslung gönnte sich Abercrombie Smith, wie sehr ihn sein Arbeitspensum auch drückte. Zweimal wöchentlich, jeden Dienstag und Freitag, besuchte er Dr. Plumptree Peterson im etwa anderthalb Meilen von Oxford entfernten Farlingford. Peterson war ein enger Freund von Smiths älterem Bruder Francis, und da er als recht wohlhabender Junggeselle über einen guten Weinkeller und eine noch bessere Bibliothek verfügte, war sein Haus das ideale Ziel für einen Studenten, der einen ordentlichen Spaziergang brauchte. Zweimal in der Woche also marschierte der Medizinstudent über die abenddunkle Landstraße und verbrachte eine vergnügliche Stunde in Petersons gemütlichem Arbeitszimmer, wo man sich bei einem Glas alten Portweins über den neuesten Universitätsklatsch oder die jüngsten Entwicklungen von medizinischer Forschung und Chirurgie unterhielt.

Einen Tag nach dem Gespräch mit Monkhouse Lee klappte Smith seine Wälzer um Viertel nach acht zu, der gewohnten Zeit seiner Spaziergänge. Beim Verlassen der Wohnung fiel sein Blick auf ein Buch, das Bellingham ihm geliehen hatte, und er verspürte Gewissensbisse, es immer noch nicht zurückgegeben zu haben. Mochte der Mann ihm auch zuwider sein – es war kein Grund, ihn unhöflich zu behandeln. Er nahm das Buch mit und klopfte eine Etage tiefer bei seinem Nachbarn. Er erhielt keine Antwort, aber als er auf die Klinke drückte, fand er die Tür unverschlossen. Erfreut, eine Begegnung zu vermeiden, ging er hinein und legte das Buch mit seiner Visitenkarte auf den Tisch.

Die Lampe war halb heruntergedreht, doch Smith unterschied die Einzelheiten des Raumes deutlich genug. Alles war wie früher – der Fries, die tierköpfigen Götter, das schwebende Krokodil, der mit Papieren und getrockneten Pflanzenblättern bedeckte Tisch. Der Sarg stand aufrecht an der Wand, nur die Mumie selbst fehlte. Nichts in dem Zimmer deutete auf einen zweiten Bewohner, und während Smith die Tür von außen zuzog, überlegte er, daß er Bellingham wahrscheinlich Unrecht getan hatte. Jemand, der etwas Kompromittierendes zu verbergen hatte, würde wohl kaum seine Wohnung so offen lassen, daß alle Welt hereinspazieren konnte.

Auf der Wendeltreppe herrschte pechschwarze Finsternis. Während Smith langsam die unregelmäßigen Stufen hinabstieg, hatte er plötzlich den Eindruck, daß jemand in der Dunkelheit an ihm vorbeihuschte. Er bemerkte ein leises Geräusch und einen schwachen Lufthauch; etwas streifte leicht, kaum wahrnehmbar, seinen Ellbogen. Er blieb stehen und lauschte, doch außer dem Wind, der draußen das raschelnde Efeulaub zauste, hörte er nichts.

»Sind Sie es, Styles?« rief er.

Keine Antwort. Auf den Stufen über ihm blieb alles still. Es mußte wohl ein plötzlicher Windstoß gewesen sein, denn in diesem alten Gemäuer gab es Risse und Spalten. Und doch hätte er schwören mögen, Schritte neben sich gehört zu haben. Noch immer mit der merkwürdigen Sache beschäftigt, trat er hinaus auf den quadratischen Hof vor dem Turm, als jemand über den kurzgeschorenen Rasen auf ihn zu geeilt kam.

»Smith?«

»Hallo Hastie!«

»Komm schnell, um Gotteswillen! Der junge Lee ist ertrunken! Harrington von King's hat mich verständigt. Der Arzt ist nicht zu Hause. Wir brauchen dich, komm mit! Vielleicht kann man ihn noch retten!«

»Habt ihr Brandy?«

»Nein.«

»Ich hole welchen. Auf meinem Tisch steht eine Flasche.«

Smith sprang die Treppe hinauf, immer drei Stufen auf einmal nehmend, packte die Flasche und eilte hinunter, als er auf Bellinghams Etage etwas bemerkte, was ihn keuchend innehalten und genauer hinsehen ließ.

Die Tür, die er hinter sich geschlossen hatte, stand nun offen und gab den Blick frei auf den vom Lampenlicht beschienenen Sarg. Vor drei Minuten noch war er leer gewesen, das konnte Smith beschwören. Nun lehnte der unheimliche, verdorrte Mumienkörper darin, mit dem schwarzen, zur grimmigen Fratze geschrumpften Gesicht zur Tür. Die Gestalt war starr und leblos, doch als Smith genauer hinsah, schien ihm, als glimme da noch ein Fünkchen Leben, ein schwacher Schimmer von Bewußtsein in den kleinen tiefliegenden Augen. Vor Erstaunen und Erschütterung wie gebannt, starrte Smith auf die hohe, ausgezehrte Gestalt, und erst die Stimme seines Freundes erinnerte ihn an sein Anliegen.

»Komm schon, Smith!« brüllte Hastie. »Es geht um Leben oder Tod. Beeilung! Los«, fügte er hinzu, als der Medizinstudent aus dem Turm kam, »machen wir 'nen Sprint. Es ist weniger als eine Meile, das schaffen wir in fünf Minuten. Diesmal geht's nicht um einen läppischen Pott, sondern um ein Menschenleben!«

Schulter an Schulter preschten sie durch die Dunkelheit und gönnten sich keine Verschnaufpause, bis sie, keuchend und völlig erschöpft, die kleine Hütte am Fluß erreichten. Der junge Lee lag schlaff und nässetriefend wie eine ausgerissene Wasserpflanze auf dem Sofa, etwas Entengrütze im schwarzen Haar, einen weißen Schaumrand um seine bleigrauen Lippen. Davor kniete sein Hausgenosse Harrington und versuchte, den regungslosen Körper warmzureiben.

Smith legte eine Hand an den Hals des Jungen. »Ich glaube, es ist noch Leben in ihm«, sagte er. »Halt mal deine Uhr an seine Lippen. Ja, das Glas beschlägt. Nimm den anderen Arm, Hastie, und mach es mir genau nach. Wir werden ihn schon wieder hinkriegen.«

Die nächsten zehn Minuten arbeiteten sie wortlos, den Brustkorb des Ohnmächtigen im Wechsel dehnend und zusammenpressend. Endlich lief ein Schauer durch Lees Körper, seine Lippen zitterten, er schlug die Augen auf. Ein unbändiger Jubel erfaßte die drei Studenten, sie lärmten durcheinander.

»Aufgewacht, alter Junge! Hast uns einen schönen Schreck eingejagt!«

»Hier, nimm einen Schluck Brandy. Am besten gleich aus der Flasche.«

»Das ist ja noch mal gut gegangen!« sagte Harrington. »Leute, ihr könnt euch gar nicht vorstellen, was ich für Ängste ausgestanden habe. Ich war hier beim Lesen, er wollte einen kleinen Spaziergang am Fluß machen, aber kaum ist er weg, höre ich auch schon einen Schrei und dann das Hineinplumpsen ins Wasser. Ich bin sofort hingerannt, aber bis ich ihn gefunden und rausgefischt hatte, war er schon wie tot. Dann wollte ich Simpson nach einem Arzt schicken, aber das ging nicht, weil er ein verstauchtes Bein hat. Also mußte ich mich selbst auf die Socken machen, doch nun war kein Arzt aufzutreiben. Zum Verrücktwerden! Ich weiß nicht, was ich ohne euch getan hätte, Leute. So ist es richtig, mein Junge. Setz dich auf.«

Monkhouse Lee hatte den Oberkörper auf die Arme gestützt und blickte wild um sich.

»Was ist los?« fragte er. »Warum ist hier alles so naß? Ach ja, ich erinnere mich.«

Ein ängstlicher Ausdruck erschien auf seinem Gesicht, und er bedeckte es mit den Händen.

»Wie konntest du bloß in den Fluß fallen?«

»Ich bin nicht gefallen.«

»Sondern?«

»Man hat mich gestoßen. Ich stand am Ufer, jemand packte mich von hinten, hob mich hoch wie eine Feder und warf mich hinein. Ich habe nicht das geringste gehört oder gesehen. Trotzdem weiß ich, wer es war.«

»Ich auch«, flüsterte Smith.

Lee blickte überrascht auf.

»Sie wissen also Bescheid? Und was halten Sie jetzt von meinem Rat?«

»Ich glaube, ich werde ihn beherzigen.«

»Was zum Teufel habt ihr da zu tuscheln?« rief Hastie. »Harrington, stecken Sie Lee sofort ins Bett. Über das Wie und Warum diskutieren wir später, wenn er sich erholt hat. Und wir lassen die beiden jetzt allein, Smith. Gehn wir zurück zum College. Wir können uns ja unterwegs noch unterhalten.«

Doch es kam keine rechte Unterhaltung auf dem Heimweg zustande. Die merkwürdigen Ereignisse des Abends gingen Smith nicht aus dem Kopf: das Fehlen der Mumie aus der Wohnung seines Nachbarn, die Schritte auf der Treppe, das gespenstische, völlig unerklärliche Wiederauftauchen des grausigen Dings, und vor allem der Anschlag auf Lee, unmittelbar nach einem ähnlichen Mordversuch an einem Mann, der sich ebenfalls Bellinghams Haß zugezogen hatte. Alle diese Ungereimtheiten begannen sich nunmehr zu einem Bild zu ordnen, zusammen mit den vielen kleinen Einzelheiten, durch die ihm Bellingham so unangenehm geworden war, und die besonderen Umstände, unter denen er erstmals zu ihm gerufen worden war. Aus einem unbestimmten Verdacht, einer vagen phantastischen Vermutung, formte sich eine Gewißheit, eine grimmige Tatsache, die er nicht mehr aus seinem Gedächtnis streichen konnte.

Eine unglaubliche Sache – beispiellos, monströs, mit den Grundsätzen der normalen menschlichen Erfahrung völlig unvereinbar! Jeder Außenstehende, sogar der Freund, der neben ihm ging, würde ihm sagen, daß er einfach nicht richtig hingesehen habe, daß die Mumie die ganze Zeit dagewesen sei, daß Lee aus Unachtsamkeit in den Fluß fiel und daß bei Leberbeschwerden die blauen Pillen am besten helfen. Er wußte, er würde dasselbe sagen, wenn er selbst dieser Außenstehende wäre. Und doch bestand für ihn nicht der geringste Zweifel, daß Bellingham die Mordanschläge veranlaßt und sich dabei eines Mordwerkzeuges bedient hatte, das in den finsteren Annalen des Verbrechens noch nie zuvor aufgetaucht war.

Hastie war verärgert und mit einigen mißbilligenden Bemerkungen über die Ungeselligkeit des Freundes zu seiner Unterkunft abgebogen, und als Abercrombie Smith nun den quadratischen Vorhof betrat, verspürte er auf einmal eine heftige Abneigung gegen seine Wohnung und die damit verbundenen Assoziationen. Er beschloß, sich umgehend eine neue Bleibe zu suchen. Wie konnte man studieren, wenn man ständig mit einem Ohr auf jedes Gemurmel und jeden Schritt unter sich achten mußte? Beim Überqueren des Rasens sah er noch Licht in Bellinghams Zimmer, und als er die Treppe hinaufstieg, ging die Tür auf, und der dicke Mann schaute heraus. Mit seinem feisten, verschlagenen Gesicht wirkte er wie eine fette Spinne, die soeben ihr tödliches Netz fertiggestellt hat.

»Guten Abend!« sagte er. »Wollen Sie nicht einen Augenblick hereinkommen?«

»Nein!« erwiderte Smith schroff.

»Nein? Wie immer keine Zeit? Ich wollte Sie nur wegen Lee fragen. Zu meinem Bedauern hörte ich, daß ihm etwas zugestoßen sein soll.«

Sein Gesichtsausdruck wirkte besorgt, doch in seinen Augen schimmerte verstohlene Freude. Smith sah es und hätte ihn dafür niederschlagen mögen.

»Ihr Bedauern wird noch zunehmen, wenn Sie hören, daß Monkhouse Lee putzmunter und außer Lebensgefahr ist«, antwortete er. »Ihre teuflischen Tricks haben diesmal nicht funktioniert. Oh, Sie brauchen gar nicht so scheinheilig zu tun. Ich weiß alles.«

Bellingham wich eilig einen Schritt zurück und schloß halb die Tür, als wollte er sich vor dem wütenden Studenten in Sicherheit bringen.

»Sie sind verrückt«, sagte er. »Ich weiß gar nicht, was Sie meinen. Wollen Sie etwa behaupten, daß ich etwas mit Lees Unfall zu tun habe?«

»Jawohl!« donnerte Smith. »Sie und dieser Knochensack da hinter Ihnen; ihr beide steckt dahinter. Ich sage Ihnen ganz genau, was ich meine, Meister Bellingham. Heutzutage verbrennt man Leute wie Sie zwar nicht mehr, aber wir haben immer noch einen Henker, und gnade Ihnen Gott, wenn jemand an diesem College umkommt, solange Sie hier sind. Dann sorge ich dafür, daß Sie baumeln. Ihr schmieriger ägyptischer Hokuspokus nützt Ihnen hier in England nichts!«

»Sie sind ja völlig übergeschnappt«, sagte Bellingham.

»Na schön. Schreiben Sie es sich hinter die Ohren, sonst werden Sie merken, daß ich Wort halte!«

Bellingham warf die Tür zu, und der zornige Smith stieg zu seiner Wohnung hinauf, wo er von innen abschloß und die halbe Nacht damit verbrachte, beim Qualm seiner alten Bruyèrepfeife über die seltsamen Ereignisse des Abends nachzudenken.

Am nächsten Morgen hörte Abercrombie Smith nichts von seinem Nachbarn. Nachmittags kam Harrington vorbei und berichtete, Lee sei schon fast wieder der alte. Smith vergrub sich den ganzen Tag in seine Bücher, doch am Abend beschloß er, den tags zuvor versäumten Besuch bei Dr. Peterson nachzuholen. Ein ordentlicher Spaziergang und ein freundliches Gespräch würden seinen strapazierten Nerven guttun.

Diesmal blieb Bellinghams Tür zu, als er vorbeiging, doch als er sich auf dem Hof noch einmal umdrehte, sah er die dunkle Silhouette eines Kopfes an Bellinghams erleuchtetem Fenster: Sein Nachbar preßte offenbar das Gesicht gegen die Scheibe und spähte hinaus ins Dunkle. Wie gut, seiner Nähe entronnen zu sein, wenn auch nur für ein paar Stunden! Smith schritt munter aus und sog die milde Frühlingsluft in seine Lungen. Der Mond hing im Westen zwischen zwei gotischen Turmspitzen und warf den Schatten der steinernen Verzierungen als bizarres Muster auf die silbrige Straße. Es wehte eine frische Brise, am Himmel trieben leichte, flauschige Wölkchen rasch dahin. Das Old College lag direkt am Stadtrand, und fünf Minuten später hatte Smith die Häuser hinter sich gelassen und bog, umgeben von Maiduft, in eine von Hecken gesäumte Landstraße, wie man sie häufig in Oxfordshire antrifft.

Es war eine einsame, selten benutzte Straße, die zum Anwesen seines Freundes führte. Obwohl es noch nicht spät am Abend war, begegnete Smith unterwegs keiner einzigen Seele. Er marschierte zügig, bis er ein eisernes Tor erreichte, hinter dem eine lange, kiesbestreute Allee die Zufahrt nach Farlingford bildete. Hinter dem Laub der Bäume sah er das anheimelnde, rötliche Licht der Fenster schimmern. Er hielt inne und blickte, die Hand noch auf der eisernen Klinke des Tores, auf die Landstraße zurück. Etwas kam von dort rasch näher.

Es bewegte sich lautlos und verstohlen im Schatten der Hecke – eine dunkle, gebückte Gestalt, fast unsichtbar gegen den schwarzen Hintergrund. Smith hatte Mühe, sie im Blick zu behalten, da sie im nächsten Moment immer schon zwanzig hurtige Schritte näher herangehuscht war; der Abstand zwischen ihnen schmolz rapide. Und plötzlich erkannte er doch etwas in der Dunkelheit: einen dürren Hals und gespenstisch leuchtende Augen, die ihn zeitlebens im Traum verfolgen würden. Vor Schreck stieß er einen Schrei aus, machte kehrt und rannte um sein Leben. Vor ihm, kaum mehr als einen Steinwurf entfernt, blinkten die Sicherheit verheißenden rötlichen Lichter. Er war schon immer ein ausgezeichneter Sprinter gewesen, doch an dem Abend unterbot er alle seine Bestzeiten.

Er hörte, wie das schwere Schwingtor hinter ihm ins Schloß fiel, jedoch von seinem Verfolger gleich wieder aufgestoßen wurde. Unter Aufbietung aller Kräfte hetzte er durch die Nacht, hörte hinter sich flinke, leichte Schritte auf dem knirschenden Kies näherkommen, sah bei einem angstvollen Blick über die Schulter, daß das Scheusal mit Tigersätzen aufholte und im Laufen einen knochigen Arm ausstreckte. Gott sei Dank – die Haustür war nur angelehnt. Er erkannte es an dem schmalen Lichtstreifen, der aus der erleuchteten Diele fiel. Die leichtfüßigen Sprünge waren jetzt sehr nah. In seinem Nacken ertönte ein heiseres Gurgeln. Mit einem Aufschrei warf er sich gegen die Tür, schlug sie von innen zu, riegelte ab und ließ sich halb ohnmächtig auf einen Stuhl in der Diele fallen.

»Mein Gott, Smith, was ist mit Ihnen?« Peterson stand in der Tür seines Arbeitszimmers.

»Geben Sie mir einen Brandy!«

Peterson verschwand und kehrte sofort mit Glas und Karaffe zurück.

»Sie scheinen ihn dringend zu brauchen«, sagte er, während sein Besucher das vollgeschenkte Glas gierig leerte. »Mann, Sie sehen ja käseweiß aus!«

Smith stellte das Glas ab, stand auf und tat einen tiefen Atemzug.

»Es geht schon wieder«, sagte er. »Hätte nie gedacht, daß man mich so erschrecken kann. Wenn Sie erlauben, Peterson, ich würde gern heute bei Ihnen übernachten, denn auf diese Landstraße traue ich mich erst wieder bei Tageslicht. Selbst wenn Sie mich für feige halten – ich kann es nicht ändern.«

Peterson schaute seinen Besucher sehr fragend an.

»Natürlich können Sie hier schlafen, wenn Sie es wünschen. Ich werde gleich Mrs. Burney Bescheid sagen, damit sie Ihnen ein Bett herrichtet. Wo wollen Sie denn jetzt hin?«

»Kommen Sie mit zum Fenster im Treppenhaus. Ich möchte, daß Sie sehen, was ich gesehen habe.«

Sie stiegen hinauf zu dem Fenster, das Ausblick über die Zufahrt bot. Still lagen die Allee und die Wiesen zu beiden Seiten des Weges im friedlichen Mondlicht, nichts regte sich.

»Also wirklich, Smith«, setzte Peterson an, »wenn ich Sie nicht besser kennen würde, müßte ich annehmen, daß Sie einen über den Durst getrunken haben. Worüber sind Sie so erschrocken?«

»Einen Augenblick, ich erzähle es Ihnen gleich. Wo kann es nur geblieben sein? Ah, da – sehen Sie? Hinter dem Tor, wo die Straße eine Biegung macht?«

»Ja doch, Sie brauchen mir nicht in den Arm zu kneifen. Ich habe jemanden um die Ecke biegen sehen. Einen Mann, würde ich sagen, ziemlich dünn und groß, sehr groß sogar. Was ist mit ihm? Und was mit Ihnen? Sie zittern ja immer noch.«

»Der Teufel wollte mir an den Kragen, das ist mit mir. Gehn wir ins Arbeitszimmer. Dort erzähle ich Ihnen die ganze Geschichte.«

Und das tat er. Im anheimelnden Licht der Lampe, ein Glas Wein auf dem Tischchen neben sich, vor sich die stattliche Gestalt und das staunende Gesicht des älteren Freundes, schilderte er nacheinander alle die kleinen oder gewichtigeren Vorfälle, die sich in so merkwürdiger Folge ereignet hatten, angefangen bei dem Abend, als er Bellingham ohnmächtig vor dem Mumiensarg vorfand, bis zu seinem haarsträubenden Erlebnis vor dem Pfarrhaus.

»So, nun kennen Sie die ganze finstere Geschichte«, sagte er zum Schluß. »Ich weiß, sie klingt monströs und unglaublich, aber sie ist wahr.«

Dr. Plumptree Peterson schwieg eine Weile und machte ein sehr bekümmertes Gesicht.

»So etwas habe ich in meinem ganzen Leben noch nicht gehört!« meinte er schließlich. »Nun gut, Sie haben die Fakten aufgezählt. Verraten Sie mir jetzt Ihre Schlußfolgerungen.«

»Die können Sie selbst ziehen.«

»Aber mich interessieren Ihre. Sie haben über die Sache nachgedacht, ich nicht.«

»Im Detail ist alles noch etwas vage, doch die wichtigsten Punkte scheinen mir recht klar zu sein. Bellingham muß bei seinen orientalischen Studien auf ein teuflisches Geheimnis gestoßen sein, wie man eine Mumie – oder vielleicht nur diese besondere Mumie – zeitweilig zum Leben erwecken kann. Er machte den entscheidenden Versuch an jenem Abend, als er ohnmächtig wurde. Offenbar war der Anblick der sich bewegenden Kreatur zuviel für seine Nerven, obwohl er so etwas erwartet hatte. Erinnern Sie sich, gleich beim Erwachen nannte er sich einen Idioten. Später wurde er abgebrühter und stand die Prozedur ohne Ohnmacht durch. Er konnte der Mumie offenbar nur für eine kurze Dauer Leben einhauchen, denn ich habe sie regelmäßig in ihrem Sarg gesehen, und da war sie so tot wie dieser Tisch. Als er das offenbar recht komplizierte Verfahren schließlich beherrschte, kam ihm die Idee, die Kreatur als sein Werkzeug zu benutzen – als eine Waffe, die nicht nur über Kraft, sondern auch über Intelligenz verfügt! Aus irgendeinem Grunde zog er Lee ins Vertrauen, doch der als gläubiger Christ wollte nichts damit zu tun haben. Dann kam es zu einem Streit, und Lee drohte, seine Schwester über Bellinghams wahren Charakter aufzuklären. Bellingham versuchte, dies zu verhindern – und hätte es auch fast geschafft –, indem er ihm die Mumie auf den Hals hetzte. Er hatte die Waffe bereits vorher gegen einen anderen Mann erprobt, diesen Norton, dem er etwas heimzahlen wollte. Es ist reiner Zufall, daß er nicht zwei Morde auf dem Gewissen hat. Als ich ihm die Sache auf den Kopf zu sagte, mußte er mich beseitigen, bevor ich mein Wissen jemandem mitteilte. Die Gelegenheit ergab sich heute, als er mich weggehen sah. Da er meine Gewohnheiten kennt, wußte er, wohin. Wenn ich dem knochigen Kerl nicht eben noch entwischt wäre, hätten Sie morgen früh meine Leiche vor Ihrer Tür gefunden. Sie wissen, ich bin kein Hasenfuß. Daß man mich so in Todesfurcht versetzen kann wie heute abend, hätte ich selbst nie für möglich gehalten.«

»Mein lieber Junge, Sie nehmen das alles viel zu ernst«, sagte sein Gegenüber. »Sie sind überarbeitet, Ihre Nerven spielen Ihnen einen Streich. Wie kann eine Mumie in den Straßen von Oxford herumlaufen – und sei es auch nur nachts –, ohne gesehen zu werden?«

»Man hat sie sehr wohl gesehen, hält sie aber für einen ausgebrochenen Affen. Angst geht um in der Stadt. Überall redet man davon.«

»Zugegeben, die Vorfälle, von denen Sie berichten, sind merkwürdig. Trotzdem, mein Junge, könnte man jeden einzelnen auf ganz natürliche Weise erklären.«

»Was? Auch den von heute abend?«

»Gewiß. Sie kommen hierher, abgespannt, den Kopf voll von Ihrer Theorie. Ein dürrer, halbverhungerter Landstreicher schleicht Ihnen nach, und als er Sie wegrennen sieht, wird er mutig und verfolgt Sie. Ihre Angst und Ihre Phantasie besorgen den Rest.«

»Nein, Peterson, Sie machen es sich zu einfach.«

»Und was den Sarg angeht, den Sie einmal ohne und dann wieder mit Inhalt sahen: Das war bei halb heruntergedrehter Lampe, wie Sie selbst sagen. Zudem hatten Sie keine besondere Veranlassung, genau hinzusehen. Vielleicht lag die Mumie im Sarg, und Sie haben sie übersehen.«

»Nein, nein, völlig ausgeschlossen.«

»Lee könnte aus Unachtsamkeit in den Fluß gestürzt und Norton von einem Räuber überfallen worden sein. Die Anschuldigungen, die Sie gegen Bellingham erheben, sind schwerwiegend, aber wenn Sie damit zur Polizei gehen, lacht man sie aus.«

»Ich weiß. Und darum werde ich die Sache auch selbst in die Hand nehmen.«

»So?«

»Jawohl, im öffentlichen Interesse – und zu meiner eigenen Sicherheit. Oder soll ich mich von diesem Gerippe vom College jagen lassen? Ich könnte mir selbst nicht mehr in die Augen sehen. Ich weiß jetzt, was ich zu tun habe. Dürfte ich wohl für ein Stündchen Ihr Papier und Schreibzeug benutzen?«

»Selbstverständlich. Sie finden alles, was Sie brauchen, auf dem kleinen Tisch dort.«

Abercrombie Smith nahm vor einem Stapel Schreibpapier Platz. Eine Stunde und eine weitere Stunde lang tanzte seine Feder über die Seiten. Blatt für Blatt wurde vollgeschrieben und beiseite gelegt, während Peterson gemütlich in seinem Sessel lag und geduldig und auch etwas belustigt zuschaute. Schließlich sprang Smith mit einem zufriedenen Laut auf, ordnete die Manuskriptseiten und legte das letzte Blatt vor Peterson auf den Tisch.

»Unterschreiben Sie bitte als Zeuge.«

»Was soll ich bezeugen?«

»Daß meine Unterschrift und das Datum echt sind. Das Datum ist das wichtigste. Mein Leben könnte davon abhängen, Peterson.«

»Mein lieber Smith, Sie wissen nicht, was Sie reden. Kommen Sie, ich zeige Ihnen Ihr Bett.«

»Ganz im Gegenteil – ich habe mir meine Worte noch nie so genau überlegt wie jetzt. Und ich gehe sofort zu Bett, wenn Sie unterschreiben.«

»Was ist das?«

»Ein genauer Bericht dessen, was ich Ihnen heute abend erzählt habe. Sie sollen lediglich bezeugen, daß er soeben von mir verfaßt wurde.«

»Wenn es weiter nichts ist«, sagte Peterson und setzte seinen Namen unter den seines Gastes. »Bitte schön. Und was soll das Ganze?«

»Ich vertraue Ihnen das Manuskript an. Sollte ich verhaftet werden, übergeben Sie es bitte der Polizei.«

»Verhaftet? Weswegen?«

»Wegen Mordes. Kann durchaus passieren. Ich will ganz sichergehen. Mir bleibt nur ein Weg offen. Und den nehme ich.«

»Um Gotteswillen, tun Sie nichts Unvernünftiges!«

»Glauben Sie mir, es wäre weit unvernünftiger, nichts zu tun. Ich hoffe, ich muß Sie nicht bemühen. Es beruhigt mich jedoch zu wissen, daß Sie diese Aufzeichnungen besitzen, denen man gegebenenfalls meine Motive entnehmen kann. Und nun befolge ich Ihren Rat und gehe zu Bett, denn morgen früh muß ich in Bestform sein.«

Einen Abercrombie Smith zum Gegner zu haben war eine ziemlich ungemütliche Sache. Mochte er auch sonst ruhig und äußerst bedächtig sein – wenn er in Zorn geriet, wurde er gefährlich. Auf die gleiche Weise, wie er studierte, verfolgte er alle anderen Lebensziele: planmäßig, resolut und unbeirrbar. Er beschloß, seine Prüfungsvorbereitungen einen Tag ruhen, die Zeit jedoch nicht ungenutzt verstreichen zu lassen. Ohne seine Absicht Peterson gegenüber mit auch nur einem Wort zu erwähnen, machte er sich gegen neun Uhr auf den Rückweg nach Oxford.

In der High Street betrat er Cliffords Waffenhandlung und kaufte einen großen Trommelrevolver, dazu eine Schachtel mit Patronen. Sechs davon schob er in die Kammern, spannte den Hahn und steckte die Waffe in die Manteltasche. Dann ging er zu Hasties Unterkunft. Der hünenhafte Ruderer war gerade beim Frühstück und las die ›Sporting Times‹, die er gegen die Kaffeekanne gelehnt hatte.

»Hallo – wo brennt's denn?« begrüßte er ihn. »Willst du einen Kaffee?«

»Nein, danke. Ich will, daß du mitkommst und genau das tust, was ich dir sage.«

»Zu Befehl!«

»Und nimm einen dicken Knüppel mit.«

»Wie bitte?« Hastie starrte ihn an. »Eine Jagdpeitsche

hätte ich anzubieten, mit der man einen Ochsen fällen kann.«

»Gut. Und noch eins: Du besitzt doch einen Satz Amputiermesser. Gib mir das längste davon.«

»Bitte sehr. Du scheinst ja mächtig auf dem Kriegspfad zu sein. Noch etwas?«

»Nein, das genügt.« Smith verstaute das Messer in der Brusttasche seines Mantels, dann brachen sie auf zu seiner Wohnung. »Wir sind beide keine Feiglinge«, sagte Smith unten im Hof, »ich könnte die Sache auch allein regeln, aber ich möchte dich vorsichtshalber dabei haben. Ich muß mit Bellingham ein ernstes Wörtchen reden. Wenn ich es nur mit ihm zu tun habe, brauche ich deine Hilfe natürlich nicht. Sollte ich jedoch schreien, dann kommst du und haust mit deiner Peitsche um dich. Verstanden?«

»Alles klar – ich komme, wenn du brüllst.«

»Gut, bleib hier. Es kann ein Weilchen dauern. Werde nicht ungeduldig.«

»Ich rühre mich nicht von der Stelle.«

Smith stieg die Treppe hinauf, öffnete Bellinghams Tür und trat ein. Bellingham saß am Tisch und schrieb. Neben ihm, inmitten des seltsamen Plunders, stand der aufrecht an die Wand gelehnte Sarg mit der gut sichtbaren Auktionsnummer 249 auf seiner Längsseite, und darin die scheußliche Mumie, die steif und ausdruckslos in den Raum starrte. Smith sah sich sehr aufmerksam um und schloß die Tür. Dann trat er an den Kamin, riß ein Streichholz an und setzte die aufgeschichteten Scheite in Brand. Bellingham verfolgte alles stumm, mit einer Mischung aus Verblüffung und Wut auf seinem aufgedunsenen Gesicht.

»Also wirklich – Sie scheinen sich ja wie zu Hause zu fühlen!« brachte er schließlich keuchend hervor.

Smith nahm bedächtig Platz, legte seine Uhr auf den Tisch, zog den Revolver hervor, entsicherte ihn und legte ihn griffbereit auf seinen Schoß. Dann zog er das lange Amputiermesser aus der Brusttasche und warf es vor Bellingham hin.

»Los, schneiden Sie die Mumie in Stücke!«

»Ach, darum geht es?« entgegnete Bellingham und schnaubte verächtlich.

»Genau darum. Ich habe mir sagen lassen, daß man Ihnen gesetzlich nichts anhaben kann. Deshalb formuliere ich jetzt ein ganz eigenes Gesetz: Wenn Sie nicht binnen fünf Minuten mit dem Messer bei der Arbeit sind, dann – so wahr mir Gott helfe – schieße ich Ihnen eine Kugel durchs Gehirn.«

»Sie würden mich kaltblütig ermorden?«

Bellingham hatte sich halb erhoben, sein Gesicht war aschgrau.

»Ja.«

»Weshalb?«

»Damit Ihre Teufeleien aufhören. Eine Minute ist um.«

»Aber was habe ich denn getan?«

»Ich weiß es, und Sie wissen es.«

»Sie bluffen nur.«

»Zwei Minuten sind um.«

»Können Sie Gründe anführen? Nein! Sie sind ja verrückt und gefährlich dazu. Warum sollte ich meinen Besitz zerstören? Das ist eine sehr wertvolle Mumie.«

»Ich will, daß Sie sie zerstückeln und verbrennen.«

»Ich denke nicht daran.«

»Vier Minuten sind um.«

Smith ergriff den Revolver und fixierte Bellingham entschlossen. Als der Sekundenzeiger die Zwölf erreichte, hob er den Arm, sein Zeigefinger krümmte sich um den Abzug.

»Halt! Halt! Ich mache es!« schrie Bellingham.

Hastig bückte er sich nach dem Messer und begann, hektisch auf den Rumpf der Mumie einzuhacken, immer mit einem verstohlenen Seitenblick zu dem schrecklichen Besucher, der unverwandt die Waffe im Anschlag hielt. Die Mumie knisterte und knackte jedesmal, wenn die scharfe Klinge sie traf. Dichter gelber Staub wallte auf. Spezereien und getrocknete Essenzen rieselten zu Boden. Plötzlich gab die Wirbelsäule mit einem lauten Knirschen nach, und die Mumie sackte armschlenkernd zu einem braunen Haufen zusammen.

»Nun ins Feuer damit!« sagte Smith.

Die Flammen loderten hell auf, als die zundertrockenen Trümmer der Mumie hineingeworfen wurden. Das kleine Zimmer wirkte wie ein Feuerungsraum eines Dampfers. Schweiß rann den beiden Männern übers Gesicht, und immer noch arbeitete der eine gebückt am Kamin, während der andere das Geschehen mit unbewegtem Gesicht verfolgte. Dichter, fetter Qualm quoll aus dem Kamin, es roch durchdringend nach verbranntem Harz und versengtem Haar. Nach einer Viertelstunde war von »Katalognr. 249« außer einigen verkohlten Knochenstückchen und Asche nichts mehr übrig.

»Sind Sie nun zufrieden?« knurrte Bellingham und wandte sich seinem Peiniger zu. In seinen kleinen grauen Augen mischten sich Haß und Angst.

»Nein, ich will Ihr gesamtes Material. Jetzt wird klar Schiff gemacht. Wir dulden hier keinen Hokuspokus mehr. Hinein mit allen diesen komischen Blättern. Wahrscheinlich haben sie etwas damit zu tun.«

»Und nun?« fragte Bellingham, nachdem er die Blätter ins Feuer geworfen hatte.

»Jetzt die Papyrusrolle, die Sie damals an jenem Abend auf dem Tisch hatten. Ich glaube, sie befindet sich in der Schublade da.«

»Nein!« rief Bellingham, »Nein! Verbrennen Sie die nicht! Mann, Sie wissen ja nicht, was Sie anrichten! Das ist ein einzigartiges Schriftstück; es enthält Weisheiten, die man nirgendwo anders finden kann.«

»Heraus damit!«

»Seien Sie doch vernünftig, Smith. Ich mache Ihnen ein Angebot: Ich teile das Wissen mit Ihnen. Ich lehre Sie alles, was dort steht. Oder warten Sie, lassen Sie mich wenigstens eine Abschrift machen, bevor Sie es verbrennen!«

Smith stand auf und schloß selbst die Schublade auf. Er nahm die gelbe, an den Rändern gewellte Papyrusrolle, warf sie in den Kamin und drückte sie mit dem Absatz in die Glut. Bellingham kreischte und grapschte danach, doch Smith stieß ihn zurück und wartete so lange, bis das Schriftstück zu einem unförmigen Ascheklumpen verglüht war.

»Damit dürfte ich Ihnen die Giftzähne wohl gezogen haben, Meister B.«, sagte er. »Sollte ich erfahren, daß Sie Ihre alten Spielchen fortsetzen, komme ich wieder. Und nun guten Tag – ich habe noch zu tun.«

Soweit Abercrombie Smith' Version der merkwürdigen Ereignisse, die sich im Frühling des Jahres 1884 im Old College von Oxford zutrugen. Da Bellingham gleich darauf die Universität verließ und nach Sudan verschwand, gibt es keinen unmittelbar Beteiligten, der sie widerlegen könnte. Doch die Erkenntnisse des Menschen sind winzig und die Wege der Natur wunderbar – und wer kann wissen, welche dunklen Dinge jemand finden mag, der nach ihnen sucht?

J. HABAKUK JEPHSONS BERICHT

Im Dezember des Jahres 1873 lief das britische Schiff *Dei Gratia* in den Hafen von Gibraltar ein, im Schlepptau die verlassene Brigantine *Marie Céleste*, die auf 38° 40′ Breite und 17° 15′ westlicher Länge aufgebracht worden war. Einiges am Zustand und Aussehen des herrenlosen Seglers erregte damals beträchtliches Aufsehen und schürte eine allgemeine Neugier, die freilich nie befriedigt wurde. Worin die Merkwürdigkeiten bestanden, faßt ein ausführlicher Artikel der ›Gibraltar Gazette‹ zusammen. Wer will, kann ihn dort – in der Ausgabe vom 4. Januar 1874, wenn ich nicht irre – finden. Für diejenigen aber, die keinen Zugang zur betreffenden Zeitung haben, gebe ich einige Auszüge wieder, die die charakteristischen Merkmale des Falles aufzeigen.

»Wir haben die verwaiste *Marie Céleste* persönlich in Augenschein genommen«, schreibt der anonyme Berichterstatter der ›Gazette‹, »und auch die Offiziere der *Dei Gratia* eingehend nach allem befragt, was Licht in die Angelegenheit bringen könnte. Sie sind der Meinung, das Schiff sei schon mehrere Tage oder gar Wochen vor seinem Auffinden verlassen worden. Dem offiziellen Logbuch zufolge, das man in der Kajüte des Kapitäns fand, lief die Brigantine am 16. Oktober von Boston mit Kurs auf Lissabon aus. Darüber hinaus jedoch bieten die sporadisch geführten Aufzeichnungen wenig Aufschluß. Rauhes Wetter wird nicht erwähnt, und in der Tat schließt der Zustand von Rumpfanstrich und Takelage die Annahme aus, man habe das Schiff aus solch einem Grunde aufgegeben. Es gibt weder Lecks noch sichtbare Spuren von Kampf oder Gewalt, und auch sonst nichts, was das Verschwinden der Besatzung erklären könnte. Einige Anzeichen sprechen dafür, daß sich eine Frau an Bord aufgehalten hat. In der Kapitänskajüte fand man eine Nähmaschine und Damenkleidung. Wahrscheinlich gehörte das der Ehefrau des Kapitäns, die im Logbuch als Mitreisende erwähnt wird. Als Beweis für das milde Wetter kann eine Spule mit Nähseide angesehen werden, die auf der Nähmaschine stand und schon beim geringsten Seegang heruntergefallen wäre. Die Rettungsboote waren intakt und ordnungsgemäß an den Auslegern befestigt, von der Ladung, die aus amerikanischen Standuhren und Talg bestand, fehlte nichts. Ein altmodisches Schwert sonderbarer Machart wurde im Vorschiff zwischen einigem Gerümpel entdeckt. Dem Vernehmen nach soll seine Klinge dunkle Längsspuren aufweisen, als sei Blut von ihr abgewischt worden. Die Polizei hat die Waffe beschlagnahmt und dem Sachverständigen Dr. Monaghan zur genaueren Untersuchung übergeben. Das Ergebnis der Analyse liegt noch nicht vor. Wir dürfen schließlich noch hinzufügen, daß Kapitän Dalton von der *Dei Gratia,* ein intelligenter und fähiger Seemann, der Ansicht ist, die *Marie Céleste* könnte weitab von dem Punkt, an dem man sie sichtete, verlassen worden sein. Er verweist auf eine starke Strömung, die von der afrikanischen Küste zu diesem Breitengrad führt. Aber auch er sieht sich außerstande, eine Hypothese zu entwerfen, die alle erwähnten Fakten des Falles einbezieht. Angesichts des völligen Fehlens von Ansätzen für eine plausible Erklärung ist zu befürchten, daß das Schicksal der Menschen von der *Marie Céleste* zu den zahllosen Geheimnissen der Meerestiefen gehört, die erst am Jüngsten Tage gelüftet werden, wenn die See ihre Opfer freigibt. Sollte, wie vielfach vermutet, ein Verbrechen vorliegen, so besteht wenig Hoffnung, die Schuldigen jemals vor Gericht zu bringen.«

Ich ergänze diesen Auszug aus der ›Gibraltar Gazette‹ durch eine telegraphische Meldung aus Boston, die damals durch sämtliche englischen Tageszeitungen ging. Es handelt sich um eine Zusammenstellung aller verfügbaren Informationen über die *Marie Céleste:* »Die Brigantine besitzt eine Ladekapazität von 170 Tonnen. Eigentümer ist die ortsansässige Weinimportfirma White, Russel & White. Kapitän J. W. Tibbs, seit Jahren im Dienste der Firma, galt als erprobter und erfahrener Schiffsführer. Er wurde begleitet von seiner einunddreißigjährigen Frau und ihrem jüngsten Kind, fünf Jahre alt. Die Mannschaft bestand aus sieben Matrosen, darunter zwei Farbige, und einem Schiffsjungen. An Bord befanden sich drei zahlende Passagiere. Einer davon war der bekannte Spezialist für Lungenheilkunde Dr. Habakuk Jephson, der sich von Anfang an leidenschaftlich für die Abolitionsbewegung engagiert und bereits vor dem Krieg mit seinem Pamphlet ›Wo ist dein Bruder?‹ die öffentliche Meinung gegen die Sklaverei mobilisiert hat. Die anderen Passagiere waren J. Harton, als Buchhalter bei der Firma tätig, und ein dunkelhäutiger Herr namens Septimius Goring aus New Orleans. Alle Nachforschungen über den Verbleib der vierzehn Personen verliefen erfolglos. Das Verschwinden Dr. Jephsons dürfte in politischen und wissenschaftlichen Kreisen mit Bedauern registriert werden.«

Mit diesen Zitaten aus alten Dokumenten habe ich zugleich für meine Leser den neuesten Stand der Erkenntnis zum Fall *Marie Céleste* umrissen, denn in den vergangenen zehn Jahren wurden keine weiteren Aufschlüsse über die rätselhafte Angelegenheit gewonnen. Nunmehr setze ich die Feder an, um alle mir bekannten Einzelheiten dieser unglückseligen Reise zu enthüllen. Ich tue dies aus einem Gefühl der Verantwortung gegenüber der Allgemeinheit, aber auch, weil mir nicht mehr viel Zeit bleibt: Nur zu gut kenne ich die Symptome, die mir sagen, daß meine Zunge und meine Hand binnen weniger Monate die Fähigkeit verlieren werden, Mitteilungen zu formulieren. Einleitend zu meinem Bericht darf ich mich selbst vorstellen – ich bin Joseph Habakuk Jephson, Doktor der Medizin der Universität Harvard und Ex-Konsultant des Samariter-Hospitals von Brooklyn.

Zweifellos werden viele fragen, weshalb ich mich nicht schon früher zu Wort gemeldet und dem Entstehen vieler

Gerüchte und Vermutungen so tatenlos zugesehen habe. Wenn der Gerechtigkeit durch die Preisgabe meines Wissens in irgendeiner Weise gedient worden wäre, hätte ich keinen Augenblick gezögert. Da dies jedoch meiner Überzeugung nach nicht der Fall war und ich damals, gleich nach dem Ereignis, beim Versuch, einem englischen Beamten alles zu erklären, auf beleidigende Skepsis gestoßen war, beschloß ich, mich nie wieder solch einer entwürdigenden Situation auszusetzen. Die Unhöflichkeit des Liverpooler Magistratsbeamten erscheint mir noch relativ geringfügig, denke ich an die Behandlung, die mir von seiten meiner engsten Verwandten widerfuhr. Sie, die meinen aufrichtigen, über jeden Zweifel erhabenen Charakter kennen, quittierten meinen Bericht mit herablassendem Lächeln, als spotteten sie über die Wahnvorstellung eines Irren. Dieses ehrabschneiderische Verhalten führte zu einem Zerwürfnis zwischen mir und meinem Schwager John Vanburger und bestärkte mich in meinem Entschluß, die ganze Sache der Vergessenheit zu überantworten – ein Vorsatz, den ich erst jüngst auf dringenden Rat meines Sohnes revidiert habe. Zum besseren Verständnis meines Berichts muß ich zunächst etwas ausholen und einige biographische Umstände schildern, die die nachfolgenden Ereignisse erhellen.

Mein Vater, William K. Jephson, war Prediger der Sekte der sogenannten Plymouth-Brüder, zudem einer der angesehensten Bürger von Lowell. Wie die meisten Puritaner Neu-Englands, lehnte er Sklaverei entschieden ab. Er vermittelte mir diese Grundüberzeugung, die all mein Handeln bestimmen sollte. Schon während meines Medizinstudiums an der Universität von Harvard tat ich mich als entschlossener Abolitionist hervor, und auch als ich dann nach meinem Examen ein Anteilsdrittel an der Praxis von Dr. Willis in Brooklyn erwarb, opferte ich, trotz erheblicher beruflicher Verpflichtungen, jede freie Minute der Sache, die mir ans Herz gewachsen war. So entstand mein Pamphlet »Wo ist dein Bruder?« (Swarburgh, Lister & Co., 1859), das beträchtliche Aufmerksamkeit erregte.

Bei Kriegsausbruch verließ ich Brooklyn und stellte mich dem 113. New Yorker Regiment als Feldscher zur Verfügung. Ich habe die zweite Schlacht bei Bull's Run und die Schlacht um Gettysburg mitgemacht. Schließlich wurde ich vor Antietam verwundet und wäre wahrscheinlich auf dem Feld verblutet, wenn mich nicht ein freundlicher Herr namens Murray aufgelesen, zu sich nach Hause geschafft und bestens versorgt hätte. Seiner Hochherzigkeit und der Pflege seiner schwarzen Diener verdanke ich es, daß ich schon bald darauf am Stock über die Plantage humpeln konnte. Und in dieser Zeit meiner Genesung geschah etwas, das eine enge Verbindung zu meinem Bericht besitzt.

Unter den beflissensten der Negerinnen, die mich während meines Krankseins pflegten, gab es eine gewisse Alte, die beträchtliche Autorität über die anderen auszuüben schien. Sie war mir gegenüber außerordentlich aufmerksam, und aus den wenigen Worten, die wir wechselten, entnahm ich, daß sie mir dankbar war für meinen Einsatz für ihr unterdrücktes Volk.

Eines Tages – ich saß gerade allein auf der Veranda, sonnte mich und überlegte, ob ich wieder zu Grants Armee stoßen sollte – kam die alte Negersklavin zu meiner Überraschung zu mir geschlurft. Sie schaute vorsichtig nach allen Seiten, ob wir allein wären, dann faßte sie in den Ausschnitt ihrer Bluse und zog einen kleinen Beutel aus Sämischleder hervor, der an einer weißen Schnur an ihrem Hals hing.

»Massa«, flüsterte sie mir ins Ohr, »ich bin 'ne alte Frau. Sterbe bald. Habe nich mehr viel Zeit auf Massa Murrays Plantage, o nein.«

»Du kannst noch sehr lange leben, Martha«, erwiderte ich. »Ich bin Arzt, wie du weißt. Wenn du krank bist, sag mir, was dir fehlt, und ich werde dich heilen.«

»Will nich mehr leben – will sterben. Ich gehe nach Hause zu meinem Herrn im Himmel.« Sie verfiel in jenen halb heidnischen Singsang, den Neger so lieben. »Aber, Massa, ich habe etwas, das bleibt hier, wenn ich gehe. Kann es nich mitnehmen über den Jordan, o nein. Ist sehr wertvoll, viel mehr wertvoll und heilig als alles auf der Welt. Ich alte schwarze Frau besitze das, ja! Ist von meinen Leuten im alten Land, die waren sehr mächtig. Ihr versteht das nicht wie wir. Mein Vater gibt es mir, und vorher sein Vater gibt es ihm, aber wem soll ich es geben? Arme Martha hat kein Kind, keinen Verwandten nich. Ich schaue auf schwarze Männer hier, aber alle ganz schlecht. Schwarze Frauen sehr dumm. Finde keinen würdigen Menschen nich für den Stein. Und so sage ich: Hier ist Massa Jephson, der schreibt Bücher und kämpft für farbige Leute – muß ein guter Mensch sein. Soll er ihn haben, obwohl er ist ein weißer Mann und kann niemals nich verstehn, was er bedeutet oder woher er kommt.« Hierbei nestelte sie an dem Lederbeutelchen und entnahm ihm einen flachen schwarzen Stein mit einem Loch in der Mitte. »Hier, nehmt ihn, Massa Jephson«, sagte sie und drückte ihn mir in die Hand. »Bei Guten tut er nichts Böses, o nein. Bewahrt ihn gut auf und verliert ihn niemals nich!« Und mit einer mahnenden Geste stahl sich die Alte so vorsichtig davon, wie sie gekommen war, ständig von einer Seite zur anderen spähend, ob man uns beobachtet hätte.

Ich war von dem feierlichen Gehabe der alten Frau eher belustigt als beeindruckt. Wenn ich ihre Litanei nicht mit meinem Lachen unterbrach, so nur, um sie nicht zu beleidigen. Nachdem sie verschwunden war, nahm ich den Stein genau in Augenschein. Er war tiefschwarz, sehr hart und von ovaler Form – genau solch einen Stein würde man am Strand auflesen, um ihn weit zu werfen. Er maß etwa drei Zoll in der Länge, halb soviel in der Breite und hatte abgerundete Enden. Das Auffälligste an ihm waren einige deutlich herausgearbeitete halbkreisförmige Linien, die ihm frappierende Ähnlichkeit mit einem menschlichen Ohr verliehen. Alles in allem war ich an meinem neuen Besitztum doch sehr interessiert und beschloß, den kuriosen Stein bei nächster Gelegenheit Schroeder vom Geologischen Institut in New York zu zeigen und seine Meinung einzuholen. Zunächst jedoch steckte ich ihn in die Tasche, erhob mich von meinem Liegestuhl, machte einen kurzen Spaziergang im Garten und vergaß die Angelegenheit.

Meine Wunde war zu dieser Zeit fast verheilt, wenig später verließ ich Mr. Murray. Unsere Armeen siegten überall und stießen gegen Richmond vor, so daß meine Hilfe nicht benötigt wurde. Ich kehrte nach Brooklyn zurück. Dort nahm ich meine Praxis wieder auf und heiratete die zweite Tochter des bekannten Holzschnitzers Josiah Vanburger. Innerhalb weniger Jahre hatte ich mich gut etabliert und mir den Ruf eines versierten Lungenspezialisten erworben. Den alten schwarzen Stein trug ich ständig in meiner Tasche und erzählte manchmal, unter welch dramatischen Umständen er in meinen Besitz gelangt war. Wie beabsichtigt, legte ich ihn auch Professor Schroeder vor, der sowohl die Anekdote wie den Stein bemerkenswert fand. Er erklärte, es handele sich um ein Stück von einem Meteoriten. Außerdem machte er mich darauf aufmerksam, daß die Ähnlichkeit mit einem Ohr nicht zufällig entstanden, sondern das Ergebnis sorgfältiger Bearbeitung sei. Seiner Meinung nach zeugten einige anatomische Details von der genauen Beobachtung und der technischen Fertigkeit des Bildhauers. »Es würde mich nicht wundern«, sagte der Professor, »wenn dies ein abgebrochenes Stück von einer großen Statue wäre. Ich verstehe allerdings nicht, wie man ein derart hartes Material so perfekt bearbeiten konnte. Wenn das Ohr tatsächlich von einer Statue stammt, würde ich diese gern sehen!« So dachte auch ich damals, doch inzwischen habe ich meine Meinung geändert.

Die nächsten sieben oder acht Jahre meines Lebens verliefen ruhig und ereignisarm. Sommer folgte auf Frühling, und Frühling löste den Winter ab, ohne daß sich in meinem beruflichen Alltag irgend etwas wesentlich veränderte. Die Praxis vergrößerte sich, und so nahm ich J. S. Jackson als Partner mit einem Viertel Gewinnbeteiligung auf. Der ständige Streß griff meine Gesundheit an. Schließlich fühlte ich mich so unwohl, daß ich auf Drängen meiner Frau einen Kollegen vom Samariter-Hospital konsultierte. Dr. Kavanagh Smith diagnostizierte eine angegriffene, jedoch im Zustand der Konsolidierung befindliche linke Lungenspitze und empfahl mir eine Heilkur und eine lange Seereise.

Bei meinem etwas ruhelosen Temperament sagte mir der zweite Teil des Ratschlags natürlich besser zu. Endgültig entschieden wurde die Sache erst dadurch, daß mir der junge Russel von der Firma White, Russel & White eine Passage auf einem Schiff seines Vaters anbot, das demnächst von Boston auslaufen sollte. »Die *Marie Céleste* ist ein tüchtiges kleines Schiff«, sagte er, »und Tibbs, der Kapitän, ein prima Kerl. Für einen Kranken gibt es nichts Besseres als eine Reise auf einem Segler.« Dieser Meinung war ich auch, und so nahm ich auf der Stelle an.

Ursprünglich hatte ich geplant, meine Frau mitzunehmen. Da sie jedoch Seereisen schon immer schlecht vertrug und sich damals gerade in einem Zustand befand, in dem sie keine Risiken eingehen durfte, einigten wir uns darauf, daß sie zu Hause bliebe. Ich bin zwar weder religiös noch besonders überschwenglich, aber heute danke ich Gott dafür! Es fiel mir nicht schwer, die Praxis meinem Partner Jackson anzuvertrauen, der sich als verläßlicher und arbeitsamer Mann erwiesen hatte.

Am 12. Oktober 1873 traf ich in Boston ein und begab mich unverzüglich in das Büro der Firma, um mich für das freundliche Anerbieten zu bedanken. Als ich dort im Kontor saß und darauf wartete, vorgelassen zu werden, hörte ich jemand den Schiffsnamen *Marie Céleste* nennen. Ich blickte mich um und sah einen hochgewachsenen, hageren Mann, der an einem Schalter aus poliertem Mahagoniholz lehnte und vom Angestellten dahinter Auskünfte verlangte. Das mir halb zugewandte Gesicht des Kunden verriet einen stark negroiden Einschlag; ich hielt ihn für einen Mulatten, einen Quarteronen vielleicht. Seine gebogene Habichtsnase und sein gerades glattes Haar zeugten vom weißen Erbteil, während die dunklen, unruhigen Augen, der sinnliche Mund und die schimmernden weißen Zähne eindeutig auf seine afrikanische Abstammung hinwiesen. Seine Haut sah gelblich und ungesund aus, und da sein Gesicht mit tiefen Blatternnarben übersät war, wirkte sein Äußeres unangenehm, nahezu abstoßend. Er sprach jedoch mit weicher, melodiöser Stimme und wußte seine Worte wohl zu wählen – unverkennbar ein Mann von Bildung.

»Ich hätte gern einige Auskünfte über die *Marie Céleste*«, wiederholte er und beugte sich über den Tresen. »Sie läuft übermorgen aus, sagten Sie?«

»Ganz recht, Sir«, erwiderte der junge Angestellte ungewöhnlich höflich, da ihm das Funkeln eines großen Brillanten auf der Krawatte des Kunden Respekt einflößte.

»Mit welchem Ziel?«

»Lissabon.«

»Wie groß ist die Besatzung?«

»Sieben Mann, Sir.«

»Gibt es Passagiere?«

»Ja, zwei. Einen jungen Mitarbeiter unserer Firma und einen Arzt aus New York.«

»Sind Herren aus dem Süden an Bord?« fragte der Fremde gespannt.

»Nein, Sir.«

»Haben Sie Platz für einen weiteren Passagier?«

»Wir können noch drei unterbringen«, antwortete der Mann am Schalter.

»Gut«, sagte der Mulatte entschlossen, »dann buche ich gleich eine Passage. Notieren Sie bitte: Mr. Septimius Goring aus New Orleans.«

Der Angestellte füllte ein Formular aus, reichte es dem Kunden und deutete auf die freie Stelle unten, wo dieser unterschreiben sollte. Als Mr. Goring sich über das Blatt beugte, bemerkte ich zu meinem Entsetzen, daß vier Finger seiner rechten Hand fehlten; er hielt die Feder zwischen

Daumen und Handfläche. Ich habe im Krieg Tausende von Getöteten gesehen und bei allen möglichen Operationen assistiert, doch ich erinnere mich nicht, daß mich jemals ein Anblick so abstieß wie dieser große braune schwammige Handteller mit dem abstehenden Daumen. Er wußte jedoch geschickt damit umzugehen, kritzelte flink seine Unterschrift auf das Papier, nickte dem Mann am Schalter zu und verließ das Kontor. Im selben Moment teilte man mir mit, Mr. White könne mich nunmehr empfangen.

Noch am gleichen Abend ging ich hinunter zur *Marie Céleste* und besichtigte meine Kabine. Trotz der geringen Größe des Schiffes war sie erstaunlich komfortabel eingerichtet. Für Mr. Goring, den ich am Vormittag gesehen hatte, war die angrenzende Kabine vorgesehen. Auf der gegenüberliegenden Seite befanden sich die Kapitänskajüte nebst einer kleinen Koje, die Mr. John Harton bekommen sollte, ein Herr, der im Auftrag der Firma reiste. Diese Unterkünfte lagen zu beiden Seiten der Treppe, die vom Hauptdeck zum Salon führte. Letzterer erwies sich als ein gemütlicher Raum mit geschmackvoller Täfelung aus Eiche und Mahagoni, einem dicken Brüsseler Teppich und bequemen Polsterbänken. Ich war angenehm überrascht von dem Komfort und auch von Kapitän Tibbs, einem rauhen Seebären mit lauter Stimme und herzlichem Auftreten. Er begrüßte mich mit Überschwang und bestand darauf, mit mir eine Flasche Wein in seiner Kajüte zu leeren. Dabei erzählte er, daß seine Frau und sein jüngstes Kind ihn auf der Reise begleiteten und man Lissabon mit etwas Glück in drei Wochen zu erreichen hoffe. Wir hatten eine angeregte Unterhaltung und schieden als beste Freunde. Er ermahnte mich eindringlich, meine Reisevorbereitungen bis zum nächsten Morgen abzuschließen, da die Ladung an Bord sei und er mit der Mittagsflut auszulaufen gedenke. Ich kehrte zum Hotel zurück, wo ich einen Brief von meiner Frau vorfand, und nach einem erfrischenden Schlaf ging ich am nächsten Morgen an Bord. Von nun an kann ich auf das Tagebuch zurückgreifen, das ich führte, um die Monotonie der langen Seereise etwas zu durchbrechen. Wenn es auch stellenweise etwas trocken oder dürftig ist, so können wir uns doch wenigstens auf die Genauigkeit der Details verlassen, denn ich zwang mich zu täglichen, gewissenhaften Eintragungen.

16. Oktober. Machten um halb drei die Leinen los und wurden hinaus in die Bucht geschleppt, wo uns der kleine Schleppdampfer verließ. Nach dem Setzen aller Segel nahmen wir gleichmäßige Fahrt auf, mit etwa neun Knoten pro Stunde. Ich stand am Heck und beobachtete, wie die niedrige Silhouette des amerikanischen Festlandes allmählich hinter dem Horizont versank und schließlich im abendlichen Dunst verschwand. Nur ein einzelnes rotes Signalfeuer leuchtete melancholisch hinter uns her und warf einen langgezogenen Widerschein auf das Wasser, der wie eine Blutspur aussah. Selbst jetzt, während ich dies schreibe, kann ich es noch blinken sehen, winzig wie ein Staubkorn. Der Kapitän ist mißgelaunt, weil zwei seiner Matrosen ihn im letzten Augenblick im Stich ließen und er ein paar Neger anheuern mußte, die am Kai herumlungerten. Er versteht die Welt nicht mehr, denn bei den beiden Fehlenden handelt es sich um erfahrene, verläßliche Männer, mit denen er schon mehrere Reisen gemacht hatte. Da eine siebenköpfige Besatzung auf einem Schiff dieser Größenordnung unbedingt gebraucht wird, fällt der Verlust der beiden natürlich sehr ins Gewicht. Die Neger können zwar das Ruder führen und das Deck schrubben, doch bei rauhem Wetter dürften sie kaum von Nutzen sein. Unser Koch ist ebenfalls ein Schwarzer, außerdem hat Mr. Septimius Goring einen kleinen dunkelhäutigen Diener mitgebracht – wir sind also eine bunt zusammengewürfelte Gesellschaft. Von John Harton, dem Buchhalter, verspreche ich mir eine echte Bereicherung; dieser junge Mann ist stets munter und zu Späßen aufgelegt. Seltsam, wie wenig Reichtum mit Fröhlichkeit zu tun hat! Er muß erst noch etwas aus sich machen und sucht sein Glück in einem

fernen Land, und doch scheint er so zufrieden, wie man es nur sein kann. Goring ist reich, wenn ich nicht irre, und auch ich bin nicht unvermögend, doch ich habe es mit der Lunge, während Goring offenbar von einem noch tieferen Gram geplagt wird. Wie arm nehmen wir uns gegenüber dem unbeschwerten Büroangestellten aus, der keinen Penny besitzt!

17. Oktober. Frau Tibbs erschien heute zum erstenmal auf Deck – eine freundliche, aber resolute Dame mit einem niedlichen kleinen Kind, das eben erst anfängt zu gehen und zu plappern. Der junge Harton schnappte es sich sofort und schleppte es in seine Kabine, wo er zweifellos den Grundstock für künftige Verdauungsstörungen des Kleinen legen wird. Wie einen der medizinische Beruf doch zum Zyniker macht! Immer noch ausgezeichnetes Wetter, es weht eine frische Brise aus Westsüdwest. Das Schiff läuft so ruhig, daß man die Bewegung kaum merken würde, wären nicht das knarrende Tauwerk, das Knattern der Segel und die lange weiße Schaumspur im Kielwasser. Bin heute den ganzen Tag mit dem Kapitän auf dem Achterdeck herumgelaufen. Glaube, die scharfe Seeluft tut meiner Atmung gut, denn trotz der Anstrengung ermüdete ich kaum. Tibbs ist ein bemerkenswert intelligenter Mann. Wir hatten eine kleine Kontroverse über Maurys Theorie der Ozeanströmungen, gingen sogar hinunter in seine Kajüte, um den strittigen Punkt durch Nachschlagen im nämlichen Werk zu klären. Dort stießen wir zu unserer Überraschung auf Goring. Passagiere dürfen das Allerheiligste des Kapitäns eigentlich nur betreten, wenn sie dazu aufgefordert werden. Der Eindringling entschuldigte sich jedoch mit seiner Unkenntnis der Gepflogenheiten auf einem Schiff, und der gutmütige Seemann lachte nur über den Vorfall. Er bat Goring sogar, zu bleiben und uns Gesellschaft zu leisten. Goring deutete auf die Chronometer, deren Glaskasten er geöffnet hatte, und sagte, er habe sie bewundert. Er scheint etwas von diesen mathematischen Instrumenten zu verstehen, denn er konnte auf Anhieb bestimmen, welches von den dreien am zuver-

lässigsten geht, und schätzte den Kaufpreis bis auf wenige Dollar genau. Er diskutierte mit dem Kapitän über die Abweichung des Kompasses, und als wir auf das Thema der ozeanischen Strömungen zurückkamen, bewies er genaue Kenntnis auch dieser Materie. Insgesamt macht er einen wesentlich vorteilhafteren Eindruck, wenn man ihn näher kennenlernt, denn dann erweist er sich entschieden als Mann von Kultur und Bildung. Seine Stimme und seine Konversation sind angenehm, ganz im Gegensatz zu seinem Gesicht und seiner allgemeinen Erscheinung.

Die Mittagspeilung ergab, daß wir zweihundertzwanzig Meilen zurückgelegt haben. Gegen Abend frischte der Wind auf, und der Erste Maat ließ in Erwartung einer stürmischen Nacht einige der Mars- und Bramsegel reffen. Das Barometer ist auf neunundzwanzig gefallen. Hoffentlich gibt es kein Unwetter, ich werde ja so leicht seekrank, außerdem würde eine stürmische Fahrt meiner Gesundheit eher schaden als nützen. Ich habe größtes Vertrauen in die Fähigkeiten des Kapitäns und die Seetüchtigkeit unseres Schiffes. Mit Mrs. Tibbs nach dem Abendessen Karten gespielt. Harton gab uns dabei Kostproben seines Könnens auf der Violine.

18. Oktober. Die schlimmen Befürchtungen von gestern abend bewahrheiteten sich nicht, denn der Wind ließ wieder nach und hörte sogar ganz auf. Wir schaukeln nun in einer trägen Dünung. Ab und zu foppt uns ein leichtes Lüftchen, das kaum die Segel füllt. Es ist kälter als gestern. Ich mußte einen der dicken Pullover anziehen, die mir meine Frau gestrickt hat. Harton kam heute Vormittag auf eine Zigarre in meine Kabine. Er meint, er habe Goring schon einmal gesehen, und zwar 1869 in Cleveland, Ohio. Auch damals sei der Mulatte keiner sichtbaren Beschäftigung nachgegangen und habe äußerst geheimnisvoll getan. Mich interessiert der Mann als Objekt psychologischer Studien. Heute beim Frühstück hatte ich plötzlich ein ungemütliches Gefühl, wie es manchen befällt, wenn er angestarrt wird, und als ich rasch aufschaute, begegnete ich dem Blick Gorings, der mich in-

tensiv, ja nahezu grimmig musterte. Doch schon im nächsten Moment lächelte er und machte eine belanglose Bemerkung über das Wetter. Komisch, Harton berichtet von einem ähnlichen Erlebnis, gestern auf Deck. Ich sehe Goring immer wieder mit den Farbigen sprechen, wenn er umherspaziert – ein Zug, den ich an ihm bewundern muß, denn es ist ja allgemein bekannt, wie oft Mischlinge ihre farbige Abstammung verleugnen und sich hochmütiger gegenüber ihren schwarzen Verwandten verhalten als mancher Weiße. Sein kleiner Page hängt regelrecht an ihm, was ganz offensichtlich eine gute Behandlung verrät. Insgesamt scheint mir dieser Mann aus einer merkwürdigen Mischung gegensätzlicher Eigenschaften zu bestehen. Wenn mich nicht alles täuscht, wird er mir reichlich Stoff für psychologische Studien während der Reise bieten.

Der Kapitän schimpft über seine Chronometer, die alle eine andere Zeit angeben. Er meint, es sei überhaupt das erste Mal, daß sie stark voneinander abwichen. Da es trüb ist, konnte er keine Mittagspeilung vornehmen. Grob geschätzt, haben wir in den letzten vierundzwanzig Stunden etwa hundertsiebzig Meilen zurückgelegt. Die Prophezeiung des Skippers erweist sich als richtig: Die beiden farbigen Matrosen taugen nicht viel. Immerhin können sie das Steuerrad richtig bedienen, und so werden sie abwechselnd als Rudergänger eingesetzt, während die erfahreneren Matrosen die gesamte Arbeit an den Segeln verrichten. Ich weiß, es sind banale Kleinigkeiten, die ich hier festhalte, doch sie bilden nun einmal den Gesprächsstoff an Bord. Für Aufregung sorgte heute abend das Auftauchen eines Wals. Dem spitzen Rücken und der gegabelten Schwanzflosse nach zu urteilen, handelte es sich um einen Finnwal, einen »Finner«, wie die Fischer sagen.

19. Oktober. Schneidend kalter Wind. Blieb vorsichtshalber den ganzen Tag in der Kabine, ging nur hinaus, um die Mittagsmahlzeit einzunehmen. Wenn ich auf meiner Pritsche liege, kann ich ohne aufzustehen alles Nötige erreichen:

Bücher, Pfeife und so weiter – ein Vorzug meines kleinen Appartements. Meine alte Wunde begann heute ein wenig zu schmerzen, das liegt wahrscheinlich an der Kälte. Montaignes *Essais* gelesen und mich gepflegt. Harton kam am Nachmittag mit Doddy, dem kleinen Sohn des Kapitäns, und gleich darauf schaute auch der Skipper herein; es gab ein regelrechtes Gedränge.

21.–22. Oktober. Immer noch diese Kälte, dazu jetzt Nieselregen, der nicht aufhören will. Konnte die Kabine nicht verlassen. Das Liegen und die Enge machen mich matt und niedergeschlagen. Bekam Besuch von Goring, aber seine Gesellschaft munterte mich wenig auf, da er nur maulfaul herumsaß und mich in seiner merkwürdigen, ziemlich irritierenden Art anglotzte. Er stand dann auf und stahl sich aus der Kabine, ohne sich zu verabschieden. Vermutlich hat er nicht alle Tassen im Schrank. Wie wohl bereits erwähnt, grenzt seine Kabine an meine. Die hölzerne Trennwand hat viele Risse und Ritzen, an manchen Stellen sind sie so groß, daß ich, während ich hier auf meiner Pritsche liege, unfreiwillig nahezu alle Bewegungen im Nachbarraum wahrnehme. Ohne ihm nachspionieren zu wollen, sehe ich, wie er sich immer wieder über eine Karte beugt und mit Bleistift und mehreren Kompassen hantiert. Ich hatte bereits Gelegenheit, sein lebhaftes Interesse für navigatorische Fragen festzustellen, aber daß er sich die Mühe macht, unseren Kurs zu bestimmen, erstaunt mich doch. Andererseits ist es ja eine harmlose Beschäftigung. Sicher vergleicht er seine Berechnungen mit denen des Kapitäns.

Vielleicht sollte ich meinem Nachbarn nicht so viel Aufmerksamkeit schenken. Hatte in der Nacht vom 20. einen Albtraum: Meine Kabine war ein Sarg, man legte mich hinein, und Goring nagelte den Deckel zu, während ich von unten verzweifelt dagegendrückte. Auch nach dem Aufwachen brauchte ich einige Zeit, um mir klarzuwerden, daß ich nicht im Sarg lag. Als Mediziner weiß ich natürlich, daß ein Albtraum einfach durch eine Gefäßverengung in gewissen

Hirnbezirken entsteht, und doch bin ich in meinem geschwächten Zustand nicht in der Lage, mich von den Todesahnungen zu befreien, die er hervorgerufen hat.

22. Oktober. Ein herrlicher Tag heute, kaum eine Wolke am Himmel, eine frische Brise aus Südwest treibt uns flott voran. Ganz in unserer Nähe muß ein Unwetter getobt haben, denn der Seegang ist beträchtlich. Unser Schiff stampft so heftig, daß das Bugspriet fast das Wasser berührt. Machte gerade einen kleinen Spaziergang auf dem Achterdeck, obwohl ich noch etwas wacklig auf den Beinen bin. Ein paar kleine Vögel – Buchfinken, glaube ich – sitzen in der Takelage.

16.40 Uhr. Während ich heute früh auf Deck war, hörte ich einen Knall, der aus der Richtung der Kabinen kam. Ich eilte hinunter und stellte fest, daß es um ein Haar einen schrecklichen Unfall gegeben hätte. Goring hatte seinen Revolver gereinigt, wobei sich aus der vermeintlich entladenen Waffe ein Schuß löste. Die Kugel durchschlug die Trennwand zwischen unseren Kabinen und bohrte sich in meine Pritsche – genau dort, wo mein Kopf immer liegt. Ich habe schon zuviel Beschuß erlebt, um mich über Kleinigkeiten aufzuregen, doch es besteht kein Zweifel: Ich wäre jetzt mausetot, wenn ich auf der Pritsche gelegen hätte. Goring, der nicht ahnte, daß ich an Deck gegangen war, muß einen Riesenschreck bekommen haben. Der arme Kerl! Ich habe noch nie ein so fassungsloses Gesicht gesehen wie seines, als er aus seiner Kabine stürzte, den rauchenden Revolver in der Hand, und im Gang auf mich prallte. Natürlich entschuldigte er sich immer wieder und wollte kein Ende finden, obwohl ich über den Zwischenfall nur lachte.

23 Uhr. Etwas Unerwartetes, Furchtbares ist geschehen, ein Unglück, neben dem mein Beinahe-Unfall von heute früh zur Bedeutungslosigkeit schrumpft. Mrs. Tibbs und ihr Kind sind spurlos verschwunden. Ich bringe es kaum über mich, die traurigen Details zu beschreiben. Gegen halb neun kam Tibbs mit kalkweißem Gesicht in meine Kabine gestürzt

und fragte, ob ich seine Frau gesehen hätte. Ich mußte es verneinen. Daraufhin rannte er in den Salon und begann, in allen Ecken herumzustöbern. Ich folgte ihm und versuchte ihn vergeblich davon zu überzeugen, daß seine Angst unbegründet sei. Wir durchsuchten das Schiff anderthalb Stunden lang, ohne auf eine Spur der Vermißten zu stoßen. Der arme Tibbs rief unaufhörlich nach ihnen und verlor darob schließlich seine Stimme. Auch die Matrosen – hartgesottene Burschen, die kaum etwas aus der Fassung bringt – waren tief erschüttert, als sie mit ansahen, wie er barhäuptig und völlig konfus auf dem Deck umherrannte, fieberhaft in die unmöglichsten Winkel kroch und bald darauf mit mitleiderregender Hartnäckigkeit wiederkehrte, um erneut dort nachzuschauen. Zuletzt gesehen wurde Frau Tibbs gegen sieben Uhr, als sie mit Doddy zum Heck ging. Der Junge sollte noch etwas frische Luft schnappen, ehe er ins Bett gesteckt wurde. Zu diesem Zeitpunkt befand sich nur der schwarze Rudergänger an Deck. Dieser behauptet allerdings, niemanden gesehen zu haben. Die ganze Sache ist sehr mysteriös. Ich vermute, daß Mrs. Tibbs mit dem Kind auf dem Arm an der Reling stand, der Kleine durch eine heftige Bewegung über Bord stürzte und sie ihm beim verzweifelten Versuch, ihn zu fangen oder zu retten, nachfolgte. Ich sehe keine andere Erklärung für das gleichzeitige Verschwinden der beiden. Durchaus möglich, daß der Mann am Steuer nichts von der Tragödie bemerkte, denn es war zu der Zeit schon recht dunkel, zudem versperren die hochgeklappten Lichtluken des Salons die Sicht auf einen großen Teil des Achterdecks. Wie sich das Ganze auch zugetragen haben mag, es ist eine furchtbare Katastrophe, die unsere Reise völlig überschattet. Der Maat hat sofort das Schiff wenden lassen, doch natürlich besteht so gut wie keine Hoffnung, sie noch aufzufischen. Der Kapitän liegt in stuporösem Zustand in seiner Kabine. Ich habe ihm eine ordentliche Dosis Opium mit seinem Kaffee eingeflößt, um seine Qual wenigstens für ein paar Stunden zu unterbrechen.

23. Oktober. Wachte mit einem dumpfen Gefühl der Beklemmung und Niedergeschlagenheit auf, brauchte eine ganze Weile, bis mir das Unglück von gestern abend wieder einfiel. Als ich an Deck kam, sah ich den armen Skipper am Heck stehen. Er blickte zurück über die Wasserwüste, die alles verschlungen hatte, was ihm auf Erden lieb gewesen war. Ich sprach ihn an, doch er wandte sich brüsk ab und begann ziellos umherzuwandern, das Kinn gegen die Brust gedrückt. Selbst jetzt, da an dem schrecklichen Geschehen kein Zweifel mehr besteht, kann er an keinem Boot, keinem Ballen Segeltuch vorbeigehen, ohne darunterzuschauen. Seit gestern ist er dem Aussehen nach um zehn Jahre gealtert. Harton, der den kleinen Doddy ins Herz geschlossen hatte, kann sich überhaupt nicht beruhigen. Auch Goring scheint die Sache an die Nieren zu gehen. Zumindest hat er sich heute den ganzen Tag in seiner Kabine eingeschlossen. Als ich ihn einmal zufällig durch die Ritzen sah, saß er melancholisch brütend am Tisch und hatte den Kopf in die Hände gestützt. Ich glaube, wir sind die traurigste Reisegesellschaft, die sich jemals an Bord eines Seglers befand. Wie schockiert meine Frau sein wird, wenn sie von unserem Unglück erfährt! Der Seegang hat nun nachgelassen. Wir laufen etwa acht Knoten bei vollständig gesetzten Segeln und lebhaftem Wind. Hyson hat praktisch das Kommando über das Schiff übernommen. Tibbs reißt sich zwar mannhaft zusammen und versucht sein Bestes, doch zu ernsthafter Arbeit ist er nicht fähig.

24. Oktober. Liegt ein Fluch auf dem Schiff? Gab es je eine Reise, die so heiter begann und dann einen derartig bestürzenden Verlauf nahm? Tibbs hat sich heute nacht mit einem Kopfschuß umgebracht. Gegen drei Uhr morgens wurde ich von einem Knall geweckt, sprang sofort auf und eilte hinüber zur Kapitänskajüte, eine ungute Ahnung in der Brust. Goring war jedoch noch schneller, denn er beugte sich bereits über den Toten, als ich dort eintraf. Ein schrecklicher Anblick! Tibbs' Gesicht fehlte fast vollständig, der kleine

Raum schwamm förmlich im Blut. Die Pistole lag neben ihm auf dem Boden, so wie sie ihm aus der Hand gefallen war. Er hatte offenbar den Lauf in den Mund geschoben und dann den Abzug betätigt. Wir hoben ihn vorsichtig an und legten ihn aufs Bett. Nach und nach fand sich die gesamte Crew in der Kajüte ein. Die sechs Weißen von der Stammbesatzung, die schon seit Jahren mit ihm fuhren, zeigten offen ihre Bestürzung. Es gab jedoch auch ängstliche Blicke und Gemurmel, und einer meinte, der Klabautermann spuke auf dem Schiff. Harton half mir, den Toten herzurichten und in Segeltuch einzunähen. Um zwölf Uhr mittags übergaben wir ihn von der Fockrahe aus der Tiefe; Goring las dazu die Totenmesse der Kirche von England. Der Wind hat aufgefrischt, schon den ganzen Tag laufen wir zehn Knoten, manchmal sogar zwölf. Je eher wir Lissabon erreichen und dieses verhexte Schiff verlassen, desto besser. Ich fühle mich wie auf einem schwimmenden Sarg. Kein Wunder, daß unter den einfachen Seeleuten Aberglauben entsteht, wenn selbst ich, ein gebildeter Mann, auf solche Gedanken komme.

25. Oktober. Machen den ganzen Tag volle Fahrt. Fühle mich schlapp und mutlos.

26. Oktober. Goring, Harton und ich unterhielten uns am Vormittag auf dem Deck. Harton versuchte Goring ein wenig auszuhorchen, doch der Mulatte parierte alle Fragen nach seinem Beruf und dem Zweck seiner Europareise geschickt und verriet nicht das geringste. Hartons Neugier schien ihn sogar ein wenig zu ärgern, denn er ging hinunter in seine Kabine. Möchte bloß wissen, wieso dieser Mann uns beide so beschäftigt! Wahrscheinlich ist es die Mischung von auffälligem Äußerem und Reichtum, die unser Interesse erregt. Harton hält ihn für einen Detektiv, der inkognito nach Portugal reist, um einen Verbrecher, der sich dorthin abgesetzt hat, überraschend zu stellen. Ich finde diese Vermutung ziemlich weit hergeholt, doch Harton stützt sie auf eine Mappe, die Goring einmal an Deck liegenließ. Harton

konnte nicht widerstehen und warf einen Blick hinein. Es war wohl so etwas wie eine Materialsammlung und enthielt eine Menge Zeitungsberichte. Die ausgeschnittenen Artikel handelten alle von Morden, die in den letzten rund zwanzig Jahren in den Staaten geschehen waren. Das Seltsame bestand darin, sagt Harton, daß es sich nur um Morde handelte, bei denen nie ein Täter gefaßt werden konnte. Obwohl kein Fall dem anderen in den Einzelheiten glich – Tötungsarten und sozialer Status der Opfer wiesen keine Gemeinsamkeiten auf –, endete jeder Artikel mit der stereotypen Formel, der Täter befinde sich noch auf der Flucht, die Polizei sei ihm jedoch auf der Spur und werde ihn in Kürze verhaften. Gewiß, das alles scheint zu Hartons Theorie zu passen, doch es könnte sich ebensogut um ein harmloses Hobby von Goring handeln. Vielleicht sammelt er Material für ein Buch, das De Quinceys Werk in den Schatten stellen soll? Auf jeden Fall geht es uns nichts an.

27.–28. Oktober. Immer noch günstiger Wind, wir kommen gut voran. Merkwürdig, wie rasch eine Gemeinschaft die Lücken schließt, die durch den Verlust einzelner Mitglieder entstanden sind. Tibbs wird kaum noch erwähnt. Hyson ist in seine Kabine eingezogen, und alles geht wieder seinen gewohnten Gang. Stünde Mrs. Tibbs' Nähmaschine nicht noch da auf dem Tischchen, wir würden glatt vergessen, daß es die bedauernswerte Familie je gab. Wieder ist ein Unfall an Bord geschehen, diesmal glücklicherweise ohne tödlichen Ausgang. Einer unserer weißen Matrosen wollte in den hinteren Frachtraum klettern, um eine Rolle Tau zu holen, als plötzlich die schwere Ladeluke über ihm zufiel. Er rettete sein Leben, indem er geistesgegenwärtig zur Seite sprang, doch ein Fuß wurde ihm schlimm gequetscht. Der Seemann dürfte für den Rest der Reise ausfallen. Er gibt seinem dunkelhäutigen Kollegen, mit dem er die Luke angehoben hatte, die Schuld an dem Unfall. Dieser wiederum schiebt alles auf das Rollen des Schiffs. Was auch immer die Ursache gewesen sein mag, unsere ohnehin schon knappe Besatzung wird um einen weiteren Mann reduziert. Dieses anhaltende Pech, das uns verfolgt, scheint selbst Harton zu deprimieren. Er hat seine Fröhlichkeit und seinen Optimismus verloren. Der einzige, der seine gute Laune behält, ist Goring. Ich sehe ihn in seiner Kabine immer noch mit der Karte hantieren. Seine nautischen Kenntnisse könnten uns sehr von Nutzen sein, falls Hyson etwas zustoßen sollte – was Gott verhüten möge!

29.–30. Oktober. Laufen noch immer vor frischer Brise. Alles ruhig, nichts Nennenswertes passiert.

31. Oktober. Meine kranke Lunge und die entsetzlichen Zwischenfälle während der Reise haben meine Nerven derart zerrüttet, daß mich schon banale Kleinigkeiten aufregen. Und dabei habe ich doch einst vor Antietam unter heftigem Gewehrfeuer eine äußere Darmbeinarterie vernäht, eine Operation, die höchste Präzision verlangt. Jetzt bin ich schreckhaft wie ein Kind. Gestern nacht, zum Beispiel: Es war etwa vier Glasen, in der mittleren Wache, ich döste vor mich hin und versuchte vergeblich, in einen erfrischenden Schlaf zu kommen. Ich hatte kein Licht in meiner Kabine, nur der Mond schien durch das Bullauge und warf einen silbrigen, flackernden Kreis an die Tür. Ich lag ruhig da und schaute auf diesen Kreis, merkte wie er vor meinem schläfrigen Blick zu verschwimmen begann, doch auf einmal zuckte ich zusammen und war hellwach: Ein kleiner dunkler Fleck bewegte sich mitten in der Lichtscheibe. Ich hielt den Atem an und verfolgte ihn. Er wurde allmählich größer und deutlicher, und dann erkannte ich, daß es eine Hand war, die sich vorsichtig durch den Spalt der angelehnten Tür schob – eine schreckliche Hand ohne Finger. Die Tür schwang langsam auf, der Hand folgte Gorings Kopf. Er geriet in die bleiche Scheibe Mondlicht, die ihn wie ein gespenstischer, undeutlicher Heiligenschein umgab und jeden seiner Züge deutlich hervortreten ließ. Mir schien, als hätte ich niemals einen grausameren und gnadenloseren Ausdruck auf dem Gesicht eines Menschen gesehen. Seine Augen waren weit aufgerissen und starr, die Lippen so verzerrt, daß sie die weißen

Eckzähne entblößten, sein gerades schwarzes Haar sträubte sich über seiner niedrigen Stirn wie die Kappe einer Kobra. Das plötzliche und gespenstisch lautlose Auftauchen des Mannes jagte mir solch einen Schreck ein, daß ich mich am ganzen Leibe zitternd im Bett aufrichtete und nach meinem Revolver griff. Ich war allerdings aufs äußerste beschämt über meine Panikreaktion, als er mir in wohlgesetzten Worten den Grund seines Eindringens erklärte. Er hatte Zahnschmerzen, der Arme, und da er wußte, daß ich Medikamente in meinem Arzneiköfferchen hatte, wollte er um etwas Laudanum bitten. Was sein bösartiges Aussehen anbetrifft, müssen mir meine Nerven und das wechselnde Mondlicht etwas Schreckliches vorgegaukelt haben; sicher trug auch der Umstand dazu bei, daß er nicht gerade eine Schönheit ist. Ich gab ihm zwanzig Tropfen, und er trollte sich unter mannigfaltigen Beteuerungen seiner Dankbarkeit. Kaum zu glauben, wie sehr mich dieser triviale Zwischenfall mitgenommen hat. Fühle mich den ganzen Tag wie zerschlagen.

An dieser Stelle übergehe ich die Aufzeichnungen einer Woche, da in dieser Zeit nichts Bedeutendes geschah und überwiegend Belanglosigkeiten die nächsten Seiten meines Bordtagebuchs füllen.

7. November. Harton und ich verbrachten heute den ganzen Vormittag auf dem Achterdeck, denn mit dem Erreichen südlicher Breiten ist es sehr warm geworden. Wir schätzen, daß zwei Drittel der Reise hinter uns liegen. Wie froh werden wir sein, wenn wir die grünen Ufer des Tejos sehen und das verfluchte Schiff für immer verlassen können. Ich versuchte Harton aufzuheitern und gab einige Erlebnisse aus meinem bisherigen Leben zum besten. Unter anderem erzählte ich ihm, wie ich zu dem schwarzen Stein kam; schließlich kramte ich in der Seitentasche meiner alten Jagdjoppe und förderte den besagten Gegenstand zutage. Wir

beugten uns darüber, und während ich Harton die hervorstehenden Konturen zeigte, fiel plötzlich ein Schatten auf uns. Wir wandten uns um. Hinter uns stand Goring und blickte wie gebannt auf den Stein. Aus irgendeinem Grunde war er maßlos erregt, versuchte sich jedoch zu beherrschen und die Gemütsbewegung zu verbergen. Er deutete mehrmals mit seinem Daumen auf den Stein, ehe er sich soweit gefaßt hatte, daß er fragen konnte, was das sei und woher ich es hätte. Er stieß die Fragen beleidigend barsch hervor, doch ich nahm es ihm nicht übel, ich kenne ihn ja schon als seltsamen Kauz. Ich wiederholte noch einmal die Geschichte, die ich Harton erzählt hatte. Er hörte sehr aufmerksam zu und fragte dann, ob ich wüßte, was es mit dem Stein auf sich habe. Ich verneinte und sagte, mir sei lediglich bekannt, daß er von einem Meteoriten stamme. Er wollte wissen, ob ich jemals seine Wirkung auf Neger erprobt hätte. Auch das mußte ich verneinen. »Geben Sie mal her«, sagte er, »ich möchte sehen, was unser schwarzer Freund am Steuer davon hält.« Er nahm den Stein und ging hinüber zu dem Seemann, der ihn einer eingehenden Prüfung unterzog. Ich sah, wie er gestikulierte und heftig zustimmend nickte, während sein Gesicht äußerstes Erstaunen und auch Ehrfurcht ausdrückte. Goring kam zurück mit dem Stein in der Hand. »Er sagt, er sei wertlos«, erklärte er, »und man könne ihn ebensogut über Bord werfen.« Dabei hob er die Hand zum Wurf, und mein Talisman wäre sicherlich auf Nimmerwiedersehen verschwunden, wenn der schwarze Seemann nicht herzugesprungen wäre und Gorings Handgelenk von hinten gepackt hätte. Goring war gegen den Griff machtlos, er ließ den Stein fallen und stahl sich würdelos davon, noch bevor ich ihm meine Empörung über seinen Vertrauensbruch kundtun konnte. Der Schwarze hob den Stein auf und überreichte ihn mir mit einer tiefen Verbeugung und allen Anzeichen echter Ehrerbietung. Die ganze Sache ist mir rätselhaft. Immer häufiger denke ich, daß Goring ein Irrer ist oder zumindestens am Rande des Wahnsinns steht. Wenn ich jedoch das Verhalten des schwarzen Seemanns mit den geheimnisvollen Andeutungen Marthas auf der Plantage vergleiche und Gorings fassungsloses Staunen beim ersten Anblick des Steins berücksichtige, so gelange ich zu dem Schluß, daß ich einen mächtigen Talisman besitze, der von der gesamten schwarzen Rasse verehrt wird. Goring darf ihn nie wieder in die Hand bekommen.

8.–9. November. Das Wetter meint es wirklich gut mit uns! Abgesehen von einem kleinen Sturmtief hatten wir die ganze Reise über nur günstige Brisen. In den letzten zwei Tagen machten wir noch mehr Fahrt als zuvor. Herrlich, die sprühende Gischt zu beobachten, wenn unser Kiel die Wellen durchschneidet. Das Sonnenlicht bricht sich darin und produziert viele kleine Regenbogen – »Sonnenhunde« nennen sie die Seeleute. Habe heute mehrere Stunden am Bug gestanden und dem herrlichen prismatischen Farbenspiel zugesehen. Der Rudergänger hat offenbar den anderen Schwarzen von meinem wundersamen Stein erzählt, denn alle behandeln mich mit großem Respekt. Da ich gerade von optischen Phänomenen rede – Hyson machte mich gestern abend auf ein sehr merkwürdiges aufmerksam. Es war das Auftauchen eines klar umrissenen hohen, dreieckigen Objekts am nördlichen Horizont. Er meinte, von fern sähe es genau wie die Bergspitze von Teneriffa aus – doch diese mußte zu jenem Zeitpunkt mindestens fünfhundert Meilen südlich von uns liegen. Vielleicht hat uns eine Wolke getäuscht oder eine dieser seltsamen Luftspiegelungen, von denen man manchmal liest. Es ist sehr warm. Der Maat meint, er habe so eine Hitze auf diesem Breitengrad noch nie erlebt. Abends mit Harton Schach gespielt.

10. November. Es wird wärmer und wärmer. Ein paar Landvögel ließen sich heute in der Takelage nieder, obwohl wir noch ziemlich weit von unserem Ziel entfernt sind. Die Hitze macht uns träge. Wir liegen an Deck, rauchen und können uns kaum zu etwas anderem aufraffen. Goring kam heute zu mir und wollte noch einiges über meinen Stein wis-

sen, aber ich fertigte ihn recht kurz ab. Habe ihm seinen unverschämten Versuch, ihn über Bord zu werfen, noch nicht verziehen.

11.–12. November. Kommen immer noch gut voran. Hatte keine Ahnung, daß Portugal solch ein heißes Klima hat. Vielleicht ist es an Land kühler. Hyson schüttelt darüber den Kopf, auch die Matrosen wundern sich.

13. November. Etwas äußerst Seltsames, nahezu Unerklärliches ist geschehen. Entweder stimmen Hysons Kursberechnungen überhaupt nicht oder irgendein magnetischer Einfluß hat die Instrumente gestört. Kurz vor Morgengrauen rief die Bugwache, Brandungsgeräusche seien voraus zu hören, und Hyson glaubte, die dunkle Silhouette von Land zu sehen. Das Schiff drehte bei, und obschon keine Lichter zu sehen waren, zweifelte niemand daran, daß wir die portugiesische Küste etwas eher als erwartet erreicht hatten. Doch was für eine Szenerie bot sich unseren erstaunten Blicken, als der Tag heraufdämmerte? So weit das Auge reichte, dehnte sich zu beiden Seiten das breite Band der Brandung, in der große grüne Wogen rollten und sich in schaumigen Wirbeln brachen. Und hinter der Brandung – was war das? Weder die grünen Ufer noch die Steilküste Portugals, sondern eine ausgedehnte Sandwüste, die sich bis an den Horizont erstreckte. Einerlei, ob man nach rechts oder links schaute, nichts als gelber Sand, an einigen Stellen zu phantastischen, mehrere hundert Fuß hohen Dünen aufgetürmt, dann wieder meilenweit so eben wie ein Billardtisch. Harton und ich – wir waren gemeinsam an Deck gegangen – wechselten verdutzte Blicke, dann begann Harton lauthals zu lachen. Hyson ärgerte sich gewaltig und behauptete, jemand habe die Instrumente verstellt. Es besteht kein Zweifel, daß dies das afrikanische Festland ist. Demnach war es tatsächlich die Bergspitze von Teneriffa gewesen, was wir vor einigen Tagen am nördlichen Horizont bemerkt hatten. Als wir die Landvögel sichteten, müssen wir eine der Kanarischen Inseln passiert haben. Wenn wir den Kurs beibehiel-

ten, dürften wir uns jetzt nördlich von Cape Blanco befinden, nahe dem unerforschten Gebiet, das an die Sahara grenzt. Wir können nur unsere Instrumente neu justieren und wieder Kurs auf Portugal nehmen.

20.30 Uhr. Liegen den ganzen Tag in einer Flaute. Die Küste ist jetzt etwa anderthalb Meilen von uns entfernt. Hyson hat alle Navigationsinstrumente überprüft, fand aber keinen ersichtlichen Grund für ihre merkwürdige Abweichung.

Hier endet mein Tagebuch, und ich muß mich beim Schluß meines Berichts auf die Erinnerung verlassen. Es besteht allerdings kaum die Gefahr, daß ich Tatsachen durcheinanderbringe, die sich mir ins Gedächtnis eingebrannt haben. Noch in derselben Nacht entlud sich das Unheil, das sich seit langem über uns zusammengebraut hatte, und ich erfuhr, worauf alle die kleinen Vorfälle, die ich so ahnungslos beschrieben hatte, abzielten.

O ich blinder Narr, daß ich es nicht eher erkannte! Aber ich will nun der Reihe nach berichten, was geschah, und zwar so genau ich kann.

Gegen halb zwölf zog ich mich in meine Kabine zurück und wollte gerade zu Bett gehen, als jemand an die Tür klopfte. Ich öffnete. Draußen stand der kleine schwarze Page Gorings, der mir ausrichtete, sein Herr wolle mich an Deck sprechen. Ich wunderte mich zwar über diesen Wunsch zu so später Zeit, stieg jedoch unverzüglich nach oben. Kaum hatte ich den Fuß auf das Achterdeck gesetzt, als man mich von hinten packte, umriß und mir ein Tuch in den Mund stopfte. Ich wehrte mich so gut ich konnte, doch im Nu hatte man ein Tau fest um mich gezurrt und mich an einen der Bootsausleger gefesselt. Da saß ich nun, vollkommen hilflos und unfähig, etwas zu tun oder zu sagen. Ein drohend an meine Kehle gedrücktes Messer bedeutete mir, jeden Widerstand aufzugeben. Es war pechfinster. Ich hatte die Angreifer noch nicht erkennen können. Erst als sich meine Augen an die Dunkelheit gewöhnten und der Mond kurz hinter den Wolken hervortrat, stellte ich fest, daß mich die beiden schwarzen Matrosen, der Koch und mein Mitpassagier Goring umringten. Ein weiterer Mann lag zu meinen Füßen auf den Decksplanken, aber da er im Schatten blieb, sah ich nicht, wer er war.

Alles war ungeheuer schnell gegangen; kaum eine Minute nach dem Betreten des Decks fand ich mich gefesselt und geknebelt wieder. Von dem überraschenden Angriff wie betäubt, begriff ich weder, was geschah, noch was es bedeutete. Die um mich kauernde Bande flüsterte sich kurze, hastige Worte zu, und ein Instinkt sagte mir, daß es um mein Leben ging. Goring sprach zornig und befehlend, die anderen antworteten mürrisch, als ob sie sich seinen Anweisungen widersetzten. Dann zogen sie sich gemeinsam zur gegenüberliegenden Seite des Decks zurück, wo ich sie weiter flüstern hörte; die Oberlichtluken des Salons versperrten mir jedoch die Sicht.

Währenddessen drangen die ganze Zeit vom anderen Ende des Schiffs deutlich vernehmbare Stimmen lachender und schwatzender Matrosen an mein Ohr. Ich konnte die Männer sogar auf dem Vorderdeck in einem Grüppchen beieinanderstehen sehen. Sie ahnten nichts von den finsteren Vorgängen, die sich dreißig Schritte von ihnen entfernt abspielten. Oh, hätte ich sie doch warnen können; selbst um den Preis meines Lebens hätte ich es getan! Aber es war unmöglich. Manchmal kam der Mond hinter den Wolken hervor und tauchte die Brandung und die weite Einöde der Wüste mit ihren bizarren Sandhügeln in silbriges Licht. Als ich nach unten sah, bemerkte ich, daß die dunkle Gestalt immer noch zu meinen Füßen lag. Ich starrte sie an, und plötzlich fiel ein flackernder Strahl Mondlicht auf ihr nach oben gewandtes Gesicht. Gütiger Himmel! Selbst jetzt noch, zwölf Jahre später, zittert mir die Hand, während ich schreibe, daß ich den Liegenden trotz seiner verzerrten Gesichtszüge und hervorgequollenen Augen nur zu genau erkannte: Es war Harton, der fröhliche junge Angestellte, mit dem ich mich während der Reise angefreundet hatte. Man mußte kein Mediziner sein, um zu sehen, daß er nicht mehr lebte. Ein um seinen Hals gedrehtes Taschentuch und ein Knebel in seinem Mund verrieten die lautlose Methode, mit der ihn die Höllenhunde getötet hatten. Während ich auf die Leiche des armen Harton starrte, ging mir plötzlich ein Licht auf. Ich verstand auf einmal, wer hinter den vielen vermeintlichen Unfällen dieser Reise steckte. Wenn auch noch manches dunkel und unerklärt blieb, ich fühlte genau, daß ich den Schlüssel zur Wahrheit in der Hand hielt.

Hinter den Decksluken wurde ein Streichholz angerissen, dann richtete sich die hohe, schlanke Gestalt Gorings an der Reling auf. Er hielt eine abgeblendete Laterne in der Hand. Er hob sie kurz über die Bordwand, und zu meinem unaussprechlichen Erstaunen antwortete sofort ein Aufblitzen aus den Dünen am Strand. Ich hätte es wahrscheinlich gar nicht wahrgenommen, wenn ich nicht Gorings Blick gefolgt wäre. Wieder senkte er die Laterne außerbords, und wieder kam eine Antwort vom Ufer her. Dann trat er zurück, rutschte dabei aus und verursachte ein lautes Gepolter. Mein Herz hüpfte, weil ich hoffte, die Wachen würden aufmerksam werden und nachsehen kommen. Doch ich hoffte vergebens. Es herrschte Windstille, und das Schiff machte keine Fahrt, daher bestand kein Grund zu besonderer Wachsamkeit. Hyson, der seit Tibbs' Tod die doppelte Arbeit zu leisten hatte, war nach unten gegangen, um sich ein paar Stunden Schlaf zu gönnen. Der diensthabende Bootsmann stand bei den beiden Matrosen am Fockmast. Machtlos, stumm, mit Stricken gefesselt, die sich in mein Fleisch schnürten, den Ermordeten zu meinen Füßen – so erwartete ich den nächsten Akt der Tragödie.

Die vier Schufte erhoben sich jetzt auf der anderen Seite des Decks. Der Koch war mit einem Küchenbeil bewaffnet, die anderen trugen Messer, Goring hatte einen Revolver. Sie lehnten sich auf die Reling und blickten hinaus aufs Wasser, als warteten sie auf etwas. Ich sah, wie der eine den Arm eines anderen berührte und nach draußen deutete, wo ein dunkler Umriß sich rasch dem Schiff näherte. Bald unterschied ich einen riesigen Einbaum, dicht besetzt mit Eingeborenen und angetrieben von mindestens zwanzig Paddeln. Als er unter unser Heck schoß, bemerkten ihn die Wachen, schlugen Alarm und kamen nach hinten gerannt. Doch zu spät! Eine Schar riesiger Neger kletterte an Bord und ergoß sich, angeführt von Goring, wie eine unaufhaltsame Woge über alle Decks. Rasch war jeder Widerstand gebrochen, man schlug die unbewaffneten Wachen nieder und fesselte sie, zerrte die Schläfer aus ihren Kojen und verfuhr mit ihnen ebenso. Hyson versuchte, den schmalen Gang zu den Kabinen zu verteidigen. Ich hörte das Getümmel und seine Stimme, die nach Hilfe rief. Doch da war niemand mehr, der ihm helfen konnte, und man brachte ihn mit einer heftig blutenden Stirnwunde aufs Achterdeck. Er wurde gefesselt und geknebelt wie die anderen. Dann beratschlagten die Neger über unser Schicksal. Ich sah, wie unsere schwarzen Matrosen auf mich deuteten und eine Erklärung abgaben, die von den Eingeborenen mit erstauntem, ungläubigem Geraune aufgenommen wurde. Einer von ihnen kam zu mir, steckte seine Hand in meine Tasche, nahm den schwarzen Stein heraus und hielt ihn in die Höhe. Dann überreichte er ihn einem Mann, der ein Häuptling zu sein schien. Dieser betrachtete ihn so eingehend, wie es das fahle Mondlicht zuließ, murmelte ein paar Worte und übergab ihn dem Krieger neben sich, der ihn ebenfalls beäugte und weiterreichte, bis der Stein, von Hand zu Hand wandernd, die Runde gemacht hatte. Der Häuptling sagte dann etwas in seiner Sprache zu Goring, worauf der Mulatte sich an mich wandte. Ich sehe jede Einzelheit der Szene noch genau vor mir: die hohen Schiffsmasten, an denen das Mondlicht herabzurinnen schien, die silbrig schimmernden Rahen, das filigrane, sich hart dagegen abzeichnende Netzwerk der Takelage; die düstere Gruppe der auf ihre Speere gelehnten Krieger, der Tote zu meinen Füßen, die Reihe blaßgesichtiger Gefangener, und vor mir der schurkische Mulatte im eleganten weißen Leinenanzug, ein merkwürdiger Kontrast zu seinen Verbündeten.

»Ihnen dürfte kaum entgangen sein«, begann er in wohlgesetzten Worten und mit sanfter Stimme, »daß ich nicht zur Partei derer gehöre, die Ihnen das Leben schenken wollen. Ginge es nach mir, müßten Sie sterben wie die anderen. Ich hege durchaus keinen persönlichen Groll gegen Sie oder die anderen, sondern habe mein Leben der Vernichtung der weißen Rasse geweiht. Sie sind der erste, der sich in meiner Macht befindet und verschont wird. Das verdanken Sie einzig und allein Ihrem Stein. Diese armen Teufel verehren ihn, und wenn er wirklich das ist, wofür sie ihn halten, haben sie auch Grund dazu. Sollte sich freilich an Land herausstellen, daß es sich um einen Irrtum handelt, die Ähnlichkeit von Form und Material also nur zufällig entstand, kann nichts Ihr Leben retten. Vorläufig jedoch sollen Sie gut behandelt werden. Sie dürfen sogar von Ihrer persönlichen Habe mitnehmen, was Sie wollen.« Er gab den wartenden Eingeborenen ein Zeichen, worauf diese mich losbanden, nicht jedoch meinen Knebel entfernten. Man führte mich hinunter in meine Kabine, wo ich mir ein paar Wertsachen, einen kleinen Kompaß und mein Reisetagebuch in die Taschen stopfte. Meine Bewacher schoben mich alsdann über die Bordwand, setzten mich in ein kleines Kanu hinab, das neben dem großen Einbaum lag, stießen ab und begannen in Richtung Küste zu paddeln. Wir waren etwa hundert Meter von der *Marie Céleste* entfernt, als der Mann am Steuer die Hand hob. Die Paddler hielten inne und lauschten. In der Stille der Nacht hörte ich dumpfe, stöhnende Laute, dann plumpste es ein paarmal, als würden schwere Gegenstände ins Wasser geworfen. Das ist alles, was ich über das Schicksal meiner armen Schiffskameraden weiß. Gleich darauf legte auch der Einbaum ab und folgte uns. Das verlassene Segelschiff trieb hilflos dahin – ein trauriger, ja gespenstischer Anblick. Die Eingeborenen hatten nichts mitgenommen.

Die gesamte finstere Aktion war gemessen und feierlich abgelaufen, wie eine religiöse Zeremonie.

Im Osten zeigte sich bereits das erste Grau des Tageslichts, als wir die Brandung durchquerten und das Ufer erreichten. Man ließ sechs Mann als Wache bei den Booten zurück. Der Rest der Eingeborenen formte eine Kolonne, nahm mich in die Mitte – man behandelte mich sehr höflich und respektvoll –, und los ging der Marsch durch die hügelige Wüste. Es war ein beschwerliches Vorwärtskommen, weil man bei jedem Schritt bis über die Knöchel im feinen Flugsand versank. Als endlich das Eingeborenendorf vor uns lag – eigentlich war es mehr eine Stadt, der beträchtlichen Ausdehnung nach –, fühlte ich mich völlig ausgepumpt. Die konischen Hütten ähnelten Bienenkörben; sie bestanden aus gewundenem Seetang, den man mit einer Art groben Mörtels bestrichen hatte, denn in dieser Küstenregion gab es im Umkreis von mehreren hundert Meilen weder Steine noch Bäume. Bei unserem Einzug in die Stadt strömte eine riesige Menge Eingeborener beiderlei Geschlechts herbei, man begrüßte uns mit dröhnenden Tomtoms, Geheul und Geschrei. Als sie mich sahen, schrien sie noch lauter und nahmen eine drohende Haltung ein. Sie beruhigten sich aber sofort nach einigen lauten Rufen meiner Eskorte. Das Kriegsgeschrei verstummte, ein Raunen der Verwunderung ging durch die dichte Menge, und wir zogen gemeinsam die breite Hauptstraße der Stadt hinab.

Diejenigen Leser, die mich nicht kennen, mögen das bisher Berichtete bereits in Frage stellen. Doch was nun kommt, mutet so seltsam an, daß selbst mein Schwager meinte, mich durch offen geäußerte Zweifel an meiner Aufrichtigkeit beleidigen zu müssen. Ich kann den Vorgang nur in einfachen Worten wiedergeben und im übrigen darauf hoffen, daß sich zu gegebener Zeit die Wahrheit erweisen wird. Mitten auf der Hauptstraße stand ein großes Gebäude, ähnlich primitiv gebaut wie die Hütten, diese jedoch weit überragend. Es war umgeben von einem Palisadenzaun aus herrlich polierten Ebenholzpfählen. Zwei mächtige Elefantenstoßzähne, die in den Boden eingegraben waren und sich mit den Spitzen oben berührten, bildeten ein Tor, dessen Öffnung ein mit reichen Goldstickereien verziertes Gewebe verschloß. Wir marschierten auf das imposante Bauwerk zu. Beim Palisadentor angekommen, blieb die Menge stehen und hockte sich auf die Erde, während ich von einigen Häuptlingen oder Ältesten des Stammes ins Innere der Umzäunung geführt wurde. Goring begleitete uns, ich hatte sogar den Eindruck, daß er den Ablauf des Geschehens dirigierte. Vor dem Vorhang am Eingang des Tempels – um ein solches Gebäude handelte es sich offensichtlich – nahm man mir Hut und Schuhe ab und schob mich hinein. Ein ehrwürdiger alter Neger ging voran, meinen schwarzen Stein in der Hand, den man mir ja aus der Tasche genommen hatte. Das Innere wurde bloß durch das tropische Sonnenlicht erhellt, das durch einige lange Schlitze in der Kuppel hereindrang und breite goldene Streifen auf dem Lehmfußboden bildete, unterbrochen von dunklen Zwischenräumen.

Die Halle war größer, als man von außen vermutete. An den Wänden hingen Teppiche, Muscheln und andere Verzierungen, doch in der Mitte des sonst völlig leeren Raumes befand sich nur ein einziges Objekt: die Figur eines kolossalen Negers. Ich hielt sie zuerst für einen lebenden König oder Hohepriester von gigantischer Größe, doch beim Nähertreten verriet mir die Art, wie das Licht reflektiert wurde, daß es sich um eine meisterlich aus pechschwarzem Stein gehauene Statue handelte. Man führte mich zu diesem Götzenbild – ein solches schien es darzustellen –, und ich bemerkte, daß es bei aller Perfektion einen Schönheitsfehler aufwies: Ein Ohr war abgebrochen. Der grauhaarige Neger stieg mit meinem Talisman in der Hand auf einen kleinen Schemel, reckte den Arm und setzte Marthas schwarzes Steinohr an die betreffende Stelle am Kopf der Statue. Das Experiment beseitigte alle Zweifel. Die Bruchflächen paßten so gut zusammen, daß das Ohr, als er es losließ, ein paar Sekunden haftenblieb, bevor es in seine geöffnete Hand fiel. Die Gruppe der Umstehenden warf sich sogleich mit einem Ausruf der Ehrfurcht zu Boden, während die Menge draußen, der man das Ergebnis zurief, in ein wildes Freudengeheul ausbrach.

Von einem Moment auf den anderen fand ich mich vom Gefangenen zum Halbgott verwandelt. Man führte mich im Triumphzug durch die Stadt, die Eingeborenen drängten sich heran, um meine Kleidung anzufassen und den Staub aufzusammeln, den mein Fuß berührt hatte. Man gab mir eine der größten Hütten und veranstaltete ein Festbankett, auf dem man mich mit allen einheimischen Delikatessen verwöhnte. Und doch hatte ich nicht das Gefühl, ein freier Mann zu sein, denn vor dem Eingang meiner Hütte wurden mehrere Speerträger postiert. Den ganzen Tag gingen mir Fluchtpläne im Kopf herum, aber keiner schien mir auch nur im geringsten durchführbar. Auf der einen Seite lag die riesige wasserlose Sandwüste, die sich bis Timbuktu erstreckte, auf der anderen eine Wasserwüste, fernab vom Schiffsverkehr. Je länger ich über das Problem nachdachte, desto mehr überkam mich Hoffnungslosigkeit. Ich ahnte nicht, wie nah die Lösung war.

Die Nacht brach herein, allmählich ließ das Lärmen der Eingeborenen nach. Ich lag auf einem Lager aus Fellen, das man für mich hergerichtet hatte, und meditierte immer noch über meine Zukunftsaussichten, als Goring in die Hütte geschlichen kam. Mein erster Gedanke war: Er will den Massenmord komplett machen und dich als letzten Überlebenden auch noch beseitigen! Ich sprang auf, entschlossen, mich bis zuletzt zu verteidigen. Er lächelte, als er meine Anstalten sah, und bedeutete mir, wieder Platz zu nehmen. Er selbst setzte sich auf die andere Seite des Bettes.

»Wofür halten Sie mich?« war die erstaunliche Frage, mit der er unser Gespräch eröffnete.

»Wofür ich Sie halte?« Ich schrie fast. »Für den übelsten, widerwärtigsten Schuft, der jemals die Luft verpestete.

Wenn wir nicht bei Ihren schwarzen Teufeln wären, würde ich Sie eigenhändig erwürgen!«

»Nicht so laut!« sagte er, ohne sich im mindesten aufzuregen. »Ich möchte nicht, daß unser kleines Gespräch zu Ende ist, bevor es begann. Also erwürgen würden Sie mich, sieh mal einer an!« fuhr er mit amüsiertem Lächeln fort. »Ich dagegen vergelte Böses mit Gutem, denn ich bin gekommen, um Ihnen zur Flucht zu verhelfen.«

»Sie?« keuchte ich ungläubig.

»Jawohl, ich«, bestätigte er. »Oh, ich tue es nicht aus Großmut. Ich bin nur konsequent. Es gibt keinen Grund, weshalb ich es vor Ihnen verheimlichen sollte: Ich will König dieses Stammes werden – keine großartige Ambition, sicher, aber Sie kennen doch Cäsars Ausspruch, wonach es besser ist, in einem gallischen Dorf der erste Mann zu sein, als in Rom der zweite. Nun, dieser unselige Stein hat Ihnen nicht nur das Leben gerettet, sondern denen auch völlig die Köpfe verdreht. Sie glauben, Sie kämen vom Himmel, was meinen Einfluß zunichte macht. Ich muß Sie aus dem Weg haben. Da ich Sie nicht töten kann, verhelfe ich Ihnen zur Flucht.« All das brachte er in normalem Plauderton hervor, als handele es sich um ganz selbstverständliche, alltägliche Überlegungen.

»Sie würden mir für Ihr Leben gern einige Fragen stellen«, begann er nach einer Pause erneut, »aber Sie beherrschen sich, weil Sie zu stolz sind. Macht nichts, ich wollte Ihnen ohnehin ein paar Dinge erklären, von denen ich möchte, daß die Weißen sie erfahren, wenn Sie heimkommen – falls Sie das unverschämte Glück haben sollten, dort anzukommen. Die Sache mit Ihrem verflixten Stein, zum Beispiel. Die Neger hier waren ursprünglich Mohammedaner – zumindest besagen das ihre Legenden. Noch zu Lebzeiten Mohammeds gab es eine Spaltung unter seinen Anhängern, und der kleinere Teil verließ Arabien und wanderte ins Innere Afrikas. Die Abtrünnigen nahmen eine kostbare Reliquie ihres alten Glaubens mit ins Exil: ein Stück von dem Schwarzen Stein von Mekka. Dieser Stein – meteoritischer

Herkunft, wie Sie ja wissen – war beim Aufschlagen auf die Erde in zwei Teile gebrochen. Ein Stück befindet sich immer noch in Mekka. Der größere Teil wurde zu den Berbern geschafft, wo ihm ein berühmter Bildhauer die Form gab, die Sie heute sahen. Diese Menschen sind also die Nachfahren der frühesten Anhänger Mohammeds. Das sorgsam gehütete Götzenbild begleitete sie auf allen ihren Wanderungen, bis sie hier in dieser seltsamen Region endgültig siedelten, wo die Wüste sie vor ihren Feinden schützt.«

»Und das Ohr?« entfuhr es mir unwillkürlich.

»Damit hat es eine ähnliche Bewandtnis. Ein Teil des Stammes zog vor einigen hundert Jahren nach Süden weiter, und um sich Glück für die Reise zu sichern, schlich sich einer unter ihnen nachts in den Tempel und nahm ein Ohr von der Statue mit. Seitdem hieß es unter den Negern, das Ohr werde eines Tages zurückkehren. Der Bursche, der es bei sich trug, wurde offenbar von Sklavenjägern gefangen und nach Amerika verschleppt – und so gelangte es in Ihren Besitz. Ihnen fiel die Ehre zu, die Prophezeiung zu erfüllen.«

Er pausierte einige Minuten und stützte den Kopf in beide Hände; offenbar erwartete er, daß ich etwas sagen würde. Als er wieder aufschaute, hatte sich seine Miene völlig verändert. Seine Züge wirkten hart und entschlossen. Auch seine Redeweise war wie ausgewechselt; nun plauderte er nicht mehr jovial, sondern stieß die Worte heftig, fast grimmig hervor.

»Übermitteln Sie der weißen Rasse, der großen herrschenden Rasse, die ich hasse und verachte, eine Botschaft. Sagen Sie denen, daß ich sie zwanzig Jahre lang zur Ader gelassen habe; daß ich sie abgeschlachtet habe, bis aus der Freude, die ich einst dabei empfand, Überdruß wurde; daß mein Tun unentdeckt blieb, ja nicht einmal der geringste Verdacht auf mich fiel, obwohl man mich mit allen Mitteln aufzuspüren suchte, die ihre Kultur aufzubieten wußte. Es gibt keine Genugtuung, wenn der Widersacher nicht weiß, wer ihm den Schaden zugefügt hat. Deshalb bin ich eigentlich ganz froh,

Sie als Boten zurückschicken zu können. Es wäre sinnlos, Ihnen erklären zu wollen, wie dieser große Haß in mir entstand. Sehen Sie her!« Er hob seine verstümmelte Hand. »Das stammt vom Messer eines weißen Mannes. Mein Vater war ein Weißer, meine Mutter eine Sklavin. Als er starb, wurde sie verkauft, und ich, damals noch ein kleines Kind, mußte mit ansehen, wie sie zu Tode gepeitscht wurde, weil man ihr das bißchen Stolz und Würde austreiben wollte, das sie sich bei ihrem ehemaligen Herrn angewöhnt hatte. Und auch meine junge Frau – oh, meine junge Frau – –« Ein Schauder durchlief seinen Körper. »Genug davon! Ich schwor meinen Eid und hielt ihn. Von Maine bis Florida und von Boston bis San Francisco kann man meine Spur an Hand der ungeklärten plötzlichen Todesfälle verfolgen, die der Polizei Kopfzerbrechen bereiteten. Ich kämpfte gegen die gesamte weiße Rasse, um ihr etwas von dem zu vergelten, was sie seit Jahrhunderten uns Schwarzen antut. Wie gesagt, schließlich wurde ich des Blutvergießens müde. Da mir aber weiterhin der bloße Anblick eines weißen Gesichts unerträglich war, beschloß ich, mich mit einem stolzen und freien schwarzen Volk zu verbünden, seine natürlichen Anlagen zu kultivieren und den Kern einer großen Nation der Farbigen zu formen. Diese Idee erfüllte mich ganz, ich reiste fast zwei Jahre lang durch die Welt und suchte nach dem geeigneten Partner. Am Ende zweifelte ich schon, ihn jemals zu finden. Bei den Sudanesen, die selbst Sklavenhandel treiben, war es aussichtslos, ebenso bei den verkommenen Fantis und den amerikanisierten Negern von Liberia. Dann endlich, schon auf der Rückreise, entdeckte ich diesen prächtigen Stamm von Wüstenbewohnern und beschloß, mein Schicksal mit ihnen zu teilen. Doch zuvor trieb mich mein alter Racheinstinkt zu einem letzten Besuch der Vereinigten Staaten, von dem ich mit der *Marie Céleste* zurückkehrte.

Was die Reise selbst angeht, so dürfte Ihnen Ihr Verstand bereits gesagt haben, daß die Kompasse und die Chronometer dank meiner Manipulation unzuverlässige Werte anzeigten. Nur ich konnte den Kurs mit meinen eigenen Instrumenten korrekt bestimmen, und den gab ich meinen schwarzen Freunden am Steuer. Ich stieß Tibbs' Frau über Bord. Was? Sie staunen? Sie sind fassungslos? Aber das müßten Sie doch inzwischen erraten haben! An jenem Tag wollte ich Sie mit einem Schuß durch die Trennwand töten, nur leider waren Sie nicht in Ihrer Kabine. Später versuchte ich es noch einmal, doch Sie wurden wach. Ich erschoß Tibbs. Geschickt, wie ich alles arrangierte, daß es nach Selbstmord aussah, nicht wahr? Als wir dann die Küste erreichten, war der Rest natürlich einfach. Ich stimmte dafür, alle an Bord umzubringen, nur Ihr Stein machte mir einen Strich durch die Rechnung. Ich stimmte auch gegen jede Plünderung. Niemand wird sagen können, wir seien Piraten. Wir haben uns von Prinzipien und nicht von irgendwelchen niedrigen Motiven leiten lassen.«

Erstaunt lauschte ich der Liste von Verbrechen, die dieser seltsame Mensch wieder mit ruhiger und beiläufiger Stimme aufzählte, als spreche er von Kleinigkeiten, die jeden Tag passieren. Mir ist, als sähe ich ihn noch immer wie ein gräßliches Gespenst am Fußende meines Lagers hocken, während flackerndes Licht von einer einzelnen primitiven Lampe auf seine häßliche Fratze fällt.

»Heute nacht«, fuhr er fort, »ist die Gelegenheit zur Flucht günstig. Meine einfältigen Adoptivkinder werden glauben, Sie seien zum Himmel zurückgekehrt, von wo Sie kamen. Es herrscht ablandiger Wind. Ich habe ein Boot für Sie vorbereiten lassen, wohlausgerüstet mit Proviant und Wasser. Mir liegt sehr viel daran, Sie loszuwerden, deshalb können Sie mir glauben, daß für alles gesorgt und nichts vergessen wurde. Stehen Sie auf und folgen Sie mir!«

Ich tat, wie mir geheißen, und trat aus der Hütte. Entweder waren die Wachen abgezogen worden, oder Goring hatte sich mit ihnen arrangiert. Wir gelangten unangefochten aus der Stadt und durch die Sandebene. Wieder hörte ich das Donnern der Brecher und sah das lange, weiße Band der

Brandung. Zwei Gestalten standen am Ufer und machten sich an einem kleinen Segelboot zu schaffen. Es waren die beiden schwarzen Matrosen von der *Marie Céleste*.

»Bringt ihn durch die Brandung!« befahl Goring. Die beiden Männer schoben das Boot ins Wasser, kletterten hinein und zerrten mich hinterher. Mit Großsegel und Klüver liefen wir landab und durchquerten sicher die Brandung. Dann sprangen meine beiden Begleiter ohne ein Wort des Abschieds über Bord. Eine Weile konnte ich noch ihre Köpfe als schwarze Punkte im weißen Schaum ausmachen, während sie zur Küste zurückschwammen und ich in die Dunkelheit der Nacht fuhr. Als ich mich noch einmal umdrehte, sah ich Goring zum letztenmal. Er stand auf dem Kamm einer Sanddüne. Im Gegenlicht des aufgehenden Mondes wirkte seine hagere, eckige Gestalt wie ein Scherenschnitt. Er schwenkte beide Arme heftig hin und her; möglicherweise winkte er mir aufmunternd nach, aber damals empfand ich die Geste als eine Drohung. Je mehr ich darüber nachdenke, desto entschiedener neige ich zu der Ansicht, sein alter, wilder Blutdurst sei wieder erwacht, als ihm bewußt wurde, daß ich seiner Macht entronnen war. Wie dem auch immer gewesen sein mag, es war das letzte, was ich von Septimius Goring sah, und ich hoffe, dabei bleibt es.

Ich spare mir die Schilderung meiner einsamen Fahrt. So gut ich konnte, hielt ich auf die Kanarischen Inseln zu und wurde am fünften Tag von der *Monrovia,* einem Dampfer der Britisch-Afrikanischen Dampfschiffahrtsgesellschaft, aufgenommen. Ich möchte an dieser Stelle noch einmal Kapitän Stornoway und seinen Offizieren aufrichtig Dank sagen für die freundliche Behandlung, die sie mir bis zu unserer Landung in Liverpool erwiesen. Dort half man mir, ein Ticket für ein Linienschiff nach New York zu bekommen.

Seit dem Tag, da ich zu meiner Familie zurückgekehrt bin, habe ich kaum über meine Erlebnisse gesprochen. Die Erinnerung daran schmerzt mich immer noch sehr, zudem wurde das wenige, das ich erwähnte, in Zweifel gezogen.

Nunmehr jedoch unterbreite ich die Vorgänge der Öffentlichkeit, genau in der Reihenfolge, in der sie geschahen, und ohne Rücksicht darauf, wieweit man mir Glauben schenken wird. Ich tue es einfach, weil meine Lunge schwächer wird und ich die Verpflichtung fühle, meinen Frieden mit dieser Welt zu machen. Ich begnüge mich nicht mit vagen geographischen Angaben. Man nehme eine Karte Afrikas zur Hand. Dort, oberhalb von Cape Blanco, wo sich das Land in nördlicher und südlicher Richtung vom westlichsten Punkt des Kontinents aus erstreckt, dort herrscht Septimius Goring wohl noch über seine schwarzen Untertanen, falls sie ihn nicht gestürzt haben; und dort, wo die langen grünen Wogen auf das Land zurollen, sich donnernd in der Brandung brechen und zischend den heißen gelben Ufersand belecken, liegen Harton, Hyson und die anderen armen Männer, die auf der *Marie Céleste* umgebracht wurden.

DREI KORRESPONDENTEN

Es gab nur dieses kleine Grüppchen zerzauster Palmen in der weiten Einöde aus schwarzem Fels und orangenem Sand. Es stand auf dem hohen Steilufer, und unten eilte der braune Nil, jeden aus dem Wasser ragenden Felsbrocken mit einem kleinen Schaumkragen umgebend, geschäftig den Stromschnellen von Ambigole entgegen. Vom wolkenlosen Himmel sandte die Sonne sengende Strahlen auf den Sand, die von dort reflektiert und wie glühende Funken aus einem Hochofen unter die Tropenhelme der Reiter geworfen wurden. Sie stand bereits so hoch, daß die Schatten der Pferde kaum größer als die Tiere selbst waren.

»Uff!« stöhnte Mortimer und wischte sich über die Stirn. »Für so was mußt du im türkischen Bad fünf Schillinge blechen.«

»Stimmt«, sagte Scott, »bloß behängt man sich dort nicht wie ein Christbaum mit Feldstecher, Wasserflasche und all dem anderen Zeug und reitet zwanzig Meilen. Das Treibhaus von Kew läßt sich zwar vorzüglich als Wintergarten nutzen, aber nicht als Halle für Recküüungen. Bin dafür, wir rasten dort unter den Palmen bis zur Dämmerung.«

Mortimer erhob sich in den Steigbügeln und spähte aufmerksam nach Süden. Überall die gleichen schwarzgebrannten Felsen und das dunkle Orange des Sandes. Die wild zerklüfteten Felsausläufer, die bis zum Fluß hinabreichten, waren nur an einer Stelle durch einen geraden Einschnitt unterbrochen – das alte Gleisbett der Eisenbahn. Die Araber hatten die Schienen längst zerstört, mittlerweile waren die vorrückenden Ägypter jedoch dabei, sie wieder instand zu setzen. Andere Spuren menschlichen Wirkens gab es in dieser trostlosen Gegend nicht.

»Zu den Palmen; wir haben keine Wahl«, sagte Scott.

»Na, dann müssen wir wohl. Bedauerlicherweise verzögert sich dadurch unsere Ankunft bei der Front um Stunden. Was würden unsere Chefs sagen, wenn wir zu spät zur Schlacht kämen?«

»Unsinn! Ein alter Hase wie Sie sollte eigentlich wissen, daß heutzutage kein vernünftiger General angreift, bevor die Presse da ist.«

»Im Ernst?« mischte sich der junge Anerley ein. »Ich dachte, sie fühlen sich von uns belästigt.«

»›Zeitungskorrespondenten, Reisende und der ganze Schwarm unnützer Drohnen‹, wie Lord Wolseley so schön in seinem *Taschenbuch des Soldaten* schreibt«, rief Scott spöttisch. »Wir wissen Bescheid, Anerley!« Er zwinkerte hinter seinen blauen Brillengläsern. »Stünde eine Schlacht bevor, wäre längst eine Kavallerie-Eskorte hier, um uns schleunigst hinzuschaffen. Ich war fünfzehnmal dabei, und nie hat ein Tisch für die Reporter gefehlt.«

»Schön und gut, nur könnte der Feind weniger umsichtig sein.«

»Der ist nicht stark genug, um eine Schlacht zu erzwingen.«

»Und wie steht's mit einem Scharmützel?«

»Ich halte Stoßtruppunternehmen im Rücken der Armee für wahrscheinlicher. In dem Fall wären wir genau am richtigen Platz.«

»Und der Mann von Reuter bei der Vorhut hätte das Nachsehen! Satteln wir ab und gönnen wir uns ein Biwak unter den Palmen.«

Es waren drei Korrespondenten, jeder unterwegs für eine der großen Londoner Tageszeitungen. Reuter hatte dreißig Meilen Vorsprung, während zwei Abendblätter auf Kamelen zwanzig Meilen hinter ihnen herschaukelten. Alle zusammen stellten sie die Augen und Ohren der Öffentlichkeit dar – der schweigenden Millionen und Abermillionen von Steuerzahlern, die alles finanzierten und schließlich auch erfahren wollten, was mit ihrem Geld geschah.

Es waren bemerkenswerte Leute, diese Laufburschen der Presse, zwei von ihnen offensichtlich Routiniers, die sich im Felde auskannten, der dritte zum erstenmal dabei und voller Bewunderung für seine berühmten Kollegen.

Der soeben von seinem braunen Polopony stieg, war Mortimer von der ›Intelligence‹ – ein hochgewachsener Mann mit sehr straffer, aufrechter Haltung und einem Raubvogelgesicht. Er trug eine khakifarbene Militärbluse, Reithosen, verstaubte Gamaschen und einen roten Kummerbund. Sonne und Wind hatten seiner Haut das Rotbraun eines Kiefernstammes verliehen, Moskitos und Sandflöhe für dunkle Flecke darin gesorgt. Der andere – klein, flink, quecksilbrig, mit blauschwarzem, gekräuseltem Vollbart und ebensolchem Haar, in der linken Hand eine Fliegenklatsche, die ständig hin und her zuckte – war Scott vom ›Courier‹. Er hatte Gefahren erlebt und zu packenden Reportagen verarbeitet wie kaum einer seiner Zunft, Chandler ausgenommen, der aber nun zu alt war, um noch ins Feld zu ziehen. Ein eigenartigerer Kontrast als Mortimer und Scott ließ sich kaum denken, doch in der Verschiedenheit der beiden lag das Geheimnis ihrer engen Freundschaft. Jeder ergänzte den anderen. Die Schwäche des einen war die Stärke des anderen. Gemeinsam bildeten sie eine perfekte Einheit. Mortimer war Angelsachse – langsam, gewissenhaft und zielstrebig; Scotts keltische Abstammung äußerte sich in Flinkheit, sonnigem Gemüt und Brillanz. Mortimer wirkte solide, Scott anziehend. Mortimer war der gründlichere Denker, Scott der bessere Redner. Obwohl sie ständig die Kriegsschauplätze bereisten, hatten sich ihre Wege bisher nie gekreuzt, ein merkwürdiger Zufall. Die Berichterstattung der beiden umfaßte sämtliche militärischen Auseinandersetzungen der jüngsten Zeit. Zu Scotts Missionen gehörten Plevna, Shibchah, die Zulu-Aufstände, die Feldzüge in Ägypten und Suakim; Mortimer hatte den Burenkrieg mitgemacht, aus seiner Feder stammten Berichte über den Krieg in Chile, den bulgarisch-serbischen Konflikt, den Entsatz Gordons, die indische Front, die Rebellion in Brasilien und über Madagaskar. An ihrer Art zu reden merkte man, daß sie beide gründlich Bescheid wußten. Sie verzichteten auf jegliche vagen Vermutungen und Informationen aus zweiter Hand, die unsere Alltagsgespräche so sehr bestimmen; alles war konkret und unumstößlich formuliert, mit der Sicherheit des Sachkundigen, der die Dinge mit eigenen Augen gesehen und sich ein festes Urteil gebildet hat.

Ihre Freundschaft hinderte die beiden Männer freilich nicht, beruflich als schärfste Rivalen aufzutreten. Persönlich hätte sich jeder geopfert, um dem anderen zu helfen. Doch um der eigenen Zeitung zu helfen, hätte jeder den anderen geopfert. Inbrünstiger als der Jockey, der dem Siegesritt entgegenfiebert, wünschte sich jeder eine ganzseitige Sensationsmeldung in der Morgenausgabe, während sie in jedem anderen Blatt fehlte. Daraus machten sie durchaus kein Geheimnis. Jeder gab offen zu, den anderen übertreffen zu wollen. Wechselseitig billigten sie einander das Recht zu, die journalistische Pflicht über alle persönliche Belange zu stellen.

Der dritte war Anerley von der ›Gazette‹ – ein junger, noch unerfahrener Korrespondent, der überdies recht einfältig aussah. Seine herabhängende Unterlippe verlieh ihm etwas Törichtes, was aber keineswegs seinem Wesen entsprach, wie seine engeren Freunde wohl wußten. Er blickte so ungemein träge und schläfrig um sich, daß man meinen konnte, er verstelle sich. Die Besitzer der ›Gazette‹ hatten den am Militärwesen interessierten jungen Mann zweimal zu den alljährlichen Herbstmanövern geschickt und, angetan von seinen farbig geschriebenen Reportagen, beschlossen, ihn als Kriegsberichterstatter zu erproben. Scott und Mortimer fanden den unbeholfenen Anerley rührend. Sie schüttelten den Kopf über seine Naivität und schmunzelten in der beruhigenden Gewißheit, von diesem Gefährten keine Konkurrenz befürchten zu müssen. Seit dem Tag, da sie die Telegraphenstation von Sarras hinter sich gelassen hatten, waren sie ihm aus einem weiteren Grund überlegen: Sie ritten die schnellsten Polopferde von ganz Gezireh – Anerley hingegen hockte auf einem armseligen Gaul, dessen Kaufpreis er von fünfzehn auf dreizehneinhalb Guineen hatte herunterhandeln können.

Die drei waren abgesessen und führten ihre Tiere zu dem willkommenen Rastplatz. Im grellen Sonnenlicht warfen die Palmwedel harte schwarze Schatten, vor denen die Männer unwillkürlich die Füße hoben, als müßten sie Hindernisse überschreiten.

»Palmen eignen sich ausgezeichnet als Garderobenständer«, sagte Scott, während er Revolver und Wasserflasche an die kleinen, borstig nach oben abstehenden Stielreste hängte. »Als Schattenspender kann man sie aber glatt vergessen. Komisch, daß die Evolution nichts Vernünftigeres für die Tropen zustande gebracht hat.«

»Wie den indischen Feigenbaum etwa.«

»Oder die prächtigen Hartholzbäume in Aschantiland. In deren Schatten konnte ein ganzes Regiment Picknick machen.«

»Der Teakbaum in Burma ist auch nicht schlecht. Verflixt, mein Tabak hat sich in der Satteltasche selbständig gemacht. Was soll's, Langschnitt brennt in diesem Klima sowieso viel zu heiß. Ist Nachschub in Sicht, Anerley?«

»Wird in fünf Minuten hier sein.«

Hinter ihnen, auf dem gewundenen Pfad, der zwischen den Felsen hindurchführte, bewegte sich die kleine Karawane der Lastkamele gemächlich vorwärts. Der geziert wirkende wogende Schritt der Tiere ließ an hochnäsige Damen denken, ebenso die Art, wie sie die Köpfe langsam von einer Seite zur anderen drehten. An der Spitze ritten drei als Diener angeheuerte Berber auf Eseln. Dahinter folgten die arabischen Kameltreiber. So zogen sie schon seit Mondaufgang dahin, neun Stunden lang, immer im gleichförmigen Kameltrott von zweieinhalb Meilen pro Stunde. Doch nun, beim Anblick der Palmen und der reiterlosen Pferde, wurden die Bewegungen von Mensch und Tier lebhafter. Binnen weniger Minuten waren die Lasten abgeladen und die Tiere angebunden, es wurde ein Feuer entfacht und frisches Wasser vom Fluß heraufgeholt. Jedes Kamel bekam seine Heuration auf einem ausgebreiteten Tuch, ohne das sich kein wohlerzogenes arabisches Wüstenschiff zum Fressen niederläßt. Die blendende Helligkeit ringsum, das Dämmerlicht des Rastplatzes, das sich gegen den tiefblauen Himmel abzeichnende Grün der Palmwedel, die geräuschlos umherhuschenden arabischen Diener, das Knacken des Reisigs, der Rauch des aufzüngelnden Lagerfeuers, die hochmütigen Köpfe der Kamele – wer das je erlebt hat, vergißt es nie.

Scott schlug Eier in die Pfanne und brummte in volltönendem Baß ein Liebeslied. Anerley steckte mit Kopf und Armen in einer Transportkiste und wühlte sich durch die Schichten von Suppenkonserven, gepökeltem Rindfleisch, eingemachtem Geflügel und Sardinen, um an die Konfitüre zu gelangen, die natürlich ganz unten lag. Der gewissenhafte Mortimer hatte sein Notizbuch auf den Knien und schrieb auf, was ihm tags zuvor der Ingenieur auf der Gleisbaustelle gesagt hatte. Plötzlich blickte er auf und sah den nämlichen Mann auf seinem kastanienbraunen Pony über die wellige Ebene heransprengen.

»Seht mal, da kommt Merryweather!«

»Und wie sein armer Fuchs schäumt. Er muß ihn stundenlang gehetzt haben. Hallo Merryweather, hallo!«

Der Ingenieur, ein kleiner untersetzter Mann mit einem spitzen rötlichen Vollbart, hatte offenbar ohne Aufenthalt an ihrem Rastplatz vorüberreiten wollen. Doch nun schwenkte er ein, ließ sein Pferd in Schritt fallen und kam auf sie zu.

»Etwas zu trinken, schnell!« krächzte er. »Die Zunge klebt mir am Gaumen.«

Mortimer kam mit dem Wasserkanister, Scott mit der flachen Whiskyflasche und Anerley mit einem Blechbecher angerannt. Der Ingenieur trank, bis ihm die Luft knapp wurde.

»Danke, muß weiter«, sagte er und strich sich die Tropfen aus dem roten Bart.

»Gibt's etwas Neues?«

»Sitzen fest mit dem Gleis. Ich muß den General sprechen. Zum Teufel, daß es noch keinen Telegraphen gibt!«

»Können wir etwas berichten?« Drei Notizbücher wurden gezückt.

»Fragt nochmal, wenn ich mit dem General gesprochen habe.«

»Derwische?«

»Nicht mehr als sonst. Vorwärts, Jinny! Wiedersehen!«

Schneller Hufschlag – dumpf auf dem Sand und hell zwischen den Felsen –, das müde Pony wurde weitergehetzt.

»Ob es was Ernstes ist?« meinte Mortimer, dem Reiter nachblickend.

»Etwas verdammt Ernstes – die Spiegeleier sind angebrannt!« rief Scott. »Nein, noch mal gerettet, habe sie umgedreht. Bringen Sie die Kiste mit, Anerley. Notizbuch wegstecken, Mortimer! Jetzt ist die Gabel mächtiger als die Feder. Na, keinen Hunger, Anerley?«

»Doch, ich überlegte nur, ob diese Episode eben ein Telegramm wert wäre.«

»Über den Wert der Information entscheiden die Zeitungsbesitzer. Unsereins braucht sich um schnöde finanzielle Aspekte gottlob nicht zu kümmern. Wir drahten alles – und sei es nur, um zu beweisen, daß man uns die Khakihemden und Gamaschen nicht umsonst bezahlt hat.«

»Aber was könnte man in diesem Fall melden?«

Mortimers langes ernstes Gesicht verzog sich zu einem Lächeln; die Naivität des Jüngeren belustigte ihn. »In unserer Branche sind Tips zwar nicht üblich, doch ausnahmsweise dürfen Sie mein Telegramm lesen, das ich eben geschrieben habe. Ich würde es Ihnen natürlich nicht zeigen, wenn es auch nur die geringste Bedeutung hätte.«

Anerley nahm das Blatt und las: Merryweather Schwierigkeiten stop Reise Beratung General stop Art Probleme später stop Gerücht Derwische – »Das ist ziemlich komprimiert«, sagte er und runzelte die Stirn.

»Komprimiert?« rief Scott. »Sündhaft geschwätzig nenne ich das. Wenn ich meinem Alten solch ein Telegramm schicke, brüllt er, daß die Lampenschirme platzen. Ich würde es um die Hälfte kürzen, zum Beispiel ›Reise‹, ›Art‹ und ›Gerücht‹ rausschmeißen. Mein Alter könnte daraus immer noch eine Zehn-Zeilen-Meldung machen.«

»Wirklich?«

»Passen Sie auf, ich zeige Ihnen, wie das geht. Geben Sie mal den Stift her.« Eine Minute lang kritzelte er eifrig in sein Notizbuch. »Das Ganze würde etwa folgendermaßen lauten: ›Die Fertigstellung der strategisch wichtigen Eisenbahnlinie von Sarras zur Front bereitet dem verantwortlichen Bauleiter Charles H. Merryweather mehr Schwierigkeiten als erwartet.‹ – Natürlich weiß der Alte, wer Merryweather ist und was er tut, also genügt das Wort ›Schwierigkeiten‹ völlig. ›Heute sah sich der renommierte Ingenieur gezwungen, 40 Meilen zu Pferd zurückzulegen, um mit dem kommandierenden General über die notwendigen Schritte zur zügigen Fortsetzung der Arbeiten zu beraten. Weitere Einzelheiten über die Art der aufgetretenen Probleme werden zu einem späteren Zeitpunkt bekanntgegeben. Die Bahnlinie, die den Nachschub für die Armee gewährleisten soll, ist bisher nicht angegriffen worden, obwohl sich die gewohnten Gerüchte über Derwische im Ostteil der Wüste hartnäckig halten. *Von unserem Sonderkorrespondenten.*‹ Na, wie finden Sie das?« rief Scott triumphierend und ließ weiße Zähne hinter seinem schwarzen Bart aufblitzen. »So füttert man die gute alte Öffentlichkeit.«

»Und Sie meinen, das interessiert sie?«

»Oh, alles interessiert sie. Die Leute wollen jede Kleinigkeit wissen. Und daß da jemand für hundert Pfund pro Monat unterwegs ist, der sie sammelt, schmeichelt ihnen sehr.«

»Sehr freundlich von Ihnen, daß Sie mir das alles erklären.«

»Etwas ungewöhnlich ist es schon, schließlich sind wir als Konkurrenten hier und haben uns nach Möglichkeit gegenseitig auszustechen. Bedaure, keine Eier mehr da. Sie müssen sich mit Konfitüre begnügen. Natürlich ist dieses Telegramm, wie Mortimer schon sagte, ziemlich belanglos; es beweist unseren Chefs lediglich, daß wir tatsächlich im Sudan sind und nicht in Monte Carlo. Aber bei echten Nachrichten heißt es: Jeder für sich.«

»Muß das so sein?«

»Selbstverständlich.«

»Wenn wir drei uns zusammentäten, unser Material gemeinsam sammelten und auswerteten, dann hätten wir doch mehr Erfolg als jeder für sich allein. Und außerdem wäre es wesentlich bequemer.«

Die beiden älteren, jeder ein Konfitürebrot in der Hand, erstarrten. Ihre Gesichter zeigten den Ausdruck ehrlichen Abscheus.

»Wegen Bequemlichkeit sind wir nicht hier«, sagte Mortimer und warf einen scharfen Blick durch seine Brillengläser. »Das einzige Wohl, um das wir uns kümmern, ist das unserer Zeitungen. Wie sollen sie miteinander konkurrieren, wenn wir es nicht tun? Wollten wir alles zusammenschmeißen, könnten wir gleich zu Reuter gehen.«

»Der Reiz unseres Berufs wäre völlig dahin!« pflichtete Scott ihm bei. »Gegenwärtig macht der Tüchtigste das Rennen, indem er als erster am Draht ist und sein Zeug durchgibt. Täten wir uns zusammen, fühlte sich keiner bemüßigt, seinen Grips besonders anzustrengen.«

»Der Mann mit der besten Ausrüstung hat natürlich einen gewissen Vorteil«, bemerkte Mortimer mit einem Blick hinüber zu den seidig glänzenden Polopferden und dem billigen syrischen Grauschimmel. »Und zu Recht, denn so zahlen sich Weitsicht und Einsatz aus. Jeder für sich – der Beste gewinne.«

»Genau. Nur so stellt sich heraus, wer der Beste ist. Nehmen wir Chandler, zum Beispiel. Ohne sein höchst eigenwilliges Vorgehen hätte er nie etwas aus sich machen können. Sie kennen doch die Geschichte, wie er ein gebrochenes Bein vortäuschte, seinen Kollegen nach einem Arzt schickte und so als erster die Telegraphenstation erreichte.«

»Halten Sie denn so etwas für legitim?«

»Alles ist legitim. Köpfchen – darauf kommt's an!«

»Ich nenne solch ein Verhalten unehrenhaft.«

»Nennen Sie es, wie Sie wollen. Jedenfalls brachte Chandlers Blatt den Kriegsbericht, das des anderen nicht. Seitdem ging es bergauf mit Chandlers Karriere.«

»Oder denken Sie an Westlake«, sagte Mortimer, während er seine Pfeife stopfte. »He, Abdul, du kannst das Geschirr abräumen! Westlake war schneller als seine Konkurrenten, weil er sich als Regierungskurier ausgab und auf jeder Poststation ein frisches Pferd verlangte. Die Auflage seiner Zeitung stieg auf eine halbe Million.«

»Das soll auch erlaubt sein?« fragte Anerley nachdenklich.

»Warum nicht?«

»Es sieht ein bißchen nach Betrug und Pferdediebstahl aus.«

»Für einen Exklusivbericht in einer Londoner Tageszeitung würde auch ich ein bißchen lügen und Pferde stehlen. Und Sie, Scott?«

»Ich würde alles riskieren – außer Mord.«

»Nicht einmal diese Einschränkung glaube ich Ihnen.«

»Zumindest den Mord an einem Zunftgenossen schließe ich mit Bestimmtheit aus; das wäre ein eklatanter Verstoß gegen unser Berufsethos. Aber wenn sich ein Fremder zwischen einen hoch geladenen Reporter und den elektrischen Draht stellt, begibt er sich in Gefahr. Mein lieber Anerley, eines sage ich Ihnen ganz offen: Wenn Sie sich von vornherein mit Skrupeln belasten wollen, hätten Sie ebensogut in der Fleet Street bleiben können, statt in den Sudan zu kommen. Unser Leben verläuft nun einmal nicht in vorhersehbaren

Bahnen. Für unsere Arbeit lassen sich keine Regeln aufstellen. Sicher wird sich das eines Tages ändern, doch vorläufig sind wir noch weit davon entfernt. Deshalb mein Rat: Seien Sie der erste am Draht, egal wie. Und wenn Sie das nächstemal ins Feld ziehen, bringen Sie das beste Pferd mit, das für Geld zu haben ist. Mich kann nur Mortimer schlagen, oder ich schlage ihn – auf jeden Fall wissen wir, daß wir die schnellsten Ponys dieser Gegend besitzen. Wir haben an alles gedacht.«

»Da bin ich mir nicht so sicher«, sagte Mortimer langsam. »Natürlich laufen unsere Pferde schneller als jedes Kamel – aber nur auf den ersten zwanzig Meilen. Bei dreißig liegt das Kamel vorn.«

»Was, eins von den Kamelen da?« rief Anerley erstaunt.

Die beiden älteren lachten.

»Nein, aber ein reinrassiges Trabkamel – die Sorte, die die Derwische gewöhnlich bei ihren Überfällen reiten.«

»Schneller als ein galoppierendes Pferd?«

»Insgesamt schon, wegen seiner Ausdauer. Es trabt in gleichbleibendem Tempo, braucht weder Rast noch Wasser und bewältigt rauhes Gelände leichter als ein Pferd. In Halfa hat man früher Langstreckenrennen veranstaltet. Die dreißig Meilen gewann immer das Kamel.«

»Trotzdem haben wir uns kein Versäumnis vorzuwerfen, Scott. Wir brauchen ja keine Meldung dreißig Meilen weit zu transportieren. Nächste Woche soll der Feldtelegraph fertig sein.«

»Schon, aber gegenwärtig – –«

»Freilich, alter Junge, aber es besteht ja kein Anlaß dazu. Aufbruch um fünf; wir können uns noch drei Stunden aufs Ohr hauen. Schon was von den Abendblättern zu sehen?«

Mortimer richtete sein Fernglas auf den nördlichen Horizont. »Nein.«

»Die bringen es fertig und reiten in der Mittagshitze; denen ist jeder Unfug zuzutrauen. Vorsicht mit dem Streichholz, Anerley. Diese Palmen fackeln ab wie ein Pulvermagazin, wenn sie Feuer fangen. Bis nachher!« Scott und Mortimer krochen unter ihre Moskitonetze, und wie jene, die das Leben im Freien gewöhnt sind, schliefen sie rasch ein.

Der junge Anerley lehnte am Stamm einer Palme, sog an seiner Bruyèrepfeife und dachte über die Ratschläge nach, die er erhalten hatte. Immerhin stammten sie von Starjournalisten, und ihm, dem Neuling, stand es nicht zu, an ihren Methoden zu rütteln. Wenn sie ihren Zeitungen auf diese Weise dienten, mußte er es ihnen gleichtun. Er konnte froh sein, daß sie ihm so freimütig die Spielregeln des Geschäfts erläutert hatten. Was ihnen recht war, sollte ihm billig sein.

In der brütenden Nachmittagshitze sahen die dünnen Schaumränder an den schwarzen, glänzenden Felsbrocken im Fluß verlockend kühl und frisch aus. Doch ein Bad um diese Tageszeit war zu gefährlich. Über der glühenden Fläche aus Sand und Fels flirrte die Luft. Kein Windhauch regte sich. Das Summen und Zirpen der Insekten wirkte einschläfernd. Irgendwo rief ein Wiedehopf. Anerley klopfte die Asche aus der Pfeife und wollte sich zu seinem Lager wenden, als er eine Bewegung im Süden der Wüste gewahrte.

Es war ein Berittener, der auf sie zuhielt, so schnell es das rauhe Gelände erlaubte. Ein Kurier der Armee, dachte Anerley bei sich. Als aber plötzlich das Sonnenlicht den Kopf des Reiters seitlich streifte und dessen Kinn rötlich aufleuchtete, begriff er: Es konnte nur einen Reiter geben mit solch einem Bart, und das war Merryweather, der Ingenieur. Er kam zurück? Weshalb, um Himmels willen? Obwohl er unbedingt den General sprechen wollte, hatte er unverrichteter Dinge kehrtgemacht. War sein Pony erschöpft? Wohl kaum, es schien noch ganz munter zu laufen. Anerley bückte sich und nahm Mortimers Fernglas. Ein heftig die Peitsche gebrauchender Reiter auf einem schaumbedeckten Pferd erschien im Blickfeld. Aber nichts verriet den Grund von Merryweathers rätselhafter Rückkehr.

Dann tauchten Pferd und Reiter in eine Senke und verschwanden. Anerley konnte ausmachen, daß dort eine jener schmalen Schluchten lag, die zum Fluß hinabführten. Er erwartete das sofortige Wiederauftauchen Merryweathers und setzte das Glas nicht ab, aber Minute um Minute verstrich, und nichts geschah. Die enge Schlucht schien Roß und Reiter verschlungen zu haben. Plötzlich puffte ein kleines graues Wölkchen zwischen den Felsen auf und zerfloß als langer dunstiger Schleier über der Wüste. Im nächsten Augenblick war Anerley bei Scott und Mortimer und rüttelte sie heftig aus dem Schlaf.

»Aufwachen!« rief er. »Ich glaube, Derwische haben Merryweather erschossen.«

»Und Reuter ist nicht hier!« war die Antwort der Veteranen, die eifrig ihre Notizbücher zückten. »Merrywather erschossen! Wo? Wann? Wie?«

In wenigen Worten erklärte Anerley, was er gesehen hatte.

»Gehört haben Sie nichts?«

»Nein.«

»Zwischen den Felsen verliert sich der Knall eines Schusses leicht. Dort, sehen Sie die Bussarde!«

Zwei große braune Vögel segelten am blauen Himmel. Während Scott sprach, gingen sie kreisend in die kleine Schlucht nieder.

»Klare Sache«, meinte Mortimer und beugte sich über sein Büchlein. »›Überfall hinter Front stop Merryweather abgeschnitten stop Hinterhalt Derwische stop Umkehr stop erschossen verstümmelt‹ Noch Fragen?«

»Sie meinen, man hat Merryweather den Weg abgeschnitten?«

»Wäre er sonst umgekehrt?«

»Dann müssen mehrere kleine Trupps beteiligt gewesen sein – einer schnitt ihm den Weg ab, der andere legte den Hinterhalt.«

»Das sehe ich auch so.«

»Aber wieso ›verstümmelt‹?«

»Ich habe schon gegen Araber gekämpft.«

»Wo wollen Sie jetzt hin?«

»Zurück nach Sarras.«

»Bin mit von der Partie«, meinte Scott.

Verwundert beobachtete Anerley, wie vollkommen unpersönlich seine Gefährten auf die Situation reagierten. Offenbar ließ ihr journalistischer Eifer sie ganz vergessen, daß sie und alle, die im Schatten der Palmen Rast hielten, genauso in Lebensgefahr schwebten. Doch während sie noch diskutierten, ertönte von den Felsen her das harte, durchdringende Rat-tat-tat einer unregelmäßigen Gewehrsalve, und Kugeln pfiffen über ihre Köpfe hinweg. Ein Palmwedel flatterte ihnen vor die Füße. Zugleich kamen die sechs verängstigten Diener gerannt und suchten Schutz.

Kaltblütig organisierte Mortimer die Verteidigung, denn Scott mit seinem keltischen Temperament war von der Aussicht auf so viel »Material« derart hingerissen, daß er keine vernünftigen Befehle erteilen konnte. Mortimer, dessen strenger Gesichtsausdruck noch durch seine Brille verstärkt wurde, hatte die Diener bald im Griff.

»*Tali henna! Egri!* Zum Teufel, wovor habt ihr Angst? Schafft die Kamele hierher, zwischen die Bäume. So, ja. Legt ihnen Kniefesseln an. *Qies!* Habt ihr noch nie Kugeln pfeifen gehört? Bringt jetzt die Esel her. Wir brauchen ringsum Deckung. Halt, mein Pferd nicht! Schafft die Gäule nach hinten, zur Flußseite. Dort kann ihnen nichts passieren. Die Burschen schießen ja noch höher als anno 1885.«

»Trotzdem hat einer getroffen«, sagte Scott, als sie ein patschendes Geräusch hörten, wie von einem Stein, der in weichen Schlamm fällt.

»Wen hat's erwischt?«

»Das braune Kamel, das gerade wiederkäut.«

Während Scott sprach, ließ das Tier, dessen Unterkiefer noch immer mahlte, seinen langen Hals zu Boden sinken und schloß die großen dunklen Augen.

»Dieser Treffer kostet mich fünfzehn Pfund«, sagte Mortimer seufzend. »Wie viele sind es Ihrer Meinung nach?«

»Vier, glaube ich.«

»Ich höre auch nur vier Remington-Gewehre. Vielleicht sind noch ein paar Speerträger dabei.«

»Kaum anzunehmen. Solche kleinen Angriffstrupps bevorzugen Gewehre. Übrigens, Anerley, waren Sie schon einmal unter Beschuß?«

»Nein«, antwortete der junge Journalist, der eine seltsam freudige Erregung in sich aufsteigen fühlte.

»Liebe, Armut und Krieg – ohne diese Erfahrungen ist kein erfülltes Leben denkbar. Reichen Sie mir die Patronen. Sie bekommen eine harmlose Feuertaufe. Hinter diesen Kamelen sitzen Sie so sicher wie im Hinterzimmer des Autorenklubs.«

»Aber kaum so gemütlich«, meinte Scott. »Ein großes Glas mit gespritztem Weißwein könnte ich jetzt außerordentlich gut gebrauchen. Was haben wir für ein Glück, Mortimer! Der General wird schäumen, wenn er erfährt, daß das erste Scharmützel dieses Krieges von der Presse ausgetragen wurde. Und Reuter langweilt sich seit einer Woche an der Front zu Tode! Und die Abendblätter kommen eine Idee zu spät und verpassen den Spaß! Oh, die Kugel hat mir freundlicherweise einen Moskito von der Haut gefegt.«

»Einen Esel hat's erwischt!«

»Wahrlich sündhaft! Wenn das so weitergeht, müssen wir unser Gepäck selbst nach Khartum schleppen.«

»Macht nichts, alter Junge, läßt sich alles als Material verwerten. Ich sehe schon die Schlagzeilen vor mir: ÜBERFALL IM HINTERLAND – MORD AN BRITISCHEM INGENIEUR – JOURNALISTEN ANGEGRIFFEN. Herrlich, nicht?«

»Kommt darauf an, wie die nächste lautet«, brummte Anerley.

»UNSER SONDERKORRESPONDENT VERWUNDET!« rief Scott und rollte sich auf den Rücken. »Nichts Ernstes«, fuhr er fort und richtete sich wieder auf, »nur ein Streifschuß am Knie. Langsam wird's ungemütlich. Zugegeben, das Hinterzimmer des Autorenklubs wäre mir jetzt entschieden lieber.«

»Ich habe Heftpflaster dabei.«

»Später. Die Brüder tun uns den Gefallen und rüsten zum Sturmangriff. Hoffentlich spannen sie uns nicht zu lange auf die Folter.«

»Sie kommen näher.«

»Mein Revolver hier ist ganz hervorragend, zieht nur verteufelt nach oben. Wenn ich damit jemandes Verdauung anregen will, muß ich auf seine Füße zielen. O Gott, unser Kessel ist hin!«

Mit einem Geräusch, das einem Gongschlag ähnelte, hatte eine Kugel den Wasserkessel durchlöchert. Eine Dampfwolke stieg zischend vom Feuer auf. Von den Felsen über ihnen ertönte ein wilder Schrei.

»Die Idioten glauben, sie hätten uns in die Luft gejagt. Jetzt greifen sie sicher gleich an. Wir werden sie mit Blei empfangen. Wo ist Ihr Revolver, Anerley?«

»Ich habe nur diese doppelläufige Jagdflinte.«

»Sehr vernünftig. Die beste Waffe für solche groben Angelegenheiten. Was für Patronen?«

»Vogelschrot.«

»Damit kommen Sie zurecht. Ich verlasse mich auf diese großkalibrige Doppellaufpistole. Wer Burschen wie die da drüben mit einem Armeerevolver stoppen will, richtet kaum mehr aus als mit einem Kinderspielzeug.«

»Es gibt gewisse Möglichkeiten – zumal die Genfer Konvention in diesen Breiten nicht gilt«, widersprach Scott. »Auch kleinkalibrige Geschosse können verheerend wirken, wenn man ihre Spitze etwas präpariert. Als ich damals bei der versprengten Einheit in Tamai – –«

»Moment mal«, unterbrach ihn Mortimer, der durch seinen Feldstecher schaute und an der Schärfeeinstellung drehte. »Ich glaube, jetzt kommen sie.«

»Die genaue Zeit« – Scott ließ den Deckel seiner Taschenuhr aufspringen – »ist siebzehn Minuten nach vier.«

Anerley lag hinter einem Kamel und starrte interessiert, ja nahezu fasziniert auf die Felsen gegenüber. Da und dort puffte ein kleines wattiges Rauchwölkchen auf, aber von den Schützen sah er nichts. Für ihn hatten die unsichtbaren Männer, die ihnen zielstrebig näherrückten, etwas Gespenstisches; sie waren bedrohlich und unwirklich zugleich. Er hatte ihr Triumphgeheul wegen des zerstörten Kessels gehört. Wenig später brüllte ihnen eine ungewöhnlich kräftige Stimme etwas zu, was Scott mit Schulterzucken und der Bemerkung quittierte: »Dazu müßten sie uns erst haben!« Anerley fand, es sei besser für seine Nerven, wenn er nicht nach einer Übersetzung fragte.

Den Beschuß, der aus einigen hundert Metern Entfernung begonnen hatte, konnten sie mit ihren leichten Waffen nicht erwidern. Hätten die Angreifer diese Distanz beibehalten, wären den Verteidigern nur zwei Möglichkeiten geblieben: entweder einen verzweifelten Ausfall zu wagen oder so lange in der Deckung auszuharren, bis vielleicht jemand den Lärm hörte und ihnen zu Hilfe kam. Doch es war ihr Glück, daß sich der Afrikaner nie so recht mit dem Gewehr angefreundet hat; sein instinktiver Drang, die Nähe des Gegners zu suchen, ist zumeist stärker als jede strategische Erwägung. Die Angreifer arbeiteten sich immer weiter heran, und nun entdeckte Anerley auch ein Gesicht, das über einen Felsrand spähte: Langsam schob sich der mächtige Schädel eines reinrassigen Negers höher, silberner Ohrschmuck blitzte auf, ein kräftiges Kinn wurde sichtbar. Der Mann reckte einen Arm hoch und schüttelte drohend sein Remington-Gewehr.

»Soll ich schießen?« fragte Anlerley.

»Nein, zwecklos, auf diese Entfernung wäre die Streuung des Schrots viel zu groß.«

»Ein Schurke wie aus dem Bilderbuch«, sagte Scott. »Können Sie ihn mit der Kamera erwischen? Dort ist noch einer!«

Ein braunhäutiger Araber mit feinen Gesichtszügen und schwarzem Spitzbart lugte hinter einem anderen Felsblock hervor. Er trug den grünen Turban, der ihn als Hadschi auswies. Ein religiöser Fanatiker, seiner leuchtenden Miene nach zu urteilen.

»Eine bunt zusammengewürfelte Truppe«, murmelte Scott.

»Der zweite gehört zu dem kriegerischen Stamm der Baggara«, erklärte Mortimer. »Der ist wirklich gefährlich.«

»Er sieht ziemlich gemein aus. Dort, noch ein Neger!«

»Zwei sogar. Dingas, glaube ich. Solche Burschen haben wir in unseren schwarzen Bataillonen. Sobald es ums Kämpfen geht, interessiert es sie nicht, für wen sie es tun. Wenn sie nur ein bißchen Grips hätten, würden sie begreifen, daß die Araber ihre Erbfeinde sind, wir jedoch, historisch betrachtet, ihre Freunde. Seht doch diese Idioten – fletschen die Zähne gegen Vertreter der Nation, die den Sklavenhandel abgeschafft hat.«

»Den Irrtum sollten Sie ihnen erklären.«

»Werde ich auch, wenn sie etwas näherkommen – und zwar mit meiner Pistole. Jetzt aufgepaßt, Anerley, sie sind aufgesprungen!«

Tatsächlich, sie waren bereits in vollem Lauf. Der braune Mann mit dem grünen Turban führte den Sturmangriff an. Dicht hinter ihm rannte der Neger mit den silbernen Ohrringen – ein wahrer Herkules –, in kurzem Abstand gefolgt von den beiden anderen. Als sie, einer nach dem anderen, über die Felsen sprangen, fühlte sich Anerley an den Hürdenlauf beim Schulsportfest erinnert, bei dem er früher oft das Zielband gehalten hatte. Der wilde Eifer faszinierte ihn – das Flattern der gemusterten Galabejas, das Schimmern von Stahl, der Schwung schwarzer Arme, die verzerrten Gesichter, das rasche Trappeln der Füße. Der junge Reporter, wie jeder gesetzestreue Brite zur heiligen Ehrfurcht vor dem menschlichen Leben erzogen, begriff nur mühsam, daß diese Leute fest entschlossen waren, ihn zu töten, was ihm wiederum das gute Recht gab, dasselbe mit ihnen zu tun. Er lag reglos da und starrte, als sei dies eine Zirkusvorstellung und er ein Zuschauer.

»Jetzt, Anerley, jetzt! Nehmen Sie den Araber!« rief jemand.

Er hob die Büchse und sah das braune, wilde Gesicht in der Visierlinie auftauchen. Er drückte auf den Abzug, aber das Gesicht wurde größer und drohender mit jedem Satz. Wieder und wieder drückte er. Ein Revolver knallte dicht neben ihm, dann noch einmal, und ein roter Punkt erschien auf der braunen Brust des Arabers. Dennoch kam er immer näher.

»Schieß doch, Esel, schieß!« schrie Scott.

Wieder betätigte er den Abzug – vergebens. Zwei Pistolenschüsse krachten. Der riesige Neger stürzte, richtete sich wieder auf und brach dann zusammen.

»Hähne spannen, Idiot!« brüllte jemand wütend, doch schon im nächsten Augenblick übersprang der Araber mit einem Satz das tote Kamel und landete mit seinen nackten Füßen auf Anerleys Brust. Wie in einem Traum rang Anerley mit jemandem, rollte mit ihm auf dem Boden hin und her, dann folgte eine gewaltige Explosion vor seinem Gesicht, und damit war für ihn der erste Kampf des Krieges beendet.

»Machen Sie's gut, mein Junge. Kopf hoch, es wird schon wieder werden. Sie brauchen nur ein bißchen Ruhe.« Das war Mortimers Stimme. Undeutlich nahm Anerley ein längliches, bebrilltes Gesicht wahr und fühlte eine schwere Hand auf seiner Schulter.

»Tut mir leid, aber wir müssen Sie zurücklassen. Wenn wir uns beeilen, schaffen wir noch die Morgenausgabe.« Scott schnallte seinen Gürtel enger, während er sprach.

»Wir werden in unseren Depeschen erwähnen, daß Sie verwundet wurden. Ihre Leute wissen dann, weshalb nichts von Ihnen kommt. Wenn Reuter oder die Abendblätter auftauchen, nichts verraten! Abbas wird sich um Sie kümmern. Morgen Nachmittag sind wir zurück. Auf Wiedersehen!«

Anerley hörte alles, brachte aber nicht die Energie auf, zu antworten. Dann, während sein Blick den in Khaki gekleideten Reitern auf ihren glänzenden braunen Pferden folgte, die allmählich zwischen den Felsen verschwanden, lichtete sich plötzlich seine Erinnerung, und er begriff, daß ihm die erste große journalistische Chance seines Lebens entglitt. Es war nur ein kleiner Kampf gewesen, aber immerhin der erste des Krieges, und zu Hause lechzte ein Millionenpublikum nach Neuigkeiten. Der ›Courier‹ würde sie bringen, die ›Intelligence‹ auch – und kein Wort in der ›Gazette‹! Der Gedanke brachte ihn auf die Beine. Er mußte den Stamm einer Palme umarmen, weil sein Kopf davonschwimmen wollte.

Dort vorn lag der große Neger, wo er zusammengebrochen war, sein mächtiger Brustkorb übersät von Einschußlöchern, jede der Wunden von einem Kranz Fliegen umlagert. Nur wenige Schritte von Anerley entfernt ausgestreckt – der tote Araber. Seine Hände umklammerten das furchtbare Ding, das einmal sein Kopf gewesen war. Quer über der Leiche lag Anerleys Schrotflinte, ein Lauf abgefeuert, der Hahn des anderen Laufs in Bereitschaft.

»Scott Effendi genommen Ihr Gewehr und geschossen«, sagte jemand. Es war Abbas, sein Diener, der ein wenig Englisch sprach.

Anerley stöhnte auf vor Scham. Er hatte total den Kopf verloren und vergessen, die Hähne zu spannen. Aber nicht aus Angst, das wußte er, vielmehr hatte ihn seine Neugier abgelenkt. Er betastete seinen Schädel und stellte fest, daß man ihm ein feuchtes Taschentuch um die Stirn gebunden hatte.

»Wo sind die beiden anderen Derwische?«

»Fortgerannt. Einer Arm kaputt.«

»Was ist mit mir passiert?« fragte Anerley.

»Effendi hat Säbel auf Kopf bekommen. Effendi bösen Mann festgehalten und Scott Effendi geschossen. Gesicht verbrannt, sehr schlimm.«

Anerley wurde plötzlich gewahr, daß seine Gesichtshaut spannte und irgend etwas durchdringend nach verbranntem Haar stank. Er tastete nach seinem Schnauzbart. Weg! Die Augenbrauen auch? Er konnte sie nicht finden. Natürlich, sein Kopf und der des Arabers waren dicht nebeneinander gewesen, als sie am Boden lagen und kämpften. Die Verbrennungen rührten vom Schuß aus seiner eigenen Flinte her. Nun ja, er hatte Zeit; bis er die Fleet Street wiedersah, würden die Haare nachgewachsen sein. Die Schnittwunde war wohl schlimmer. War sie so schlimm, daß er die Telegraphenstation von Sarras nicht erreichen konnte? Die Frage ließ sich nur durch einen Versuch beantworten.

Aber er hatte ja nur seinen armseligen kleinen Grauschimmel. Dort stand er im Licht der untergehenden Sonne, den Kopf gesenkt, eine Vorderhand angewinkelt, noch sichtlich gezeichnet von den Strapazen des Vormittags. Einen Gewaltritt von fünfunddreißig Meilen durch rauhes Gelände hielt der nicht mehr aus. Schon für die hervorragenden Polopferde seiner Kollegen mußte die Belastung enorm sein – und sie waren die schnellsten und ausdauerndsten Reittiere, die es hier gab. Die ausdauerndsten? Ein Tier besaß noch mehr Ausdauer: ein echtes Trabkamel. Wenn er eins hätte, könnte er doch noch als erster bei der Telegraphenstation sein. Hatte Mortimer nicht behauptet, es schlage jedes Pferd, wenn es über dreißig Meilen gehe? Ja, wenn er ein echtes Trabkamel hätte! Und dann fielen ihm plötzlich Mortimers Worte ein: ›Die Sorte, die die Derwische gewöhnlich bei ihren Überfällen reiten.‹

Die Tiere, die die Derwische reiten! Und was hatten die getöteten Derwische geritten? Unverzüglich machte er sich daran, einen Felsblock zu erklimmen; unten schimpfte Abbas. Hatten die Fliehenden alle Kamele mitgenommen oder nur daran gedacht, die eigene Haut zu retten? Sein Blick fiel auf blinkendes Messing im Sand: Patronenhülsen. Dort hatte der Feind gelegen. Und dann – er hätte schreien mögen vor Freude – die Entdeckung: Aus einer Senke, nicht weit dahinter, ragten der lange, anmutige weiße Hals und der elegante Kopf eines Kamels. Solch ein herrliches Tier hatte er noch nie zuvor gesehen. Es erinnerte an einen Schwan. Zwischen ihm und den plumpen, schwerfälligen Lastkamelen bestand derselbe Unterschied wie zwischen Ackergaul und Rennpferd.

Das Tier ruhte im Schatten eines Felsens, an seiner Schulter hingen Futtersack und Wasserschlauch, seine Vorderbeine waren auf arabische Art in Kniehöhe gefesselt. Anerley schwang ein Bein über den vorderen Höcker und hieß Abbas, den Koppelstrick zu lösen. Augenblicklich flog er gegen den Hals des Kamels, kippte sofort wieder nach hinten, dann, während er noch verzweifelt mit den Armen ruderte, um das Gleichgewicht zu wahren, kam ein Ruck, der alle seine Eingeweide durcheinanderschüttelte und ihn erneut nach vorn schleuderte. Aber der Wüstenrenner stand nun, und der junge Journalist saß noch immer im Sattel. Solche flinken Bewegungen hätte Anerley dem sanft wirkenden Tier nicht zugetraut. Bedächtig wiegte es seinen langen Hals und blickte mit großen braunen Augen in die Runde, während Anerley mit den Beinen den Höcker umklammerte und nach dem gekrümmten Kamelstock langte, den Abbas ihm hinaufreichte. Anstelle von Zügeln waren zwei Leinen vorhanden. Eine führte zu den Nüstern, die andere zum Hals. Er erinnerte sich an Scotts Bemerkung, der Kamelreiter ziehe die Klingel am Dienstboteneingang, nicht am Hauptportal, also ergriff er die untere. Dann berührte er den langen, wogenden Hals mit dem Stock. Im nächsten Augenblick tanzten schwarze Felsen und gelber Sand an ihm vorüber, und Abbas' Abschiedsrufe verklangen in der Ferne.

Er saß zum erstenmal auf dem Rücken eines Kamels, und anfangs fand er das unregelmäßige, ruckartige Schaukeln nicht unangenehm. Da es weder Steigbügel noch einen anderen festen Halt für die Füße gab, konnte er das Auf und Ab nicht ausgleichen. Er hielt sich mit den Knien fest, so gut er konnte, und versuchte, vor- und zurückzuschwingen, wie er es bei den Arabern gesehen hatte. Dabei vollführte er in dem großen, tief ausgehöhlten Sattel, in dem er etwa soviel Halt hatte wie eine Billardkugel auf einem Tablett, unfreiwillige Hopser. Er mußte sich mit beiden Händen seitlich abstützen, um das Gleichgewicht zu wahren. Das Kamel war in einen schwingenden, raumgreifenden Trab gefallen. Geräuschlos berührten seine weichen Sohlen den groben Sand. Anerley lehnte sich zurück, stemmte beide Arme gegen die Rückseite des Sattels und feuerte das Tier durch Rufe an.

Die Sonne war bereits hinter der Kette schwarzer vulkanischer Felsspitzen versunken, die wie Abraumhalden eines Bergbaureviers aussahen. Am westlichen Himmel erschienen die zarten hellgrünen und blaßrosa Schleier, die den Abend am Nil so herrlich machen. Auch der wilde braune Fluß, der gurgelnd zwischen seinen schwarzen Felsufern dahinströmte, schmückte sich mit einem Abglanz des himmlischen Farbenspiels. Die gleißende Helligkeit war verschwunden, und mit ihr die Hitze. Das Insektengesumm war völlig verstummt. Trotz seines schmerzenden Kopfes empfand Anerley ein starkes körperliches Wohlbehagen. Er hätte vor Freude jauchzen mögen, während sein flinker Renner so durch die Dämmerung preschte und der frische Nordwind sein brennendes Gesicht kühlte.

Er sah auf die Uhr und begann zu kalkulieren. Nach sechs hatte er das Lager verlassen. Mehr als sieben Meilen pro Stunde waren in unwegsamem Gelände kaum zu schaffen, in schwierigen Abschnitten sicher noch weniger, in guten etwas mehr. Soweit er sich an die Strecke erinnerte, bestand sie hauptsächlich aus schwierigen. Demnach konnte er Sarras bestenfalls zwischen zwölf und ein Uhr erreichen. Die Übermittlung dauerte gute zwei Stunden, weil die Depeschen in Kairo aufgenommen und kopiert wurden, ehe man sie weiterleitete. Mit etwas Glück würde sein Bericht zwischen zwei und drei Uhr morgens in der Fleet Street eintreffen. Er konnte es schaffen, wenn auch nahezu alles dagegensprach. Redaktionsschluß für die Morgenausgabe war gewöhnlich gegen drei Uhr. Wenn er die verpaßte, war seine Chance vertan. Überhaupt hatte nur der erste am Telegraph eine Chance, das wußte Anerley, und er wollte reiten wie der Teufel, um dieser erste zu sein. So schlug er wieder und wieder leicht auf den schwanenartigen Hals, und jeder Schlag ließ die langen, schlenkernden Beine des Tieres schneller fliegen. Wo die Felsausläufer bis zum Nilufer reichten, würden Pferde einen Umweg machen müssen, während ein Kamel solche Abschnitte bewältigen konnte. Anerley fühlte, daß der Vorsprung seiner Konkurrenten immer mehr zusammenschmolz.

Aber das Triumphgefühl mußte teuer bezahlt werden. Verschiedentlich hatte er davon gehört, daß man bei einem langen Kamelritt ›platzen‹ könne und die Araber deshalb ihren Körper mit breiten Stoffbahnen fest bandagierten. Anfangs, beim Trab durch die Ebene, war ihm das unnötig und lächerlich vorgekommen, doch auf der felsigen Strecke begriff er den Sinn solcher Vorkehrungen. Seine Haltung wechselte ständig. Der Oberkörper schwang ruckartig nach vorn und gleich darauf wieder heftig zurück, und jede Pendelbewegung endete in einem stechenden Schmerz. Bald tat ihm vom Genick bis zu den Knien alles weh. Der Schmerz wütete in den Schultern, entlang der Wirbelsäule, in der Nierengegend. An den unteren Rippenbögen verspürte Anerley ein dumpfes Pochen. Er begann, da und dort mit einer Hand die verspannten Muskeln zu massieren, was aber wenig half. Er änderte den Sitz, indem er die Knie mehr anzog. Er biß die Zähne zusammen und schwor durchzuhalten, und wenn es ihn umbringen sollte. Der Kopf wollte ihm zerspringen, sein wundes Gesicht brannte, jedes Gelenk schmerzte wie ausgerenkt. Aber er vergaß das alles, als er beim Aufgehen des Mondes Hufgeklapper hörte, das vom Uferpfad heraufftönte. Da wußte er, daß er seine ahnungslosen Konkurrenten, die ihn nicht sehen konnten, bereits überholt hatte. Aber erst die Hälfte der Strecke war geschafft, und die Uhr zeigte bereits elf.

In der kleinen rostigen Blechhütte von Sarras, die als Telegraphenstation diente, hatten die Nadeln pausenlos den ganzen Tag getickt. Wie unscheinbar der Raum mit den kahlen Wänden und dem Mobiliar aus Transportkisten auch aussah – er war im Augenblick einer der wichtigsten Punkte des Erdballs. Was dort so hell und hartnäckig tickte, war gewissermaßen das Uhrwerk des Schicksals. Einflußreiche Leute waren am andern Ende des Drahtes gewesen und hatten den uniformierten Telegraphisten ins Schwitzen gebracht. Der französische Premierminister hatte Zusicherungen verlangt, ein englischer Marquis die Forderung dem kommandierenden General übermittelt und angefragt, inwieweit diese die strategische Lage verändere. Chiffrierte Meldungen hatten den Telegraphisten fast zur Verzweiflung getrieben, denn von allen verrückten Tätigkeiten ist das Aufnehmen verschlüsselter Nachrichten ohne Kenntnis des Codes die schlimmste. Den ganzen Tag über hatten ranghohe Diplomaten europäischer Regierungen hinter verschlossenen Türen konferiert, und ihre Beschlüsse waren dieser kleinen rostigen Blechbude zugeflüstert worden. Gegen zwei Uhr morgens hatte der ermattete Telegraphist eine ellenlange Depesche endlich geschafft. Er öffnete die Tür und wollte sich an der kühlen Luft ein Pfeifchen genehmigen, als er ein Kamel in den Staub plumpsen sah. Ein Mann, offenbar im letzten Stadium der Betrunkenheit, kam auf ihn zugetorkelt.

»Wie spät ist es?« rief er. Seine Stimme schien das einzig Nüchterne an ihm zu sein.

›Zeit zum Schlafengehen für Sie‹, wollte der Telegraphist antworten. Doch in Kriegszeiten riskierte man es besser nicht, einem Mann in Khaki schnippisch zu kommen. So begnügte er sich mit der sachlichen Mitteilung, es sei kurz nach zwei.

Deren Wirkung war vernichtender als die jedes ausgeklügelten Zungenschlags. Die Stimme wurde auch betrunken, der Mann mußte sich am Türpfosten festhalten.

»Zwei Uhr! Alles umsonst!« lallte er. Seine Stirn war mit einem blutigen Taschentuch umwickelt. Sein Gesicht glühte feuerrot. Die Beine knickten ihm ständig ein, als sei alle Kraft seines Körpers verbraucht. Der Telegraphist begann zu ahnen, daß etwas Außergewöhnliches geschehen war.

»Wie lange braucht eine Meldung bis London?«

»Ungefähr zwei Stunden.«

»Jetzt ist es zwei Uhr. Dann wäre sie gegen vier dort.«

»Gegen drei.«

»Vier.«

»Nein, drei.«

»Sie sagten doch eben: zwei Stunden.«

»Richtig, aber wir haben eine geographische Zeitverschiebung von mehr als einer Stunde.«

»Himmel, dann schaffe ich es ja noch!« rief Anerley. Er wankte zu einer Transportkiste und begann, seine berühmte Depesche zu diktieren.

Und so kam es, daß die ›Gazette‹ einen sensationell aufgemachten Bericht vom Kriegsschauplatz brachte, während die Seiten der ›Intelligence‹ und des ›Courier‹ so leer blieben wie die Gesichter ihrer Chefredakteure. Und so erklärte sich auch das seltsame Verhalten der beiden erschöpften Männer, die gegen vier Uhr morgens vor der Telegraphenstation von Sarras von ihren lahmgerittenen Pferden stiegen: Sie blickten einander stumm an und entfernten sich schweigend, jeder mit der Erkenntnis beschäftigt, daß es gewisse Situationen gibt, die auch der erfahrenste Reporter nicht in Worte fassen kann.

DIE NEUE KATAKOMBE

Hör mal, Burger«, sagte Kennedy, »mir kannst du doch vertrauen.«

Die beiden prominenten Archäologen saßen in Kennedys behaglichem Wohnzimmer, das Ausblick auf den Corso bot. Es war ein kalter Abend, und die beiden hatten ihre Lehnstühle zu dem unzulänglichen italienischen Öfchen gerückt, das eher eine Hitzeglocke als Wärme produzierte. Draußen, unter einem hellen, winterlichen Sternenhimmel, lag das moderne Rom – mit langen Doppelreihen elektrischer Straßenlaternen, hell erleuchteten Cafés, schnellen Droschken, dichten Fußgängerströmen auf den Bürgersteigen. Doch drinnen, in der luxuriösen Wohnung des reichen jungen Archäologen aus England, war nur das alte Rom zu sehen. Rissige, verwitterte Friese hingen an den Wänden, graue alte Büsten von Senatoren und behelmten Soldaten blickten grimmig aus den Zimmerecken. Auf dem Tisch in der Mitte, in einem Wust von Schriftrollen und Scherben mit Ornamenten, stand Kennedys famoses Rekonstruktionsmodell der Caracalla-Thermen, das jüngst auf einer Ausstellung in Berlin Aufsehen und Bewunderung erregt hatte. Amphoren hingen an der Decke, eine Vielzahl kleiner Fundstücke lag auf dem dicken roten Orientteppich ausgebreitet. Zweifel an der Echtheit, Seltenheit und Kostbarkeit all dieser Objekte erübrigten sich, denn Kennedy, obwohl kaum älter als dreißig Jahre, galt in ganz Europa als Experte für altrömische Geschichte. Zudem verfügte er von Hause aus über eine dicke Brieftasche – ein Umstand, der sich entweder nachteilig auf den Forscherdrang auswirkt oder, wenn der Betreffende seine Aufgabe ernst nimmt, den Weg zu Anerkennung und Ruhm ungemein erleichtert. Oft genug hatte sich Kennedy durch eine Laune oder durch Vergnügungen von seinen Studien ablenken lassen, aber er besaß einen überaus scharfen Verstand, den er lange und konzentriert auf eine Aufgabe richten konnte; hernach ergab er sich genießerisch dem Müßiggang. Sein gutgeschnittenes Gesicht mit der hohen weißen Stirn, der aggressiv hervorspringenden Nase und dem ziemlich vollen, sinnlichen Mund verriet wie ein verläßlicher Spiegel die Stärken und Schwächen seines Charakters.

Von ganz anderem Schlag war sein Gegenüber, Julius Burger. Von einem deutschen Vater und einer italienischen Mutter abstammend, verband er auf eigenartige Weise die Robustheit des Nordens mit südländischer Grazie. Teutonisch blaue Augen funkelten in seinem sonnengebräunten Gesicht, seine rechteckige, massive Stirn war von einem Saum kleiner gelbblonder Locken umgeben, markant sprang sein glattrasiertes Kinn hervor. Kennedy hatte ihn schon öfter mit der Bemerkung geneckt, er ähnele frappierend jenen altrömischen Büsten, die aus dem Dunkel der Zimmerecken hervorlugten. Hinter seiner plumpen germanischen Derbheit schien sich italienische Gerissenheit zu verbergen, doch sein Lächeln war so ehrlich und sein Blick so offen, daß man dies seiner Abstammung und nicht seinem Charakter zuschrieb. An Alter und Ansehen seinem englischen Kollegen gleich, hatte er sich jedoch in seinem Leben wie in seiner Arbeit stets durchboxen müssen. Vor zwölf Jahren war er als armer Student mit einem kleinen Forschungsbeitrag der Universität Bonn nach Rom gekommen. Langsam, aber zäh und unbeirrbar, mit erstaunlicher Ausdauer und Zielstrebigkeit, hatte er Sprosse um Sprosse die Stufenleiter des Erfolgs erklommen, war mittlerweile bereits Mitglied der Akademie der Wissenschaften zu Berlin, und seine Berufung an einen Lehrstuhl der größten deutschen Universität galt allgemein als sicher. Durch immensen Fleiß hatte er sich beruflich auf eine Stufe mit dem wohlhabenden, talentierten Engländer stellen können, doch in jeder anderen Hinsicht blieb er ihm hoffnungslos unterlegen. Er hatte sich bei seinen Studien nie die Zeit gegönnt, die feine Lebensart zu pflegen. Nur wenn er von seiner Archäologie sprach, sprühte er vor Leben und Begeisterung, sonst schwieg er und wirkte verschüchtert; er war sich seiner Unzulänglichkeit auf anderen Gebieten allzusehr bewußt und im übrigen auch nicht zu belangloser Konversation bereit, zu der Leute gewöhnlich Zuflucht nehmen, wenn sie überhaupt keine Gedanken mitzuteilen haben.

Dennoch herrschte zwischen diesen grundverschiedenen Rivalen schon seit Jahren ein kollegiales Verhältnis, das allmählich zur Freundschaft zu reifen schien. Der Ursprung lag in der Tatsache, daß jeder im anderen den einzigen jüngeren Fachmann weit und breit fand, der ihn verstehen und anregen konnte. Ihre gemeinsamen Interessen und Forschungsziele hatten sie zusammengeführt, jeder war vom Wissen des anderen beeindruckt. Dann kam nach und nach noch etwas anderes hinzu. Kennedy fühlte sich von der Offenheit und Einfachheit seines Konkurrenten angezogen; der wiederum war fasziniert vom Charme und von der Gewandtheit, die Kennedy zum Liebling der feinen Gesellschaft Roms gemacht hatten. Ich sage ›hatten‹, denn im Augenblick war der junge Engländer etwas in Ungnade gefallen. In einer Liebesaffäre, über die nie nähere Einzelheiten bekannt geworden waren, hatte er sich äußerst herzlos und kaltschnäuzig verhalten und damit viele seiner Freunde schockiert. Allerdings gibt es in den Kreisen lediger Wissenschaftler und Künstler, in denen er hauptsächlich verkehrte, keinen strengen Moralkodex in dieser Hinsicht, und obwohl hier und da ein Kopf geschüttelt und eine Schulter gezuckt wurde, wenn die Rede darauf kam, daß er kurz nach der Entführung des Mädchens allein zurückgekehrt war, brachte die allgemeine Haltung eigentlich mehr Neugier und vielleicht auch eher Neid als Tadel zum Ausdruck.

»Hör mal, Burger«, sagte Kennedy und sah seinem Gegenüber fest ins gleichmütige Gesicht, »mir kannst du doch vertrauen.«

Bei diesen Worten deutete er mit der Hand auf einen Teppich, auf dem ein länglicher, flacher Fruchtkorb aus dünnem Weidengeflecht stand, wie man ihn in der Campagna benutzt. Darin türmten sich verschiedene Gegenstände – Ziegel mit Schriftzeichen, zerbrochene Inschriften, gesprungene Mosaiksteine, zerrissene Papyrusrollen, rostige Metallornamente –, die der Laie sicherlich als Müll bezeichnet, jeder Fachmann aber auf Anhieb als einzigartige Objekte erkannt hätte. Das Häufchen Krimskrams in dem flachen Weidenkorb lieferte genau eines jener fehlenden Verbindungsglieder der Sozialgeschichte, nach denen Altertumsforscher mühsam suchen. Der Deutsche hatte es mitgebracht; der Engländer betrachtete es mit hungrigen Augen.

»Ich will dir deine Fundstelle nicht streitig machen, aber ich würde gern Näheres darüber erfahren«, fuhr er fort, während Burger sehr bedächtig eine Zigarre anrauchte. »Hier handelt es sich eindeutig um eine Entdeckung ersten Ranges. Diese Inschriften werden eine Sensation in ganz Europa auslösen.«

»Von jedem Stück, das du hier siehst, liegen dort noch Millionen andere«, sagte der Deutsche. »Es sind so viele, daß ein Dutzend Gelehrter ihr Leben lang damit zu tun haben würden. Und jeder könnte sich dabei eine wissenschaftliche Reputation aufbauen, die so solide ist wie die Engelsburg.«

Kennedy überlegte; seine schöne Stirn war dabei gerunzelt, und seine Finger spielten mechanisch an seinem langen blonden Schnauzbart.

»Du hast dich verraten, Burger«, sagte er schließlich. »Deine Worte können nur eines bedeuten: Du hast eine neue Katakombe entdeckt!«

»Ich dachte, du würdest das schon aus diesen Fundstükken schließen.«

»Freilich, sie deuteten stark darauf hin, aber erst deine letzte Bemerkung gab mir Gewißheit. Nur eine Katakombe kann einen so großen Fundus an Relikten bieten, wie du ihn beschreibst.«

»Ganz recht, und das verheimliche ich auch gar nicht. Ich habe tatsächlich eine neue Katakombe entdeckt.«

»Wo?«

»Ja, das ist mein Geheimnis, lieber Kennedy. Nur soviel: Die Stelle liegt so gut versteckt, daß die Chance, auf sie zu stoßen, weniger als eins zu einer Million beträgt. Diese Katakombe stammt aus einer anderen Zeit als alle bisher entdeckten und wurde nur für die Bestattung hoher christlicher Würdenträger genutzt. Daher unterscheiden sich die dortigen Gegenstände und Gebeine völlig von dem, was man bislang kennt. Wenn ich nicht um dein Wissen und deine Energie wüßte, mein Freund, würde ich dir unter dem Siegel der Verschwiegenheit alles erzählen. Aber wie die Dinge liegen, muß ich erst meinen Bericht zu Papier bringen, bevor ich einen so gefährlichen Konkurrenten wie dich zulasse.«

Kennedy hing an seiner Wissenschaft mit einer nahezu manischen Liebe – einer Liebe, der er, allen Ablenkungen zum Trotz, die sich einem wohlhabenden und etwas liederlichen jungen Mann anbieten, treu blieb. Er besaß Ehrgeiz, aber mehr noch trieb ihn echte Wißbegier; ihn faszinierte alles, was mit dem Leben und der Geschichte des alten Rom zusammenhing. Er brannte darauf, diese neue Unterwelt zu sehen, die sein Freund entdeckt hatte.

»Hör mal, Burger«, wiederholte er eindringlich, »du kannst mir in der Sache bedingungslos vertrauen. Mein Wort darauf, daß ich ohne deine ausdrückliche Erlaubnis nichts verlauten lassen werde. Ich verstehe deine Bedenken, finde sie auch ganz natürlich, aber von mir hast du nicht das geringste zu befürchten. Andererseits, wenn du dich weigerst, werde ich selbst eine systematische Suche organisieren und die Katakombe finden. Dann brauche ich freilich keine Rücksicht mehr auf dich zu nehmen.«

Burger lächelte nachdenklich über seiner Zigarre.

»Mir ist aufgefallen, mein Freund«, sagte er, »daß du nicht immer besonders entgegenkommend bist, wenn ich eine Auskunft von dir benötige.«

»Wann habe ich dir schon jemals etwas abgeschlagen? Erinnere dich zum Beispiel an das Material, das ich dir für deine Abhandlung über den Tempel der Vestalinnen gab.«

»Ach, das war doch nichts Besonderes. Aber wenn ich nach etwas fragte, was du gern für dich behalten möchtest – würde ich eine Antwort bekommen? Wohl kaum! Diese neue Katakombe ist für mich ein kostbares Geheimnis. Wenn ich es preisgeben soll, müßtest du mir schon im Gegenzug einen echten Vertrauensbeweis liefern.«

»Ich habe keine Ahnung, worauf du anspielst«, sagte der Engländer, »aber wenn du mir eine Frage stellen möchtest, bevor du meine nach der Katakombe beantwortest – in Ordnung.«

»Dann«, sagte Burger, lehnte sich gemütlich im Sessel zurück und blies blaue Rauchkringel senkrecht in die Luft, »erzähl mir alles über die Sache mit Miss Mary Saunderson.«

Kennedy richtete sich ruckartig in seinem Lehnstuhl auf und starrte sein gelassenes Gegenüber wütend an.

»Zum Teufel!« rief er. »Was ist denn das für eine Frage? Wenn das ein Witz sein soll, dann hast du schon bessere gemacht.«

»Nein, ich meine es ernst«, entgegnete Burger einfach. »Die Einzelheiten dieser Sache interessieren mich wirklich. Ich weiß zu wenig über die Welt, den Umgang mit Damen, Gesellschaft und so weiter. Deshalb hat diese Geschichte für mich den Reiz des Unbekannten. Ich kenne dich, und ich kannte sie vom Sehen, habe sogar ein- oder zweimal mit ihr gesprochen. Nun würde ich gern von dir persönlich hören, was genau zwischen euch vorgefallen ist.«

»Von mir erfährst du kein Wort!«

»Na schön. Ich wollte nur einmal testen, ob du so ohne weiteres ein Geheimnis preisgibst, wie du es von mir verlangst. Du denkst nicht daran, und ich habe nichts anderes erwartet. Warum also solltest du etwas anderes von mir verlangen? Ich höre, es schlägt zehn von Sankt Johannes. Höchste Zeit für mich, nach Hause zu gehen.«

»Nein, warte noch, Burger«, sagte Kennedy. »Dies ist ein ziemlich lächerlicher Einfall von dir. Ich soll die Einzelheiten einer Liebschaft, die schon seit Monaten vorbei ist, noch einmal durchkauen. Im übrigen gilt bei uns in England ein Mann, der genießt und plaudert, als ausgemachter Schuft.«

»Freilich«, sagte der Deutsche und hob den Korb mit den Antiquitäten auf, »aber nur, wenn es sich um eine Beziehung handelt, von der niemand etwas wußte. Eure Affäre war damals Stadtgespräch in ganz Rom. Insofern wäre es keine Indiskretion, mir die Angelegenheit mit Miss Mary Saunderson zu erklären. Aber schön, ich respektiere deine Skrupel. Gute Nacht!«

»So warte doch, Burger«, sagte Kennedy und legte dem anderen eine Hand auf den Arm. »Diese Sache mit der Katakombe interessiert mich sehr, ich kann sie nicht so einfach sausen lassen. Verlange eine andere Gegenleistung von mir – eine nicht ganz so ausgefallene.«

»Nein, du hast abgelehnt, und damit gut«, sagte Burger, seinen Korb im Arm. »Sicher hast du deine guten Gründe, und ich habe meine. Also noch einmal: Gute Nacht, mein lieber Kennedy!«

Der Engländer sah Burger nach, wie der das Zimmer durchquerte, doch als dieser die Hand auf die Türklinke legte, sprang er auf. Es war die Geste eines Mannes, der sich widerstrebend in etwas Unvermeidliches schickt.

»Bleib, alter Junge«, sagte er. »Du benimmst dich wirklich unmöglich, doch wenn dies deine Bedingung ist, muß ich sie wohl akzeptieren. Es geht mir zwar gegen den Strich, über ein Mädchen zu plaudern, aber wie du sagtest, ist die Sache längst in ganz Rom herum. Wahrscheinlich kann ich dir gar nichts sagen, was du nicht ohnehin schon weißt. Was willst du wissen?«

Der Deutsche kehrte zum Ofen zurück, setzte den Korb ab und ließ sich wieder in seinen Lehnstuhl sinken.

»Ich darf mir doch noch eine Zigarre nehmen?« fragte er. »Besten Dank. Wenn ich arbeite, rauche ich nie, aber ein Gespräch unter Tabakeinfluß schätze ich um so mehr. Nun zu der bewußten jungen Dame, mit der du dieses kleine Abenteuer hattest. Was ist aus ihr geworden?«

»Sie lebt jetzt zu Hause bei ihren Eltern.«

»Soso – in England?«

»Ja.«

»Wo denn – in London?«

»Nein, in Twickenham.«

»Verzeih meine Neugier, lieber Kennedy, halte sie meiner totalen Unkenntnis in solchen Dingen zugute. Sicher ist es für dich ein leichtes, eine junge Dame dazu zu bringen, mit dir für drei Wochen oder so durchzubrennen und sie dann zu ihrer Familie zurückzuschicken nach – wie hieß der Ort?«

»Twickenham.«

»Richtig – nach Twickenham. Nur vermag ich mir beim besten Willen nicht vorzustellen, was dich zu der Sache bewogen hat. Ich meine, wenn du das Mädchen geliebt hättest, wäre deine Liebe kaum innerhalb dreier Wochen verschwunden. Also kann es von deiner Seite keine Liebe gewesen sein. Aber wenn du sie nicht liebtest – wozu dann dieser Skandal, der dir geschadet und sie ruiniert hat?«

Kennedy starrte melancholisch in das rote Feuerloch des Ofens.

»Das ist sicherlich eine logische Sicht der Dinge«, sagte er. »Liebe ist ein großes Wort, ein Oberbegriff für eine ganze Reihe unterschiedlicher Gefühle. Ich mochte sie, und wie du weißt, sah sie auch ganz reizend aus. Doch rückblickend würde ich zugeben, daß ich sie nie wirklich geliebt habe.«

»Und weshalb dann das ganze Theater, alter Freund?«

»Der Reiz des Abenteuers hatte eine Menge damit zu tun.«

»Was denn – du bist auf Abenteuer aus?«

»Ohne sie gäbe es doch keine Abwechslung im Dasein! Ich suchte ein Abenteuer, deshalb bändelte ich mit ihr an. Ich habe in meinem Leben schon viel Wild gehetzt, aber die Jagd auf eine schöne Frau ist am aufregendsten. Eine pikante Schwierigkeit bestand darin, daß sie als Gesellschafterin von

Lady Emily Rood praktisch fast nie allein anzutreffen war. Es gab noch eine Reihe anderer Hindernisse, die mich reizten, aber das wichtigste war, daß sie mir gleich bei unserem Kennenlernen sagte, sie sei verlobt.«

»Mein Gott! Mit wem denn?«

»Seinen Namen nannte sie nicht.«

»Ich glaube, von der Verlobung weiß bis heute niemand. Also die hat das Abenteuer besonders verlockend für dich gemacht?«

»Ja, sie gab ihm die rechte Würze, verstehst du?«

»Nicht ganz; ich bin leider recht unbedarft auf diesem Gebiet.«

»Mein Lieber, die geklauten Äpfel aus Nachbars Garten sind immer süßer als die, die vom eigenen Baum fallen. Und dann stellte ich fest, daß ich ihr nicht gleichgültig war.«

»Was denn – sofort?«

»O nein, die Festung mußte drei Monate lang belagert und unterminiert werden. Aber schließlich nahm ich sie ein. Ich erklärte ihr, in Scheidung zu leben, weshalb ich nicht sofort um ihre Hand anhalten könne – aber sie kam trotzdem mit, und wir verlebten eine herrliche Zeit.«

»Und ihr Verlobter?«

Kennedy zuckte mit den Schultern. »Der Beste gewinnt«, sagte er. »Er kann nicht viel getaugt haben, sonst hätte sie ihn nicht verlassen. Wechseln wir das Thema, ich habe genug davon.«

»Nur noch eins: Wie bist du sie nach drei Wochen wieder losgeworden?«

»Nun, wir hatten uns beide ein bißchen abgekühlt, verstehst du. Sie wollte auf keinen Fall nach Rom zurück, weil sie ihren Bekannten dort nicht in die Augen sehen könne. Für mich ist Rom allerdings unverzichtbar, und ich sehnte mich bereits wieder nach meiner Arbeit. Das war der eine Trennungsgrund. Dann tauchte ihr alter Vater in unserem Hotel in London auf, und es kam zu einer Szene. Die ganze Sache wurde so unerfreulich, daß ich mich nur allzu gern aus dem

Staube machte, obwohl ich sie anfangs schrecklich vermißte. So – und wehe, du erzählst irgend etwas davon weiter!«

»Sei unbesorgt, lieber Kennedy, daran würde ich nicht einmal im Traum denken. Sehr aufschlußreich, dein Bericht. Er zeigt mir, daß du manche Dinge völlig anders siehst als ich – aber mir fehlt eben die Erfahrung. Und jetzt zu meiner neuen Katakombe. Ich könnte beschreiben, wo sie liegt, und trotzdem würdest du sie nicht finden. Es bleibt mir nur eine einzige Möglichkeit: dich hinzuführen.«

»Wunderbar!«

»Wann wäre es dir recht?«

»Je eher, desto besser. Ich platze vor Neugier!«

»Eine herrliche Nacht heute, wenn auch ein wenig kalt. Schlage vor, wir brechen in einer Stunde auf. Wir müssen die Sache aber wirklich für uns behalten. Schon wenn man uns gemeinsam losziehen sieht, könnte das Aufmerksamkeit erregen.«

»Wir können nicht vorsichtig genug sein«, stimmte Kennedy zu. »Ist es weit?«

»Ein paar Meilen.«

»Doch nicht zu weit zum Laufen?«

»O nein, wir schaffen es bequem zu Fuß.«

»Sehr gut. Denn auch ein Droschkenkutscher könnte erraten, was los ist, wenn er uns mitten in der Nacht an einem einsamen Ort absetzt.«

»Genau. Treffen wir uns um Mitternacht am Tor zur Via Appia. Ich muß erst nach Hause, um ein paar Sachen zu holen – Streichhölzer, Kerzen und so weiter.«

»Abgemacht, Burger! Wirklich sehr anständig von dir, daß du mich in dein Geheimnis einweihst. Ich werde keine Zeile darüber schreiben, bevor du deinen Bericht publiziert hast – Ehrenwort. Also dann, bis nachher. Um zwölf bin ich am Tor.«

Melodiöse Glockenschläge von nahen und fernen Kirchturmuhren erfüllten die frostklare Luft, als Burger, in einen weiten italienischen Umhang gehüllt und mit einer Laterne in der Hand, den Treffpunkt erreichte. Aus dem Schatten des Tores trat Kennedy auf ihn zu.

»In der Liebe und bei der Arbeit bist du eifrig!« sagte der Deutsche und lachte.

»Ja, ich warte schon fast eine halbe Stunde.«

»Du hast hoffentlich niemandem gesagt, wohin du gehst?«

»Wo denkst du hin! Ich bin schon ordentlich durchgefroren. Komm, Burger, laufen wir uns warm!«

Ihre Schritte klangen hell und laut auf dem holprigen Pflaster, dem enttäuschenden Rest der berühmtesten aller Hauptstraßen der Welt. Dabei begegneten sie nur einem oder zwei von der Weinschenke heimwärts strebenden Zechern und ein paar Karren mit Obst und Gemüse, die zum Stadtzentrum fuhren. Sie schritten kräftig aus. Dunkelheit umgab sie. Rechts und links tauchten die Umrisse großer Grabstätten auf. Bald hatten sie die Katakomben des Sankt Calixtus erreicht, dann erblickten sie beim Aufgehen des Mondes die hohe runde Bastion des Grabmals der Caecilia Metella vor sich. Burger blieb stehen und stemmte seine Hände gegen die Hüften.

»Du hast längere Beine und bist das Laufen mehr gewöhnt als ich«, sagte er lachend. »Ich glaube, hier ist irgendwo die Stelle, wo wir abbiegen müssen. Ja, dort an der Ecke, hinter der Trattoria. Der Weg wird sehr schmal, deshalb gehe ich am besten voran, und du bleibst dicht hinter mir.«

Er zündete seine Lampe an, und in ihrem Licht folgten sie einem schmalen, gewundenen Pfad, der sich durch die sumpfige Campagna schlängelte. Das große römische Aquädukt lag wie eine monströse Raupe quer in der mondhellen Landschaft. Ihr Weg führte unter einem der riesigen Stützbögen hindurch und vorbei an einem Rund aus zerbröckelnden Ziegeln – der Ruine der alten Arena. Schließlich machte Burger vor einem einzeln stehenden hölzernen Kuhstall halt und zog einen Schlüssel aus der Tasche.

»Da soll eine Katakombe drin sein?« rief Kennedy aus.

»Nein, aber ihr Eingang. Einen besseren Schutz gegen das Entdecktwerden kann man sich nicht wünschen.«

»Weiß der Besitzer davon?«

»Nein. Er fand ein paar kleinere Objekte, die mich vermuten ließen, daß der Stall auf einem Zugang zu einer Katakombe steht. Also mietete ich ihn und fing an zu graben. Komm rein und schließ die Tür.«

Es war ein längliches leeres Gebäude mit Futterkrippen an einer Wand. Burger setzte die Lampe ab und umhüllte sie so mit dem Umhang, daß das Licht nur nach vorn austrat.

»Es würde auffallen, wenn jemand einen Lichtschein in dieser Einöde bemerkte«, sagte er. »Hilf mir, die Bohlen hochzuheben.«

In einer Ecke waren die Holzplanken des Fußbodens lose. Die Forscher nahmen eine nach der anderen heraus und lehnten sie gegen die Wand. Darunter wurden eine rechteckige Öffnung und alte Steinstufen sichtbar, die in die Eingeweide der Erde führten.

»Sieh dich vor!« rief Burger, als der ungeduldige Kennedy die Treppe hinabeilte. »Dort unten ist es verwinkelt wie in einem Kaninchenbau. Wenn du dich da verläufst, stehn deine Chancen, das Tageslicht wiederzusehen, hundert zu eins. Warte, bis ich mit der Lampe komme.«

»Wie findest du dich zurecht, wenn es so kompliziert ist?«

»Anfangs habe ich mich selbst ein paarmal tüchtig verirrt. Erst nach und nach lernte ich, mich zu orientieren. Es steckt ein gewisses System dahinter, das man aber im Dunkeln natürlich nicht entschlüsseln kann. Ich selbst benutze immer noch eine Schnur, wenn ich weit in die Katakombe vorstoße. Du wirst gleich sehen, wie verwirrend es ist. Jeder dieser Gänge gabelt sich etwa ein dutzendmal auf hundert Meter.«

Sie waren etwa zwanzig Fuß tief hinabgestiegen und standen nun in einer würfelförmigen Kammer, die in weichen Tuff gehauen war. Die Laterne warf ein flackerndes, nach oben hin schwächer werdendes Licht auf rissige, braune

Wände. Ringsum gähnten schwarze Öffnungen von Gängen, die strahlenförmig von diesem Zentrum wegführten.

»Halte dich dicht hinter mir, mein Freund«, sagte Burger. »Bleib nirgends stehen, laß dich durch nichts aufhalten unterwegs. Der Ort, den ich dir zeigen werde, bietet alles, was du sehen willst, und zwar im Überfluß. Wir sparen Zeit, wenn wir direkt dorthin gehen.«

Er steuerte auf eine der Öffnungen zu, der Engländer folgte ihm auf den Fersen. Immer wieder gabelte sich der Gang, aber Burger marschierte unbeirrt weiter, ohne einmal zu zögern oder stehenzubleiben. Offenbar folgte er geheimen Markierungen, die er selbst angebracht hatte. Überall in den Wandnischen lagen dichtgedrängt, wie Passagiere in den Kojen eines Auswandererschiffs, die Christen des alten Rom. Der gelbe Lichtschein huschte über verschrumpelte Mumiengesichter und Rundungen blanker Schädel, ließ lange weiße, über fleischlosen Brustkörben gekreuzte Armknochen hell aufschimmern. Und überall fiel Kennedys gieriger Blick auf Inschriften, Totengefäße, Bilder, Gewänder und andere Utensilien. Alles lag noch genau so da, wie es von frommen Händen vor vielen Jahrhunderten angeordnet worden war. Selbst im raschen Vorübergehen erkannte Kennedy, daß es sich um die älteste und schönste der bisher entdeckten Katakomben handelte. Sie war ein regelrechtes Warenhaus für altrömische Relikte. Nie zuvor hatte er eine solche Menge an einem Ort gesehen.

»Was ist, wenn unser Licht ausgeht?« fragte er, während sie eilig vorwärts strebten.

»Ich trage noch eine Kerze und eine Streichholzschachtel in der Tasche. Übrigens, Kennedy, hast du Streichhölzer bei dir?«

»Nein. Gib mir ein paar, zur Vorsicht.«

»Ach, nicht nötig. Wir bleiben ja zusammen.«

»Wie weit ist es noch? Mich dünkt, wir sind mindestens schon eine Viertelmeile gelaufen.«

»Mehr, glaube ich. Diese Grabgewölbe scheinen kein Ende

zu nehmen – zumindest habe ich noch keins finden können. Hier wird es ziemlich schwierig. Ich muß zur Schnur greifen.«

Er befestigte ein Ende an einem hervorspringenden Stein und ging dann weiter, die Schnur von dem Knäuel abrollend, das er in seiner Brusttasche trug. Kennedy sah, daß diese Vorsichtsmaßnahme durchaus berechtigt war, denn die Gänge wurden immer verzweigter und gewundener – sie bildeten ein wahres Labyrinth von Kreuzungen und Gabelungen. Schließlich gelangten sie in eine große, runde Halle. An ihrem Rand lag ein quaderförmiger Block aus Tuff, der eine Marmorplatte trug.

»Beim Zeus!« rief Kennedy verzückt, als Burger die Lampe über der Platte schwenkte. »Ein christlicher Altar – wahrscheinlich der erste, den es je gab! Hier an der Ecke ist das kleine Einweihungskreuz eingemeißelt. Dieser runde Raum diente offenbar als Kirche.«

»Ganz recht«, sagte Burger. »Wenn ich mehr Zeit hätte, würde ich dir alle Toten einzeln zeigen, die hier in den Wandnischen bestattet sind. Es handelt sich nämlich um die ersten Päpste und Bischöfe der Kirche. Sie liegen da im vollen Ornat, mit Mitra und Hirtenstab. Sieh dir nur einmal den dort drüben an!«

Kennedy ging hinüber und starrte auf einen grausigen Schädel, der lose auf den Fetzen einer vermoderten Mitra lag.

»Äußerst interessant«, sagte er, und seine Stimme hallte in dem kuppelförmigen Gewölbe wider. »Meines Wissens ist das einmalig. Bring die Laterne her, Burger, ich will auch all die anderen sehen.«

Doch der Deutsche hatte sich entfernt und stand in einem gelben Lichtkreis auf der anderen Seite der Halle.

»Weißt du, wie viele falsche Abzweigungen zwischen hier und der Treppe liegen?« fragte er. »Mehr als zweitausend! Zweifellos wurden sie von den Christen zum eigenen Schutz angelegt. Wer von hier nach draußen will, hat nur eine

Chance von eins zu zweitausend, selbst wenn er eine Lampe besitzt. Im Dunkeln wäre es allerdings noch weitaus schwieriger.«

»Das glaube ich auch.«

»Und Dunkelheit ist etwas Furchtbares. Ich habe es selbst ausprobiert. Machen wir das Experiment noch einmal.« Er bückte sich zu der Laterne, und unmittelbar darauf war es Kennedy, als legten sich unsichtbare Hände schwer auf seine Augen. Niemals hätte er geahnt, daß Dunkelheit so wirken könnte. Sie schien ihn zusammenzupressen und nahm ihm den Atem. Er meinte, in einer dicken Masse zu stecken, die ihn bewegungsunfähig machte. Er streckte die Arme aus, um sie von sich wegzuschieben.

»Es reicht, Burger«, sagte er. »Mach wieder Licht.«

Der aber begann zu kichern. In dem runden Raum schien der Laut von allen Seiten gleichzeitig zu kommen.

»Wird dir ungemütlich, mein Freund?«

»Los, zünde die Kerze an!« rief Kennedy ungeduldig.

»Komisch, Kennedy, deine Stimme verrät mir absolut nicht, wo du stehst. Weißt du, wo ich bin?«

»Nein, du könntest überall sein.«

»Ohne diese Schnur in meiner Hand wüßte ich nicht, welche Richtung ich einschlagen muß.«

»Das glaube ich auch. Aber nun mach Licht, Mensch! Schluß mit dem Unsinn!«

»Wenn ich mich recht erinnere, Kennedy, reizen dich zwei Dinge besonders: Abenteuer und ordentliche Hindernisse. Nun, dein nächstes Abenteuer wird die Suche nach einem Weg aus dieser Katakombe sein. Als Hindernisse biete ich dir die Dunkelheit und zweitausend falsche Abzweigungen, die das Ganze etwas schwieriger und aufregender machen. Aber du brauchst dich nicht zu beeilen, du hast sehr viel Zeit. Und wenn du dann und wann einmal eine Pause machst, um dich auszuruhen, dann denke bitte an Miss Mary Saunderson und überlege, ob du sie anständig behandelt hast.«

»Du Teufel, was meinst du?« brüllte Kennedy. Er lief

kleine Kreise und tastete mit ausgestreckten Armen in der dichten Dunkelheit.

»Leb wohl!« tönte die höhnende Stimme, bereits aus einiger Entfernung. »Deine Erklärungen überzeugen mich nicht, Kennedy. Ich bin immer noch der Meinung, daß du dich schuftig benommen hast. Bloß eine Kleinigkeit ist dir entgangen: Miss Saunderson war mit einem armen, tolpatschigen Wissenschaftler namens Julius Burger verlobt.«

Irgendwo raschelte und polterte es; Burgers Fuß mußte gegen einen Stein gestoßen sein. Dann erfüllte Stille den alten Kirchenraum – eine träge, schwere Stille, die Kennedy umschloß wie Wasser einen Ertrinkenden.

Etwa zwei Monate später ging folgende Meldung durch die europäische Presse:

»Die Entdeckung einer weiteren Katakombe in Rom, östlich der berühmten Gewölbe des Sankt Calixtus, stellt eines der interessantesten wissenschaftlichen Ereignisse der letzten Jahre dar. Gefunden wurde diese außergewöhnlich reich ausgestattete Begräbnisstätte aus frühchristlicher Zeit dank der Energie und des Scharfsinns des jungen deutschen Archäologen Dr. Julius Burger, der sich damit zum führenden Experten für altrömische Geschichte profilieren konnte. Obwohl Dr. Burger als erster einen Bericht über den Fund publizierte, hatte er einen weniger glücklichen Vorgänger. Bereits Monate zuvor war Dr. Kennedy, der angesehene englische Altertumswissenschaftler, spurlos aus seiner Wohnung am Corso verschwunden. Damals vermutete man, seine Verwicklung in einen gesellschaftlichen Skandal habe ihn bewogen, Rom zu verlassen. Nun stellt sich heraus, daß der fanatische Wissenschaftler seinem ungestümen Forscherdrang zum Opfer gefallen ist, dem er seinen ausgezeichneten Rang unter den lebenden Gelehrten verdankte. Sein Leichnam wurde im Zentrum der neuen Katakombe gefunden. Nach dem Zustand seiner Stiefel und Füße zu schließen, muß er tagelang durch die verwirrend angeordneten

Gänge geirrt sein, die die Erforschung solcher unterirdischer Grabanlagen so gefährlich machen. Der Verstorbene war auf unbegreiflich leichtsinnige Weise, wahrscheinlich sogar ohne Kerzen und Streichhölzer, in das Labyrinth vorgedrungen. Folglich dürfte sein trauriges Ende seiner eigenen Verwegenheit zuzuschreiben sein. Die Angelegenheit ist um so tragischer, als Dr. Julius Burger ein enger Freund des Verblichenen war. Seine Freude über die glückliche, außerordentliche Entdeckung wurde durch das furchtbare Schicksal seines Freundes und Kollegen schmerzlich getrübt.«

DAS ABENTEUER VOR DEM AUSSENMINISTERIUM

VIELE Leute haben Alphonse Lacour nur als alten Mann gekannt. Etwa seit der Zeit der 48er Revolution bis zu seinem Tod im zweiten Jahr des Krimkrieges konnte man ihn allabendlich in derselben Ecke des Café de Provence am Ende der Rue Saint Honoré antreffen. Gewöhnlich kam er gegen neun und ging, wenn er keinen Gesprächspartner mehr fand. Zuhörer des alten Diplomaten brauchten einigermaßen gute Nerven, denn seine Geschichten klangen ganz unglaublich; zudem bemerkte er geringste Anzeichen von Belustigung oder Skepsis sofort. Dann richtete er seinen riesigen, gebeugten Rücken auf, schob angriffslustig das Kinn vor und ließ seine R rollen wie Paukenwirbel. Wenn er Ausrufe wie »Ah, monsieur r-r-r-rit!« oder »Vous ne me cr-r-r-royez pas donc!« hervorstieß, war es ratsam, sich daran zu erinnern, daß man eine Karte für die Oper in der Tasche hatte.

Da war zum Beispiel seine Geschichte von Talleyrand und den fünf Austernschalen. Oder der haarsträubende Bericht vom zweiten Besuch Napoleons in Ajaccio. Er konnte auch äußerst weitschweifig davon erzählen (was er nie tat, bevor seine zweite Flasche entkorkt war), wie der Imperator von Sankt Helena floh und ein Jahr lang in Philadelphia lebte, während der ihm sehr ähnlich sehende Graf Herbert de Bertrand als sein Double in Longwood agierte. Am häufigsten aber dürfte er seinen Zuhörern die Geschichte mit dem Koran und dem Boten des Außenministeriums zugemutet haben. Allerdings sollte sich später, als Monsieur Otto seine Memoiren veröffentlichte, herausstellen, daß gerade diese phantastisch anmutende Erzählung des alten Lacour nicht aus der Luft gegriffen war.

»Sie müssen wissen, Monsieur«, pflegte er zu beginnen, »ich verließ Ägypten nach dem Attentat auf Kléber. Ich wäre gern länger dort geblieben, zumal ich mich damals gerade mit einer Übersetzung des Korans befaßte. Unter uns, ich erwog sogar, zum mohammedanischen Glauben überzutreten, denn seine weisen Ansichten über die Ehe beeindruckten mich zutiefst. Nur dieser Kardinalfehler mit dem Wein – das war etwas, was der Mufti trotz allem Bekehrungseifer mir nie plausibel machen konnte. Als Kléber dann starb und Menou an die Spitze kam, mochte ich nicht länger bleiben. Ich will nicht mit meinen Fähigkeiten prahlen, Monsieur, aber das Maultier soll den Reiter tragen, nicht umgekehrt – Sie verstehen. So packte ich also den Koran und meine Papiere ein und folgte Monsieur Otto nach London. Unser Erster Konsul hatte ihn dorthin geschickt, um einen Friedensvertrag vorzubereiten, denn beide Nationen hatten nach zehn Jahren Krieg die Nase voll. Monsieur Otto schätzte die Unterstützung ungemein, die ich ihm mit meinen Kenntnissen der englischen Sprache und meiner sozusagen angeborenen Gewandtheit geben konnte. Ach, es war eine schöne Zeit damals, als ich am Bloomsbury Square wohnte! Das Klima Ihres Landes ist zugegebenermaßen ziemlich scheußlich, doch andererseits wachsen im Regen die Blumen besonders gut; schauen Sie sich nur die Frauen dort an.

Unser Botschafter Otto bastelte also eifrig an diesem Vertrag, und wir in seinem Stab mußten arbeiten bis zum Umfallen. Gottseidank hatten wir es nicht mehr mit Pitt zu tun. Ein schrecklicher Mann, dieser Pitt! Wo auch immer ein paar Feinde Frankreichs die Köpfe zusammensteckten, konnte man diesen spitznasigen Kerl in ihrer Mitte finden. Die britische Regierung war jedoch vernünftig genug gewesen, ihn aus dem Amt zu entfernen. Sein Nachfolger hieß Addington. Außenminister war Lord Hawkesbury. Mit ihm mußten wir die Bedingungen des Vertrages aushandeln.

Das war kein Kinderspiel, wie Sie verstehen werden. Schließlich hatte jede Seite in diesen zehn Jahren Gebiete des

Gegners oder seiner Verbündeten erobert. Was sollte zurückgegeben werden, was behalten? Konnte man die Insel X gegen die Halbinsel Y eintauschen? Wenn wir dies in Venedig tun, tut ihr das in Sierra Leone? Falls wir Ägypten dem Sultan überlassen, gebt ihr dann das Kap der Guten Hoffnung frei, das ihr unseren holländischen Verbündeten abgenommen habt? So ging das Tauziehen hin und her und wollte kein Ende nehmen. Manchmal kehrte Monsieur Otto so erschöpft zur Botschaft zurück, daß ihn sein Sekretär und ich auf dem Weg von der Kutsche zur Couch stützen mußten. Aber schließlich einigte man sich doch, und es kam der Abend, da der Vertrag unterzeichnet werden sollte.

Wissen Sie, wir hatten einen starken Trumpf in der Hand, den wir immer und immer wieder ausspielten, und das war Ägypten. Die dortige Präsenz unserer Truppen machte die Engländer nervös. Sehen Sie, wir hatten damit auch einen Fuß auf der anderen Seite des Mittelmeeres. Man befürchtete, unser wunderbarer kleiner Napoleon könnte dieses Territorium als Aufmarschgebiet für einen Angriff auf Indien nutzen. Jedesmal, wenn Lord Hawkesbury eine unserer Forderungen nicht akzeptieren wollte, brauchten wir nur zu erwidern: ›In dem Falle sehen wir uns außerstande, Ägypten zu räumen!‹, und gleich wurde er vernünftig. Mit Ägypten als Faustpfand erreichten wir ungemein vorteilhafte Konditionen, vor allem zwangen wir die Engländer zur Aufgabe des Kaps der Guten Hoffnung und beraubten sie damit der Möglichkeit, in Südafrika Fuß zu fassen: Schließlich hat uns die Geschichte gelehrt, wie schnell aus einem britischen Stützpunkt eine Kolonie werden kann. Nicht vor eurer Armee oder Marine muß man sich schützen, Monsieur; die eigentliche Gefahr sind eure tatendurstigen jungen Männer. Wenn wir Franzosen ein Gebiet in Übersee gewonnen haben, sitzen wir gemütlich in Paris und freuen uns darüber. Bei euch ist es anders. Ihr nehmt Frau und Kind und zieht los, um dort euer Glück zu finden. Danach könnte man ebensogut versuchen, euch den alten Bloomsbury Square wegzunehmen.

Also, am ersten Oktober sollte der Vertrag endlich unterzeichnet werden. Am Morgen gratulierte ich Monsieur Otto zum glücklichen Abschluß seiner Arbeit. Er war ein kleiner, blasser Mann, aber quicklebendig und immer nervös. Vor Freude über den nahen Erfolg vermochte er kaum stillzusitzen, er rannte im Zimmer auf und ab, lachte und redete unaufhörlich. Ich hingegen nahm mir ein Kissen und hockte mich in eine Ecke, wie ich es im Orient gelernt hatte. Plötzlich trat ein Bote mit einem Brief aus Paris herein. Monsieur Otto überflog das Schreiben, wurde sehr still, dann gaben seine Beine nach, und er sank ohnmächtig zu Boden. Ich eilte zu ihm, der Bote ebenso, und gemeinsam trugen wir ihn zur Couch. Er sah aus wie ein Toter, aber ich spürte sein Herz schlagen.

›Was ist los?‹ fragte ich.

›Ich habe keine Ahnung‹, antwortete der Bote. ›Monsieur Talleyrand sagte mir, ich solle mich beeilen wie nie zuvor und diesen Brief Monsieur Otto aushändigen. Gestern mittag war ich noch in Paris.‹

Man mag mich tadeln, doch ich konnte nicht anders – ich nahm den Brief aus der Hand des Ohnmächtigen und las ihn. Mein Gott, es traf mich wie ein Schlag! Ich verlor zwar nicht das Bewußtsein, aber ich mußte mich setzen und brach in Tränen aus. Die kurze Mitteilung besagte, daß unsere Truppen Ägypten geräumt hatten. Unser Vertrag war damit hinfällig. Der Hauptgrund, der die Gegenseite zu so weitreichenden Zugeständnissen veranlaßt hatte, existierte nicht mehr. Zwölf Stunden später wäre die Nachricht bedeutungslos gewesen. Aber noch war der Vertrag nicht unterzeichnet. Die Engländer würden das Kap behalten und auch auf Malta nicht verzichten. Außer Ägypten hatten wir nichts zum Tausch anzubieten.

Aber wir Franzosen geben uns so leicht nicht geschlagen. Ihr Engländer schätzt uns falsch ein. Weil wir nicht unsere

Gefühle unterdrücken wie ihr, meint ihr, wir seien schwach und weibisch. Ein Blick in die Geschichte müßte euch eigentlich eines besseren belehren. Monsieur Otto kam bald wieder zu sich. Wir berieten, was zu tun sei.

›Es hat gar keinen Sinn, zu Lord Hawkesbury zu gehen, Alphonse‹, sagte er. ›Er wird mich auslachen, wenn ich ihn zur Unterschrift auffordere.‹

Mir kam plötzlich eine Idee. ›Mut!‹ rief ich. ›Wissen wir denn, ob die Engländer bereits informiert sind? Vielleicht unterschreiben sie, ehe sie davon erfahren.‹

Monsieur Otto sprang auf und flog mir in die Arme.

›Alphonse‹, rief er, ›das wäre die Rettung! Wie sollten sie es denn wissen? Unsere Nachricht ging von Toulon nach Paris und dann direkt nach London. Deren Meldungen müssen per Schiff durch die Straße von Gibraltar befördert werden. Im Augenblick weiß nicht einmal in Paris jemand etwas davon, außer Talleyrand und dem Ersten Konsul natürlich. Wenn wir unser Geheimnis wahren, bekommen wir die Unterschrift!‹

O Monsieur, stellen Sie sich die furchtbare Ungewißheit vor, in der wir den Tag zubrachten! Nie, nie werde ich die endlos lang erscheinenden Stunden vergessen, als wir beisammensaßen und bei jedem Ruf von der Straße erschraken vor lauter Furcht, die Nachricht habe London erreicht und löse Freudenkundgebungen aus. Monsieur Otto alterte an jenem Tag zusehends, er wurde zum Greis. Ich ziehe es vor, der Gefahr ins Auge zu blicken, anstatt sie untätig zu erwarten. Gegen Abend machte ich mich auf und klapperte verschiedene Orte ab. Ich war im Fechtsaal von Monsieur Angelo, in Monsieur Jacksons Boxhalle, im Brooks Club und im Stammlokal der Parlamentsabgeordneten, doch nirgends hörte ich etwas von der Neuigkeit. Trotzdem war es möglich, daß Lord Hawkesbury sie inzwischen erfahren hatte. Sein Amtssitz lag in der Harley Street. Dort sollte der Friedensvertrag um acht Uhr abends unterzeichnet werden. Bevor wir aufbrachen, nötigte ich Monsieur Otto, zwei Glas

Burgunder zu trinken. Sein bleiches Gesicht und seine zitternden Hände hätten bei den Engländern unweigerlich Verdacht erregt.

Also, wir fuhren in unserer Botschaftskarosse gegen halb acht dort vor. Monsieur Otto ging hinein, und unter dem Vorwand, seine Mappe zu holen, kam er gleich wieder heraus, um mich zu unterrichten. Seine Wangen glühten vor Freude.

›Er weiß nichts‹, flüsterte er. ›Oh, wäre die nächste halbe Stunde doch schon vorüber!‹

›Geben Sie mir ein Zeichen, sobald die Unterschrift geleistet ist.‹

›Warum?‹

›Weil kein Kurier Sie vorher stören soll. Darauf gebe ich Ihnen mein Wort – ich, Alphonse Lacour.‹

Er umschloß meine ausgestreckte Rechte mit beiden Händen. ›Ich werde unter irgendeinem Vorwand einen Kerzenständer auf den Tisch am Fenster stellen‹, sagte er und eilte wieder hinein. Ich blieb neben unserem Wagen zurück und wartete.

Also, wenn es mir gelang, eine halbe Stunde lang jede Störung von der Unterzeichnungszeremonie fernzuhalten, hatten wir gewonnen. Ich besaß noch keine klaren Vorstellungen, wie ich das machen wollte, als ich bereits die Lichter einer Kutsche sah, die sich rasch von der Oxford Street her näherte. Wenn das der Kurier war! Was sollte ich tun? Ich war entschlossen, ihn zu töten – jawohl, zu töten. Auf keinen Fall wollte ich zulassen, daß unser Werk im letzten Augenblick zunichte gemacht wurde. Tausende sterben, und man spricht von einem glorreichen Krieg. Warum sollte nicht ein Mensch für einen glorreichen Frieden sterben? Und wenn es mich an den Galgen brachte? Einerlei – ich war bereit, mich für mein Land zu opfern. Ich trug einen kleinen türkischen Krummdolch im Gürtel. Meine Hand lag am Griff, doch die gefürchtete Kutsche ratterte vorbei.

Jeden Moment konnte aber eine weitere kommen. Ich

mußte vorbereitet sein. Vor allem durfte unsere Botschaft nicht kompromittiert werden. Ich schickte unsere Karosse in eine Seitenstraße und rief eine Droschke. Dem Mann auf dem Bock erklärte ich, es handle sich um eine besondere Angelegenheit, und gab ihm eine Guinee. Er verstand.

›Sie bekommen noch eine Guinee, wenn Sie genau das tun, was ich Ihnen sage‹, fügte ich hinzu.

›In Ordnung, Sir‹, entgegnete er gleichmütig und streifte mich mit einem trägen Blick, der nicht die leiseste Spur von Aufregung oder Neugier verriet.

›Sobald ich mit einem Herrn einsteige, fahren Sie los, immer die Harley Street rauf und runter. Achten Sie nicht darauf, was Ihnen mein Begleiter zuruft. Wenn ich ausgestiegen bin, fahren Sie den anderen Gentleman zum Watier's Club in der Bruton Street.‹

›In Ordnung, Sir‹, wiederholte er.

So stand ich also vor dem Außenministerium. Wie oft schaute ich hinauf zu dem Fenster, in der Hoffnung, die Kerze dort flackern zu sehen! Fünf Minuten vergingen, und nochmals fünf. Wie langsam sie verstrichen! Es war eine typische Oktobernacht, rauh und kalt. Weißer Nebel kroch über das nasse, glänzende Kopfsteinpflaster und dämpfte das trübe Licht der Öllaternen. Man sah keine fünfzig Schritt weit. Ich horchte angestrengt nach Hufschlag und Räderrattern. Monsieur, selbst bei schönstem Sonnenschein wirkt die Harley Street nicht gerade heiter. Die Häuser da sind sehr solide und ordentlich, aber feminine Verspieltheit fehlt dieser Architektur gänzlich. Man könnte meinen, die Stadt sei nur von Männern bewohnt. An jenem nebligen, naßkalten Abend, von banger Erwartung erfüllt, konnte ich mir keine trostlosere Umgebung vorstellen. Ich lief auf und ab, schlug die Hände zusammen, um sie warm zu halten, und lauschte. Und dann hörte ich das Geräusch, das sich aus dem brodelnden Verkehrslärm der Oxford Street löste und schnell lauter und deutlicher wurde. Zwei gelbe Lichter blinkten im Nebel. Ein leichtes Kabriolett preschte auf das

Gebäude des Außenministeriums zu. Noch vor dem Halten sprang ein junger Mann heraus und eilte zur Eingangstreppe. Der Kutscher wendete sogleich, und das Gefährt verschwand wieder rasselnd im Nebel.

Monsieur, rasches Handeln war schon immer meine Stärke. Sie sehen mich hier im Café de Provence sitzen und gemütlich meinen Wein trinken und können sich das wahrscheinlich gar nicht vorstellen. Aber glauben Sie mir, in dem Moment, als es um die Früchte eines zehnjährigen Krieges ging, übertraf ich mich selbst. Ich hatte die letzte Schlacht der Franzosen als General und Armee in einer Person zu schlagen.

›Sir‹, sagte ich und berührte ihn am Arm, ›sind Sie der Bote für Lord Hawkesbury?‹

›Ja‹, sagte er.

›Ich warte schon seit einer halben Stunde auf Sie‹, sagte ich. ›Folgen Sie mir unverzüglich. Er ist beim französischen Botschafter.‹

Ich sprach so bestimmt, daß er keinen Augenblick zögerte. Als er in die Droschke stieg und ich ihm mit einem Satz folgte, durchzuckte mich eine unbändige Freude – ich hätte laut singen mögen. Er war ein schmächtiges Bürschchen, dieser Bote des Außenministeriums, kaum größer als Monsieur Otto. Ich dagegen – Monsieur, sehen Sie meine Pranken, dann können sie sich vorstellen, welche Kräfte ich als Siebenundzwanzigjähriger besaß.

Nun, da ich ihn in der Droschke hatte, drängte sich die Frage auf, was ich mit ihm machen sollte. Ich wollte ihn nach Möglichkeit nicht verletzen.

›Es ist sehr dringend‹, sagte er. ›Ich muß die Depesche schnellstens übergeben.‹

Unsere Droschke ratterte die Harley Street hinunter, wendete dann, wie verabredet, und fuhr zurück.

›He‹, sagte er. ›Was soll das?‹

›Was denn?‹ fragte ich.

›Wir sind umgekehrt. Wo ist Lord Hawkesbury?‹

›Wir sind gleich bei ihm.‹

›Halt!‹ rief er. ›Hier stimmt etwas nicht. Kutscher, anhalten! Ich will aussteigen!‹

Er wollte den Schlag öffnen, ich stieß ihn auf den Sitz zurück. Er rief um Hilfe. Ich hielt ihm den Mund zu. Er biß mir in die Handkante. Ich griff nach seiner Krawatte und knebelte ihn damit. Er stöhnte und röchelte, aber die Laute wurden vom Rattern der Räder übertönt. Wir passierten das Außenministerium – keine Kerze im Fenster.

Eine Weile blieb der Bursche reglos sitzen. Ich sah nur das Glitzern seiner Augen, während er mich aus dem Dunkel anstarrte. Ich glaube, er war etwas benommen von der Heftigkeit, mit der ich ihn auf die Polster geschleudert hatte. Und wahrscheinlich überlegte er, was er tun sollte. Er zerrte sich die Krawatte vom Mund.

›Ich gebe Ihnen meine Uhr und meine Brieftasche, wenn Sie mich gehen lassen‹, sagte er.

›Sir‹, erwiderte ich, ›ich bin ein Ehrenmann wie Sie.‹

›Wie heißen Sie?‹

›Mein Name tut nichts zur Sache.‹

›Was wollen Sie von mir?‹

›Es handelt sich um eine Wette.‹

›Eine Wette? Dieser Scherz kann übel für Sie ausgehen. Begreifen Sie doch, ich stehe im Dienste der Regierung – und Sie folglich mit einem Bein im Gefängnis!‹

›Das Risiko gehört dazu. Gewettet ist nun einmal gewettet‹, sagte ich.

›Die flotten Sprüche werden Ihnen bald vergehen, warten Sie nur!‹ rief er. ›Was ist das überhaupt für eine verrückte Wette?‹

›Ich habe gewettet, daß ich dem ersten Menschen, der mir in dieser Straße begegnet, ein Kapitel aus dem Koran vortrage.‹ Ich weiß selbst nicht, wie ich darauf kam – vielleicht durch die Übersetzung, die mir ständig im Kopf herumging. Er hechtete zum Türgriff, ich mußte ihn zurückwerfen.

›Wie lange dauert es?‹ keuchte er.

›Das hängt von der Länge des jeweiligen Kapitels ab‹, antwortete ich.

›Dann ein kurzes – es eilt!‹

›Nein, das wäre nicht korrekt‹, widersprach ich. ›Ein Kapitel heißt nicht ein kurzes Kapitel, sondern eins von durchschnittlicher Länge, nicht wahr?‹

›Hilfe! Hilfe! Hilfe!‹ schrie er, und ich sah mich genötigt, ihn erneut zu knebeln.

›Nun haben Sie doch ein wenig Geduld‹, sagte ich, ›sonst dauert es ja noch länger. Ich überlasse es Ihnen, welches Kapitel Sie hören möchten. Sie müssen zugeben, daß ich Ihnen die Sache so angenehm wie möglich mache.‹

Er befreite seinen Mund. ›Schnell doch, schnell!‹ stöhnte er.

›Die Sure mit dem Kamel vielleicht?‹ schlug ich vor.

›Ja! Ja!‹

›Oder die mit den flinken Rossen?‹

›Ja doch! Fangen Sie endlich an!‹

Wir fuhren an dem Fenster vorüber – noch immer stand keine Kerze darin. Ich setzte mich und begann das Kapitel vom Hengst zu rezitieren.

Vielleicht kennen Sie den Koran nicht so gut, Monsieur. Ich kannte ihn auswendig, könnte ihn heute noch Zeile für Zeile hersagen. Der Stil ist etwas anstrengend für jemanden, der es eilig hat. Aber die Menschen im Osten, für die er gedacht ist, kennen keine Eile. Und so deklamierte ich mit dem Ernst und der Würde, die das heilige Buch verlangt, während der junge Engländer zappelte und stöhnte:

> *Da zur Abendzeit die Rosse vorgeführt wurden, die auf drei Hufen standen und mit der vorderen Hufkante des vierten Fußes den Boden scharrten, sprach er: ›Siehe, geliebt habe ich das Gute ob dem Gedächtnis meines Herrn, bis sich die Sonne hinter dem Schleier verbarg; bringt die Rosse zu mir.‹ Und als man sie ihm brachte, begann er, ihre Schenkel und Hälse zu zerhauen – –*

Genau bei dieser Stelle sprang mich der junge Engländer an: Mein Gott, wie wenig ich von den nächsten Minuten weiß! Er war ein Boxer, dieser schmächtige Bursche. Er hatte das Zuschlagen gelernt. Ich wollte seine Hände festhalten. Peng, peng, bekam ich Schwinger auf Nase und Augen. Ich zog meinen Kopf ein und versuchte einen Rammstoß in seinen Bauch. Peng, kam ein Haken von unten. Aber ach, ich war zuviel für ihn. Ich warf mich über ihn. Gegen meine Masse kam er letztlich nicht an. Er fiel rücklings auf die Polster, und ich setzte mich mit meinem ganzen Gewicht auf ihn, bis ihm die Luft ausging.

Dann suchte ich etwas, womit ich ihn fesseln konnte. Ich zog die Schnürsenkel aus meinen Schuhen. Den einen knotete ich um seine Handgelenke, mit dem anderen band ich ihm die Füße. Dann zurrte ich die Krawatte über seinem Mund wieder fest. Jetzt lag er da und konnte mich nur noch wütend anfunkeln. Als das alles getan war und ich das Blut gestillt hatte, das mir aus der Nase tropfte, schaute ich aus der Droschke. Und das erste, was ich erblickte, Monsieur, war die Kerze. Die langerwartete, liebe kleine Kerze leuchtete im Fenster des Außenministeriums. Ganz allein, mit diesen beiden Händen, hatte ich die Kapitulation einer Armee wettgemacht und den Verlust einer Provinz verhindert. Jawohl, Monsieur, Abercrombies Sieg, errungen mit fünftausend Mann an der Küste von Abukir, wurde von mir eigenhändig in einer Droschke in der Harley Street zunichte gemacht.

Nun war keine Zeit zu verlieren, denn jeden Augenblick konnte Monsieur Otto herauskommen. Ich entlohnte den Kutscher mit der zweiten Guinee und schickte ihn weiter zum Watier's Club. Kaum war ich in die Karosse unserer Botschaft gesprungen, als auch schon die Tür des Außenministeriums aufging. Lord Hawkesbury geleitete Monsieur Otto die Treppe hinab, so sehr ins Gespräch vertieft, daß er barhäuptig mit ihm bis zu unserer Karosse ging. Als sie vor dem geöffneten Schlag standen, ertönte das Rasseln von Rädern, ein Mann kam gerannt.

›Eine wichtige Botschaft für Lord Hawkesbury!‹ rief er.

Zu meiner Erleichterung war es nicht mein Kurier, sondern ein zweiter. Lord Hawkesbury nahm das Schreiben entgegen, las es im Schein der Wagenlaterne und wurde weiß wie diese Tischplatte hier.

›Monsieur Otto‹, rief er, ›wir haben den Vertrag unter falschen Voraussetzungen geschlossen. Ägypten befindet sich in unserer Hand!‹

›Was!‹ entgegnete Monsieur Otto. ›Unmöglich!‹

›Doch, es ist so. Abercrombie hat es schon im vergangenen Monat eingenommen.‹

›In dem Fall‹, sagte Monsieur Otto, ›betrachte ich es als ein wahres Glück, daß der Vertrag unterzeichnet ist.‹

›Ja, Glück für Sie, Sir‹, knurrte Lord Hawkesbury und ging zurück zum Haus.

Am nächsten Tag, Monsieur, waren die Bow Street Runners hinter mir her, aber über Salzwasser konnten sie nicht rennen, und Alphonse Lacour nahm die Glückwünsche von Monsieur Talleyrand und dem Ersten Konsul entgegen, noch ehe seine Verfolger Dover erreicht hatten.«

DIE GESTREIFTE TRUHE

Was halten Sie davon, Allardyce?« fragte ich.

Mein Zweiter Maat stand neben mir auf dem Achterdeck, seine kurzen, stämmigen Beine gegrätscht, denn der Sturm hatte die See so aufgewühlt, daß die anrollenden Wogen noch immer fast bis zu unseren beiden Rettungsbooten hinaufschlugen. Er drückte sein Fernrohr gegen die Besanwanten und richtete es beharrlich auf das unglückselige fremde Schiff, das in gleichmäßigen Abständen auf einem Wellenkamm erschien und für Sekunden dort balancierte, um wieder nach unten zu tauchen. So tief lag es im Wasser, daß ich nur manchmal einen schmalen Streifen seines erbsengrünen Rumpfes sah.

Es war eine Brigg, deren Großmast etwa zehn Fuß über dem Deck umgeknickt war. Offensichtlich hatte niemand versucht, die Trümmer wegzuräumen und die Segel und Rahen zu kappen, die wie der gebrochene Flügel einer Möwe im Wasser nachgeschleift wurden. Der Fockmast stand noch, aber Vormarssegel und Vorsegel flatterten lose wie lange weiße Fahnen im Wind. Ein so übel zugerichtetes Schiff hatte ich noch nie gesehen.

Doch wir wunderten uns nicht. Schließlich hatten wir in den zurückliegenden drei Tagen selbst Augenblicke durchlebt, in denen es uns fraglich schien, ob unsere Bark jemals wieder Land sehen würde. Sechsunddreißig Stunden waren wir vor Topp und Takel gelaufen, und wenn meine *Mary Sinclair* nicht eine der seetüchtigsten Barken gewesen wäre, die je am Clyde gebaut wurden, hätten wir uns nicht behauptet. So aber waren wir noch einmal davon gekommen, hatten lediglich unser Beiboot und ein Stück vom Steuerbordschanzkleid eingebüßt. Als der Sturm sich legte, waren wir durchaus nicht verwundert, daß andere weniger Glück gehabt hatten. Die schwer angeschlagene Brigg taumelte auf dem blauen Wasser unter einem wolkenlosen Himmel hin und her, hilflos wie ein vom Blitz Geblendeter – ein Bild des erlittenen Schreckens.

Allardyce, der ruhige, bedächtige Schotte, musterte das Schiff lange und eingehend, während unsere Matrosen an der Reling standen oder in die Fockwanten kletterten, um das fremde Schiff zu betrachten. Auf 20 Grad Breite und 10 Grad Länge – das etwa war unsere Position – möchte man schon etwas genauer wissen, wem man begegnet; schließlich befindet man sich abseits der großen atlantischen Handelsrouten nach Norden. Wir waren zehn Tage gesegelt, ohne ein Schiff zu sichten.

»Ein Geisterschiff, glaube ich«, sagte der Zweite Maat.

Ich war zum selben Schluß gelangt, denn drüben auf Deck ließen sich keine Anzeichen von Leben erkennen, und auch das Winken der Matrosen blieb unbeantwortet. Wahrscheinlich hatte die Besatzung das havarierte Schiff bereits verlassen.

»Lange hält sie sich nicht mehr«, fuhr Allardyce in seiner überlegten Art fort. »Könnte jede Minute ihre Nase senken und den Achtersteven heben. Das Wasser schlägt schon bis an die Reling.«

»Welche Flagge führt sie?« fragte ich.

»Versuche es eben auszumachen, aber das Ding hat sich zwischen den Fallen vertörnt. Doch, jetzt sehe ich es deutlich. Die brasilianische Flagge, aber verkehrt herum aufgezogen.«

Also hatte die Mannschaft das Notsignal gegeben, bevor sie von Bord ging. Vielleicht war dies erst vor kurzem gewesen? Ich nahm das Fernrohr des Maats und suchte die tiefblaue aufgewühlte, noch immer mit weißen Schaumadern und -pickeln bedeckte Fläche des Ozeans nach den Schiffbrüchigen ab. Aber außer uns gab es keine Menschenseele hier.

»Vielleicht sind noch Überlebende an Bord«, meinte ich.

»Oder wir können etwas bergen«, murmelte mein Zweiter. »Wir laufen sie von der Leeseite an und drehen bei.«

Als wir uns auf etwa hundert Yards genähert hatten, legten wir die Fockrahe herum, und die beiden Schiffe schaukelten längsseits. Sie hüpften und schwankten wie zwei tanzende Clowns.

»Ein Rettungsboot abfieren!« rief ich. »Mr. Allardyce, Sie nehmen vier Mann und inspizieren das Wrack.«

In diesem Augenblick kam mein Erster Offizier, Mr. Armstrong, an Deck, um die nächste Wache zu übernehmen, denn es hatte soeben vier Glasen geschlagen. Es reizte mich, selbst das verlassene Schiff und seine Ladung zu besichtigen. Also rief ich Allardyce zu, er möge warten, schwang mich über die Reling, kletterte das Fallreep hinunter und nahm im Heck des kleinen Bootes Platz.

Wir brauchten ziemlich lange, um die geringe Entfernung zurückzulegen. Die See ging so heftig, daß wir oft weder unsre Bark noch die Brigg sahen, auf die wir zusteuerten. In den Wellentälern, die von den Strahlen der sinkenden Sonne nicht erreicht wurden, war es dunkel und kalt. Doch die nächste Woge hob uns wieder hinauf in die Wärme und das Licht. Jedesmal, wenn wir auf einem gischtweißen Kamm über zwei dunklen Tälern schwebten, gelang mir ein kurzer Blick auf den langgestreckten erbsengrünen Rumpf und den nickenden Vormast der Brigg. Ich hielt auf ihr Heck zu, damit wir uns die beste Seite zum Entern aussuchen konnten. Als wir sie erreichten, sahen wir auf der triefenden Gillung des Hinterschiffs den Namen *Nossa Senhora da Vittoria*.

»Am besten zur Wetterseite, Sir«, meinte der Zweite Maat. »Zimmermann, Bootshaken bereithalten!« Wenig später kletterten wir über die Reling, die nur wenig höher als unser Boot lag, und standen an Deck des verlassenen Seglers.

Als erstes trafen wir Vorsichtsmaßnahmen für den Fall, daß uns das Schiff unter den Füßen wegsacken sollte – wonach es ganz aussah. Zwei Matrosen machten unser Boot für einen eiligen Rückzug bereit, indem sie es an Leinen festhielten und mit Bootshaken von der Bordwand des Wracks wegdrückten. Der Zimmermann wurde nach unten geschickt, um nachzusehen, wie hoch das Wasser im Rumpf stand und ob es weiter stieg, während der dritte Matrose, Allardyce und ich eilig Schiff und Ladung inspizierten.

Auf dem Deck lagen zwischen den Trümmerstücken Hühnerkäfige, in denen die toten Tiere hin und her gespült wurden. Die Rettungsboote fehlten, bis auf eins mit geborstenem Kiel. Demnach hatte die Besatzung das Schiff aufgegeben. Die Kapitänskajüte befand sich in einem Deckshaus, dessen eine Seite von der schweren See eingedrückt worden war. Allardyce und ich gingen hinein und fanden den Kartentisch des Kapitäns so vor, wie er ihn verlassen hatte: bedeckt mit Büchern und Papieren – alles in Spanisch oder Portugiesisch – und Häufchen von Zigarettenasche überall. Nach dem Logbuch suchte ich allerdings vergeblich.

»Hat wahrscheinlich gar keins geführt«, meinte Allardyce. »Die typische Schlamperei auf den südamerikanischen Handelsschiffen! Man tut nur das Nötigste. Falls doch eins da war, hat er es sicher mitgenommen.«

»Ich würde gerne alle diese Bücher und Papiere mitnehmen«, sagte ich zum Matrosen. »Fragen Sie den Zimmermann, wieviel Zeit uns bleibt.«

Die Antwort fiel beruhigend aus. Der Kielraum stand zwar unter Wasser, doch da ein Teil der Ladung schwimmfähig war, bestand keine unmittelbare Gefahr des Sinkens. Möglicherweise würde das Wrack nie ganz untergehen, sondern als eines jener tückischen, unbezeichneten Riffs umherdriften, die schon so manches stolze Schiff auf den Grund gesandt haben.

»Dann können Sie sich ja in aller Ruhe unter Deck umschauen, Mr. Allardyce«, sagte ich. »Stellen Sie fest, wieviel sich von der Ladung bergen läßt. Ich sehe unterdessen diese Papiere durch.«

Aus den Ladepapieren sowie einigen anderen Unterlagen und Briefen, die ich auf dem Tisch fand, ging hervor, daß die brasilianische Brigg *Nossa Senhora da Vittoria* einen Monat zuvor von Bahia ausgelaufen war. Der Kapitän hieß Texeira, doch eine Mannschaftsliste existierte nicht. Als Bestimmungshafen war London angegeben. Bereits ein flüchtiger Blick in die Frachtpapiere sagte mir, daß es für uns kaum etwas Lohnendes zu holen gab. Die Ladung bestand aus Nüssen, Ingwer und Holz – letzteres in Form riesiger wertvoller Stämme, wie sie nur in den Tropen wachsen. Ohne Zweifel hatten diese das Sinken des Schiffes verhindert, aber ihre Größe verunmöglichte auch, daß wir sie bergen und übernehmen konnten. Es gab außerdem noch einige kleinere Frachtgüter, zum Beispiel Putzwarenartikel wie Bänder mit aufgestickten Vogelmustern oder etwa hundert Kisten mit Obstkonserven. Während ich die Frachtliste überflog, stieß ich auf eine Randnotiz in englischer Sprache, die mich stutzen ließ.

»Besonders darauf achten«, hieß es dort, »daß die einmaligen altspanischen und indianischen Kostbarkeiten aus der Sammlung von Santarém, bestimmt für die Firma Prontfoot & Neumann in London, Oxford Street, an einem sicheren Platz verwahrt und gegen Beschädigung geschützt werden. Das gilt in erster Linie für die Schatztruhe des Don Ramirez di Leyra. Unter keinen Umständen darf sie an einem Platz stehen, zu dem Unbefugte Zugang haben!«

Die Schatztruhe des Don Ramirez di Leyra! Einmalige altspanische und indianische Kostbarkeiten! Hier gab es also doch noch etwas zu bergen! Mit der Liste in der Hand sprang ich auf. In diesem Augenblick erschien mein schottischer Maat in der Tür.

»Auf dem Kahn stimmt was nicht, Sir«, sagte er. Sein gleichmütiges Gesicht verriet kaum jemals Gefühlsregungen, doch jetzt sah ich ihm an, daß ihn etwas heftig erschüttert hatte.

»Was meinen Sie?«

»Mord, Sir. Da drüben liegt ein Mann, dem man den Schädel eingeschlagen hat.«

»Vielleicht ein Unfall während des Sturms?«

»Vielleicht, Sir. Würde mich aber wundern, wenn Sie das immer noch glauben, nachdem Sie ihn gesehen haben.«

»Wo ist er?«

»Dort drüben, Sir, im großen Deckshaus.«

Die Brigg besaß offenbar keine Kabinen unter Deck, sondern lediglich das rückwärtige Deckshaus des Kapitäns, ein geräumigeres für die Kombüse, unmittelbar neben der Hauptluke zum Laderaum gelegen, und im Vorschiff ein drittes für die Mannschaft. Der Maat führte mich zu dem mittleren. Innen ging es rechts zur Kombüse, wo Töpfe und Pfannen in heillosem Durcheinander herumlagen, links befand sich ein Abteil mit zwei Schlafpritschen für die Offiziere. Von dort aus gelangte man in eine Kammer, etwa zwölf auf zwölf Fuß groß, in der Flaggen und Ersatzsegel aufbewahrt wurden. Rings an den Wänden hingen in grobe Leinwand eingeschlagene und sorgfältig verschnürte Pakete. Hinten in einer Ecke stand eine mit roten und weißen Streifen bemalte Truhe. Der rote Lack war freilich stark verblaßt und abgeplatzt und das Weiß so schmuddelig, daß man die Farben nur an einer Stelle erkannte, auf die ein Strahl Tageslicht fiel. Die klobige Truhe maß, wie wir später feststellten, vier Fuß drei Zoll in der Länge, drei Fuß zwei Zoll in der Höhe und drei Fuß in der Breite, war also beträchtlich größer als eine Seemannskiste.

Aber nicht der Truhe galt meine Aufmerksamkeit beim Betreten der Abstellkammer. Auf dem Boden lag, rücklings ausgestreckt über einen Haufen zerwühlter Flaggen, ein kleiner dunkelhäutiger Mann mit einem kurzen, gekräuselten Kinnbart. Er befand sich keineswegs in der Nähe der Truhe, sondern so weit von ihr entfernt, wie es der Raum zuließ. Seine Füße zeigten zur Truhe. Auf dem weißen Stoff, auf dem sein Kopf ruhte, hatte sich ein dunkelroter Fleck gebildet. Von seinem braunhäutigen Hals verliefen dünne Blutspuren zum Boden, doch eine Verletzung sah ich nicht. Das Gesicht des Toten wirkte friedlich wie das eines schlafenden Kindes.

Erst als ich mich über ihn beugte, bemerkte ich die Wunde und richtete mich erschrocken auf. Offenbar war er mit einem Enterbeil oder etwas ähnlichem von hinten erschlagen worden. Der furchtbare Hieb hatte die Schädeldecke zertrümmert und war tief in das Gehirn gedrungen. Der Tod mußte auf der Stelle eingetreten sein. Das erklärte den friedlichen Ausdruck seiner Gesichtszüge. Die Lage der Wunde bewies, daß er seinen Mörder nicht gesehen hatte.

»Halten Sie das für einen Unfall, Captain Barclay?« fragte mein Zweiter Maat ernst.

»Sie haben völlig recht, Mr. Allardyce. Dieser Mann wurde ermordet, mit einer scharfen, schweren Waffe von hinten erschlagen. Aber wer war er, und warum hat man ihn umgebracht?«

»Er war ein einfacher Matrose, Sir«, sagte der Maat. »Das sieht man an seinen Händen.« Während er sprach, leerte er die Taschen des Toten aus und brachte einen Packen Spielkarten, ein Stück geteerter Schnur und einen Beutel mit brasilianischem Tabak zum Vorschein.

»Nanu, was haben wir denn da?« rief er und deutete auf ein neben der Leiche liegendes großes Schnappmesser. Die Klinge war blank und glänzend, demnach handelte es sich nicht um die Tatwaffe. Allerdings deutete der Fundort des Messers darauf hin, daß der Seemann es in der Hand gehalten hatte, als er den tödlichen Schlag empfing.

»Mir scheint, Sir, er wußte, daß ihm Gefahr drohte. Deshalb hielt er das Messer bereit. Jedenfalls können wir dem armen Teufel nicht mehr helfen. Aus den Paketen an den Wänden werde ich nicht recht schlau. Da scheinen Götzenbilder, indianische Waffen und anderer Krimskrams drin zu sein.«

»Ich weiß«, sagte ich. »Laut Frachtliste ist das der einzige Posten der Ladung, dessen Bergung sich lohnt. Signalisieren

Sie der Bark, sie sollen das andere Rettungsboot flottmachen und uns beim Abtransport helfen.«

Während der Abwesenheit von Allardyce besichtigte ich den merkwürdigen Plunder, den uns der Zufall beschert hatte. Die Kuriositäten waren so dick verpackt, daß sich nur ungefähre Schlüsse auf den Inhalt ziehen ließen. Einzig die gestreifte Truhe, die gerade in einem günstigen Licht stand, bot sich für eine genauere Inspektion an. Auf ihrem mit metallenen Ecken und Beschlägen versehenen Deckel prangte ein pompöses, eingraviertes Wappen. Darunter befand sich eine spanische Inschrift, die ich entziffern konnte: »Schatztruhe des Don Ramirez di Leyra, Ritter des Ordens des Heiligen Jakob, Gouverneur und Oberbefehlshaber von Terra Firma und der Provinz Veraquas.« In einer Ecke stand die Jahreszahl 1606, daneben klebte ein großer weißer Zettel mit dem Vermerk »Achtung! Unter keinen Umständen öffnen!« in englischer und spanischer Sprache. Das wuchtige, offenbar sehr komplizierte Stahlschloß trug auf seiner ziselierten Außenseite ein lateinisches Motto, das für einen einfachen Seemann wie mich allerdings zu hoch war.

Kaum hatte ich diese Untersuchung der merkwürdigen Truhe beendet, als auch schon das andere Boot mit Mr. Armstrong, dem Ersten Offizier, anlegte. Wir beluden es unverzüglich mit den verschiedenen verpackten Kuriositäten, die es als einzige noch wert schienen, vom verlassenen Schiff gerettet zu werden, und schickten es zurück zur Bark. Danach schaffte ich gemeinsam mit Allardyce, dem Zimmermann und einem Matrosen die gestreifte Truhe als letztes in unser Boot. Wir mußten sie genau ausgerichtet auf die beiden mittleren Ruderbänke stellen, andernfalls hätte ihr Gewicht dem leichten Fahrzeug eine gefährliche Neigung gegeben. Den Toten ließen wir zurück, wo wir ihn gefunden hatten.

Der Theorie des Maats zufolge hatte der Bursche zu plündern begonnen, statt sich an den Vorbereitungen zum geordneten Verlassen des Schiffs zu beteiligen, und war vom Kapitän, der die Disziplin aufrechterhalten wollte, mit einem Beil oder einem anderen schweren Werkzeug niedergeschlagen worden. Das klang plausibler als alle anderen Erklärungen, überzeugte mich aber auch nicht ganz. Doch auf dem Meer geschehen viele mysteriöse Dinge, und so begnügten wir uns damit, das Schicksal des toten Matrosen von der brasilianischen Brigg in die lange Liste unerklärlicher Begebenheiten einzureihen, von denen jeder Seemann zu berichten weiß.

Mit Tauen wurde die schwere Truhe an Deck der *Mary Sinclair* gehievt und von vier Matrosen hinunter in die Offiziersmesse transportiert, wo zwischen dem Tisch und den Wandschränken gerade noch genug Platz für sie war. Dort stand sie während unseres Abendessens. Nach dem Mahl leisteten mir die Maate noch etwas Gesellschaft; wir diskutierten bei einem Glas Grog die Ereignisse des Tages. Mr. Armstrong war ein hochaufgeschossener, dürrer, geierartig wirkender Mensch – ein exzellenter Seemann, jedoch berüchtigt wegen seiner Knauserigkeit und Habsucht. Unsere geborgenen Schätze hatten ihn in helle Aufregung versetzt. Mit glänzenden Augen spekulierte er bereits darüber, wieviel Geld jeder beim Aufteilen des Erlöses bekommen mochte.

»Wenn in den Frachtpapieren von einmaligen Stücken die Rede ist, kann man allerhand dafür verlangen, Mr. Barclay. Sie ahnen ja nicht, welche Traumpreise reiche Sammler zahlen! Tausend Pfund sind ein Klacks für die! Diese Reise wird jedem von uns ein hübsches Extrasümmchen einbringen, glauben Sie mir!«

»Ich glaube es nicht«, entgegnete ich. »Meiner Ansicht nach unterscheidet sich der ganze Plunder kaum von den üblichen südamerikanischen Kuriositäten.«

»Meinen Sie, Sir? Ich habe vierzehn Reisen dorthin gemacht, aber noch nie etwas Ähnliches wie diese Truhe gesehen. Allein wie sie dort steht, ist sie eine Menge Geld wert. Außerdem enthält sie, ihrem Gewicht nach zu urteilen, kostbare Dinge. Denken Sie nicht auch, wir sollten sie öffnen und nachsehen?«

»Sobald man sie aufbricht, wird sie beschädigt und in ihrem Wert gemindert«, warf der Zweite Maat ein.

Armstrong kauerte sich vor der Truhe nieder und neigte den Kopf seitwärts; seine lange dünne Nase berührte dabei fast das Schloß.

»Das Eichenholz ist im Laufe der Zeit ein wenig geschrumpft«, sagte er. »Mit einem Meißel oder einem stabilen Messer könnte ich die Verriegelung zurückdrücken, ohne irgend etwas zu beschädigen.«

Die Erwähnung eines Messers ließ mich an den toten Matrosen auf der Brigg denken.

»Vielleicht wollte er gerade die Truhe öffnen, und jemand erwischte ihn dabei«, meinte ich.

»Keine Ahnung, Sir, aber eins weiß ich hundertprozentig: Ich kriege das Schloß auf. Dort im Schrank liegt ein Schraubenzieher. Halten Sie die Lampe, Allardyce. Das werden wir gleich haben!«

»Halt!« sagte ich, denn er beugte sich bereits ungeduldig und mit gierig leuchtenden Augen über den Deckel. »Es besteht kein Grund zur Eile. Außerdem haben Sie den Zettel gelesen, der das Öffnen untersagt. Dieses Verbot mag etwas bedeuten oder auch nicht, auf jeden Fall fühle ich mich verpflichtet, es zu beachten. Schließlich läuft uns der Inhalt der Schatztruhe nicht davon. Sollte es sich dabei wirklich um Kostbarkeiten handeln, werden diese noch genausoviel wert sein, wenn wir die Truhe im Büro ihres Besitzers öffnen wie hier in der Messe der *Mary Sinclair.*«

Für den Ersten war meine Entscheidung eine herbe Enttäuschung.

»Sie sind doch nicht etwa abergläubisch«, murrte er und verzog seine schmalen Lippen verächtlich. »Wenn wir die Truhe aus der Hand geben, ohne zu wissen, was drin ist, betrügt man uns um unseren Anteil; außerdem – «

»Genug, Mr. Armstrong!« unterbrach ich ihn abrupt.

»Ich garantiere Ihnen, daß Sie Ihren rechtmäßigen Anteil bekommen werden, aber die Truhe bleibt zu!«

»Übrigens beweist der aufgeklebte Zettel, daß Europäer den Inhalt schon untersucht haben«, fügte Allardyce hinzu. »Nur weil es eine Schatztruhe ist, muß sie nicht unbedingt Schätze enthalten. Seit den längst vergangenen Tagen des Gouverneurs von Terra Firma haben bestimmt schon eine Menge Leute ihre Nase dort hineingesteckt.«

Armstrong warf den Schraubenzieher auf den Tisch und zuckte mit den Schultern.

»Ganz wie Sie meinen«, sagte er, doch obwohl wir dann den Rest des Abends über ganz andere Dinge sprachen, sah ich seinen gierigen Blick immer wieder zu der alten gestreiften Truhe wandern.

Und nun komme ich zu dem Teil der Geschichte, der mich noch heute mit Grauen erfüllt, wenn ich daran zurückdenke. Die Schlafkabinen der Offiziere gingen direkt von der Messe ab, nur meine lag etwas abseits, am Ende eines kleinen Ganges, über den man zur Treppe gelangte. Ich pflegte, außer in Gefahrensituationen, keine festen Wachen einzuteilen. Meine drei Maate machten das gewöhnlich unter sich aus. An jenem Abend übernahm Armstrong die mittlere Wache, die morgens um vier Uhr endet; danach sollte ihn Allardyce ablösen. Ich habe einen ziemlich tiefen Schlaf; meistens muß man mich an der Schulter rütteln, um mich aufzuwecken.

Jedoch in jener Nacht, oder besser gesagt im ersten Morgengrauen, erwachte ich. Es war genau halb fünf auf meinem Chronometer, als ich mich hellwach und verstört auf meiner Pritsche aufsetzte. Ich glaubte, eine Art Krachen und einen anschließenden menschlichen Schrei gehört zu haben. Ich lauschte, doch nun war alles still. Dennoch konnte ich mir diesen gräßlichen Schrei nicht eingebildet haben – zu deutlich klang er mir noch im Ohr. Er mußte aus unmittelbarer Nähe gekommen sein. Ich sprang aus der Koje, schlüpfte in ein paar Kleidungsstücke und tappte hinüber in die Offiziersmesse.

Zuerst bemerkte ich dort nichts Ungewöhnliches. Alles sah im kalten grauen Morgenlicht unverändert aus: der Tisch mit der roten Tischdecke, die sechs Drehstühle, die Wandschränke aus Walnußholz, das Schleuderbarometer, die große gestreifte Truhe in der Ecke. Ich wollte mich schon umwenden, um an Deck zu gehen und den Zweiten Maat zu fragen, ob er etwas gehört habe, als mein Blick plötzlich auf etwas Längliches fiel, das unter dem Tisch hervorragte. Es war ein Bein – ein Bein mit einem langen Seemannsstiefel. Ich bückte mich. Unter dem Tisch lag ein Mensch in gekrümmter Haltung, das Gesicht nach unten, die Arme nach vorn geworfen. Ein Blick genügte, um festzustellen, daß Armstrong, mein Erster Maat, tot war. Im ersten Moment verschlug es mir den Atem. Dann hastete ich nach oben, rief Allardyce und kehrte mit ihm in die Messe zurück.

Gemeinsam zogen wir den armen Kerl unter dem Tisch hervor. Als wir seinen blutenden Schädel sahen, blickten wir einander stumm an. Ich weiß nicht, wer von uns beiden blasser aussah.

»Genau wie bei dem brasilianischen Matrosen«, sagte ich.

»Haargenau! Gott stehe uns bei! Das war die verfluchte Truhe. Sehen Sie das da, in Armstrongs Hand!«

Er hob die rechte Hand des Offiziers an – und richtig, sie hielt noch den Schraubenzieher umklammert, den er am Abend zuvor hatte benutzen wollen.

»Er muß sich an der Truhe zu schaffen gemacht haben, Sir. Er wußte, daß ich auf Deck war und Sie schliefen. Er kniete sich davor nieder und drückte mit dem Schraubenzieher den Riegel des Schlosses zurück. Dann passierte etwas, er schrie und weckte Sie auf.«

»Allardyce«, flüsterte ich, »*was* ist passiert?«

Der Zweite Maat faßte mich am Ärmel und zog mich in seine Kabine.

»Hier können wir reden, Sir. Weiß man, wer uns sonst belauscht? Was meinen Sie, was sich in der Kiste befindet, Captain Barclay?«

»Bei meiner Seele, Allardyce – ich habe nicht die geringste Ahnung!«

»Nun, ich sehe nur eine einzige Möglichkeit, zu der alle Fakten passen. Erstens, die Größe der Kiste. Zweitens, die vielen Schnitzereien und Beschläge, die jede Menge Löcher verbergen können. Drittens, das immense Gewicht. Vier Mann mußten beim Transport der Truhe zupacken. Und das Entscheidende: Zwei Männer versuchten, sie zu öffnen, und wurden dabei getötet. Was kann das also nur heißen?«

»Sie meinen, daß ein Mann darin sitzt?«

»Aber natürlich! Sie wissen, wie es in diesen südamerikanischen Staaten zugeht, Sir. Eine Palastrevolution – und schon wird der Mann, der eben noch Präsident war, gejagt wie ein Hund. Ständig sind Leute auf der Flucht, um ihr nacktes Leben zu retten. Meiner Meinung nach hockt solch ein Desperado dort drin, der bewaffnet und zum Äußersten entschlossen ist. Er bringt jeden um, der ihn entdeckt.«

»Aber er muß doch essen und trinken!«

»Die Truhe ist geräumig, Sir, da paßt auch Proviant hinein. Möglicherweise hatte er einen Vertrauten unter der Besatzung der Brigg, der ihn mit dem Nötigsten versorgte.«

»Sie glauben also, der Zettel, der das Öffnen der Truhe verbietet, wurde zu seinem Schutz angebracht?«

»Jawohl, Sir, davon bin ich überzeugt. Oder sehen Sie eine andere Möglichkeit, die Fakten miteinander zu verbinden?«

Das mußte ich verneinen.

»Dann stellt sich die Frage, was wir tun sollen«, sagte ich.

»Der Mann ist ein gefährlicher Verbrecher, der vor nichts zurückschreckt. Am besten, wir legen ein Tau um die Truhe und schleppen sie eine halbe Stunde längsseits. Dann können wir sie beruhigt aufmachen. Vielleicht reicht es auch, wenn wir sie fest zubinden und den da drin verdursten lassen. Oder der Zimmermann könnte sie rundherum teeren und alle Luftlöcher verstopfen.«

»Hören Sie auf, Allardyce«, sagte ich ärgerlich. »Glauben Sie im Ernst, eine ganze Schiffsmannschaft müßte vor einem einzigen Mann in einer Kiste zittern? Wenn dort jemand drin hockt, hole ich ihn heraus!« Ich ging in meine Kabine und kehrte mit meinem Revolver in der Hand zurück. »Also los, Allardyce«, sagte ich. »Öffnen Sie das Schloß. Ich gebe Ihnen Feuerschutz.«

»Um Himmelswillen, Sir! Bedenken Sie, was Sie riskieren!« rief der Maat. »Zwei Männer sind dabei umgekommen, und das Blut des einen, dort auf dem Teppich, ist noch nicht einmal trocken!«

»Ein Grund mehr, ihn zu rächen.«

»Sir, lassen Sie mich wenigstens den Zimmermann dazuholen. Einen kräftigen Mann können wir noch brauchen. Schließlich sind drei besser als zwei.«

Allardyce ging und ließ mich mit der gestreiften Truhe allein in der Messe. Ich bin eigentlich kein ängstlicher Mensch, aber ich behielt den Tisch zwischen mir und diesem unheimlichen Überbleibsel aus der spanischen Kolonialzeit. Im zunehmenden Morgenlicht wurde das rot-weiße Streifenmuster sichtbar. Man unterschied die Schnecken- und Girlandenmotive auf den Beschlägen und die verspielten Muster der Schnitzereien, die von der liebevollen Mühe kunstfertiger Hände zeugten. Endlich kehrte der Maat mit dem Zimmermann zurück. Letzterer hielt einen Hammer in der Hand.

»'ne schlimme Sache ist das, Sir«, brummte er kopfschüttelnd, als er die Leiche des Maats betrachtete. »Und Sie glauben, jemand versteckt sich in der Kiste?«

»Daran besteht kein Zweifel«, sagte Allardyce. Er nahm dem Toten den Schraubenzieher aus der Hand und schob das Kinn vor – ganz wie jemand, der sich selbst Mut machen will. »Also gut, ich drücke jetzt die Verriegelung zurück, und ihr seid bereit. Wenn er auftaucht, hauen Sie ihm mit dem Hammer auf den Kopf, Zimmermann. Sir, schießen Sie sofort, sobald er auch nur die Hand hebt. Achtung, es geht los!«

Er kniete sich vor der gestreiften Truhe nieder und führte nun die flache Spitze des Werkzeugs in die Ritze unter dem

Deckel. Mit einem scharfen Klicken gab der Riegel nach. »Aufgepaßt!« rief der Maat und hievte den massiven Deckel mit einem kräftigen Schwung hoch. Als dieser schwerfällig nach oben klappte, wich ich, mit dem Revolver im Anschlag, genau wie der Zimmermann, der den Hammer hoch erhoben hielt, unwillkürlich ein Stück zurück. Dann, da nichts geschah, traten wir näher und spähten hinein. Die Truhe war leer.

Allerdings nicht ganz, denn in einer Ecke lag ein altmodischer, mit verschnörkelten Gravuren geschmückter Kerzenständer, der ebensoalt zu sein schien wie die Truhe selbst. Der gelbe Glanz des Metalls und die kunstvolle Form deuteten darauf hin, daß es sich um eine sehr wertvolle Antiquität handelte. Doch darüber hinaus befand sich nichts Schwereres oder Wertvolleres als Staub in der alten Schatztruhe.

»Das kann doch nicht sein!« rief Allardyce, verwirrt hineinstarrend. »Wo kommt denn bloß das Gewicht her?«

»Sehen Sie sich die Dicke der Wände an, des Deckels vor allem. Donnerwetter, er ist mindestens fünf Zoll stark. Außerdem sitzt an seiner Unterseite eine ziemlich kräftige Zugfeder aus Stahl.«

»Die soll wohl den geöffneten Deckel halten«, meinte der Maat. »Ja, sehen Sie, er fällt nicht zurück. Hier am Innenrand steht noch eine Inschrift, eine deutsche, wenn ich mich nicht irre.«

»Sie besagt, daß die Truhe von dem Augsburger Meister Johann Rothstein im Jahre 1606 angefertigt wurde.«

»Eine sehr solide Arbeit, zweifellos. Trotzdem wissen wir immer noch nicht, was hier passiert ist, Captain Barclay. Der Kerzenständer scheint aus Gold zu sein. Dann war unsere Mühe also doch nicht ganz umsonst.«

Er beugte sich vor, um ihn herauszunehmen. Seit jenem Moment weiß ich, daß es Vorahnungen gibt, denn ich packte ihn blitzschnell am Kragen und riß ihn zurück. Mag sein, daß mir in diesem Augenblick eine Erzählung über das Mittelalter in den Sinn kam, vielleicht hatte mein Blick etwas Rotes, das kein Rost war, am oberen Teil des Schlosses wahrgenommen – doch für mich und Allardyce wird meine prompte Reaktion stets das Werk einer Eingebung bleiben.

»Da steckt eine Teufelei dahinter«, sagte ich. »Bringen Sie mir den Krückstock aus der Ecke her.«

Es war ein gewöhnlicher Spazierstock. Ich führte den gekrümmten Griff über den Kerzenhalter und zog ein wenig. Wie Blitze schossen spitze, polierte Stahlfänge unter dem Deckel hervor, die große gestreifte Truhe schnappte nach mir wie ein Raubtier. Rumms! fiel der schwere Deckel wieder zu. Die Erschütterung ließ die Gläser im Wandschrank klirren. Allardyce taumelte gegen die Tischkante und zitterte wie ein verängstigtes Pferd.

»Sie haben mir das Leben gerettet, Captain Barclay!« stieß er hervor.

Das also war das Geheimnis der gestreiften Schatztruhe des Don Ramirez di Leyra. Nun wußten wir, wie er seine erräuberten Schätze aus Terra Firma und der Provinz Veraquas gesichert hatte. Mochte der Dieb noch so schlau sein, den vergoldeten Kerzenständer unterschied er nicht von den anderen Kostbarkeiten. Sobald er ihn berührte, wurden ihm von der gespannten Feder mörderische Stahlspieße in den Kopf getrieben. Da die hervorschnellenden Spieße das Opfer zurückstießen, konnte sich die Truhe wieder schließen. Wie viele Menschen, fragte ich mich, mochten der listigen Erfindung des Mechanikus aus Augsburg schon zum Opfer gefallen sein? Und als ich mir vorstellte, welches Unheil die unselige Truhe noch anrichten würde, war mein Entschluß rasch gefaßt.

»Zimmermann, holen Sie drei Leute und schaffen Sie sie an Deck!«

»Wollen Sie sie über Bord werfen, Sir?«

»Jawohl, Mr. Allardyce. Sie wissen, ich bin in der Regel nicht abergläubisch, aber es gibt Dinge, denen ein einfacher Seemann nicht gewachsen ist.«

»Kein Wunder, daß die Brigg mit diesem Teufelsding an

Bord in ein Unwetter geriet. Das Barometer fällt auch jetzt wieder sehr rasch, Sir. Wir dürfen keine Zeit verlieren!«

So warteten wir nicht einmal auf die Matrosen, sondern erledigten die Sache gleich selbst. Mit vereinten Kräften schleppten der Maat, der Zimmermann und ich die Truhe nach oben und stießen sie über die Reling. Ein weißer Schaumkreis spritzte auf, dann war sie verschwunden. Dort unten liegt sie nun, die gestreifte Truhe, in gut eintausend Faden Tiefe, und sollte einst, wie es heißt, der Grund der See zu trockenem Land werden, bedauere ich jetzt schon den Menschen, der die alte Kiste findet und auf ihren Inhalt neugierig ist.

Nachwort

Ein anderer Conan Doyle?

Arthur Conan Doyle erlebte als erster moderner Kriminalautor der Literaturgeschichte die Vor- und Nachteile großer Popularität ganz unmittelbar. Den finanziellen Vorteilen stand der Zwang gegenüber, die drängende Nachfrage der Verleger und Leser nach Sherlock-Holmes-Geschichten laufend zu befriedigen. Gegen diese ständige Einengung seines Schaffens wehrte er sich – manchmal nicht ganz ohne Koketterie, dann wieder sehr ernsthaft, zu Beginn seiner Laufbahn jedenfalls ausgesprochen heftig. Er schreckte nicht einmal davor zurück, seine überaus populäre Detektivfigur umzubringen, um sich ungestört als »besserer« Autor betätigen zu können. »Ich denke daran, Holmes in der sechsten [Geschichte] zu erschlagen [...] Er hält meinen Geist von besseren Dingen ab«, schrieb er bereits 1891 in einem Brief an seine Mutter. Die Untat, ausgeführt 1893 mit Sherlock Holmes' Sturz in den Wasserfall bei Reichenbach, war freilich kein perfekter Mord, und so konnte der in der Versenkung Verschwundene Jahre später wieder auftauchen.

Die von Conan Doyle beklagte und bekämpfte Dominanz der Holmes-Figur über sein literarisches Werk wurde nach seinem Tode erdrückend. Während die Detektivgeschichten ungezählte Neuauflagen erlebten, gerieten seine anderen Bücher zunehmend in Vergessenheit. Erst etwa seit dem fünfzigsten Todestag Conan Doyles (1980) gibt es Bestrebungen einzelner Verlage, den deutschsprachigen Lesern zu zeigen, daß sich die literarische Leistung und Originalität dieses Autors keineswegs darin erschöpfen, der Erfinder des Sherlock Holmes zu sein.

Ursprünglich war mein Motiv für diese Auswahl Doylescher Abenteuergeschichten ein vergleichbares. Ich wollte jene Seiten aufzeigen, die der ausschließliche Sherlock-Holmes-Leser bei Conan Doyle nicht vermutet: Fabulierfreude, Witz, Ironie und einen ziemlich grimmigen schwarzen Humor; erzählerische Qualitäten, die ihn in die Nähe von Stevenson, Kipling und Poe rücken. Doch dann wurde mir klar, daß es hier keine wasserdichten Trennungen gab. Denn neben den Unterschieden wurden auch die Übergänge sichtbar, die zwischen dem »Kanon« (wie die Holmes-Saga von den Fans genannt wird) und dem Gesamtspektrum der Doyleschen Kurzprosa bestehen.

Gleich die erste Geschichte stieß mich förmlich mit der Nase darauf. »Es ist ja schon alles da!« notierte ich mir, als ich *Das Geheimnis des Sasassa-Tals* gelesen hatte. Erstaunlich, daß dieser frühe Text bereits alle wesentlichen erzählerischen Grundmomente der Holmes-Stories enthält: Es ist die Geschichte einer Detektion, die von einem scharfsinnigen Menschen vollbracht und von seinem wesentlich langsamer begreifenden, verblüfften Freund berichtet wird. Unwesentlich, daß hier kein Verbrechen vorliegt, sondern ein rätselhaftes, scheinbar dämonisches Geschehen, das, rational entschlüsselt, schließlich zu einem Diamantenfund führt. Die Kombination von Rätsel, logischer Rekonstruktion und Bericht des erstaunten Gefährten ist bereits vorhanden, sieben Jahre vor der *Studie in Scharlachrot,* dem Debüt des Sherlock Holmes. Und was ich ebenfalls nicht vermutet hatte vor der Sichtung der Texte: daß Doyle während seiner gesamten literarischen Laufbahn Geschichten schrieb, in denen er sich dieser Momente, wenn auch in unterschiedlicher Gewichtung, bediente. Die Sherlock-Holmes-Saga ist sozusagen eingebunden in eine ganze Reihe strukturell verwandter Erzählstücke. Besonders bekannt geworden sind davon *Der verschwundene Sonderzug* und *Der Mann mit den Uhren.* Ich habe mit *J. Habakuk Jephsons Bericht* und *Die gestreifte Truhe* zwei weniger bekannte aufgenommen. Ähnlich wie *Das Geheimnis des Sasassa-Tals* ließe sich *Die gestreifte Truhe* ohne weiteres in eine Sherlock-Holmes-Geschichte verwandeln; man brauchte nur den schottischen Maat durch den consulting detective und den Kapitän durch Dr. Watson zu ersetzen.

Freilich zeigt das Gedankenexperiment auch, daß Holmes & Watson auf den Planken eines Seglers fehl am Platz wären. Sie sind urbane Ermittler mit großstädtischem Aktionsraum (trotz gelegentlicher Ausflüge in die ländliche Umgebung Londons) und insofern ungeeignet, ein Doylesches Faszinosum zu gestalten: die Seefahrt. Einschlägige Erfahrungen sammelte er auf zwei längeren Seereisen, die er während seines Medizinstudiums, beziehungsweise unmittelbar danach, als Schiffsarzt unternahm: 1880 ging es mit einem Walfänger für sieben Monate in arktische Gewässer, 1881 mit einem Handelsschiff an die Westküste Afrikas. Besonders die erste Reise beeindruckte ihn tief und inspirierte ihn zu der romantischen Seegeschichte *The Captain of the Pole Star* (1885), die er später als Titelerzählung für seinen ersten Erzählungsband verwendete. Darüber hinaus schrieb Doyle noch mehrere maritime Abenteuergeschichten, unter denen zwei längere Erzählungen über den Piratenkapitän Sharkey besonders herausragen. Eine ähnliche Faszination wie das Meer gewann für ihn die Weite der Wüste, die er bei seiner Ägyptenreise 1895/96 kennenlernte. Einen Begriff davon vermittelt die

Erzählung *Drei Korrespondenten.* Umfassender und mit suggestiver Eindringlichkeit inszenierte er diesen Topos in dem philosophisch hintergründigen Roman-Thriller *The Tragedy of the Korosko* (1898), der ein Drama von Entführung und Mord in der sudanesischen Wüste schildert.

Conan Doyle war der geborene Geschichtenerzähler, aber er achtete sein Talent zunächst nicht. Das Geschichtenerzählen, ganz wörtlich gemeint: das freie Imaginieren, das Fabulieren vor Zuhörern, fiel ihm leicht. Schon der jugendliche Vielleser erlangte unter seinen Schulkameraden eine gewisse Popularität, indem er abends im Schlafsaal des Internats endlose Geschichten von Räubern, Piraten und Skalpjägern erzählte. Kurz nach dem Erscheinen seiner ersten Geschichte lieferte der Medizinstudent weitere Proben seines Fabuliertalents, nämlich mehr als zehn zum Teil längere Abhandlungen über Freilandphotographie, die zwischen 1881 und 1883 in angesehenen Fachjournalen veröffentlicht wurden. Damals steckte die Photographie noch in den Kinderschuhen; die Apparate waren riesig, die Aufnahmen wurden hauptsächlich im Studio gemacht. Aber Doyle berichtete von erstaunlichen Exkursionen unter Überschriften wie »Auf Kamerajagd nach Kormoranen«, »Mit der Kamera an der Sklavenküste« oder »Trockene Platten auf nassem Moor«, meist in der Form eines Erlebnisberichts zweier oder dreier Freunde, mit eingestreuten Dialogen. Übrigens taucht hier erstmalig der Name Holmes auf. Allerdings wird Doyle heute kein Platz als Pionier der Photographie eingeräumt, denn Experten bezweifeln, daß er damals überhaupt eine Kamera besaß. Er hatte jedoch einen Freund, der sich intensiv mit Photographie beschäftigte und selbst ein eigenes Emulsierverfahren für die Platten entwickelte (William K. Burton). Die Artikel zeugen also in erster Linie von Doyles Phantasie und seinem sicheren Gespür für die amüsante, teils sogar spannende erzählerische Darbietung einer ansonsten eher trockenen Materie. Es wurden immer neue Beiträge von ihm verlangt. Und man hätte auch gern sein erstaunliches einbeiniges Kamerastativ gesehen, das er angeblich erfunden und so erfolgreich im Moor verwendet hatte, aber da zeigte sich der Verfasser auf einmal recht zugeknöpft.

Schließlich sei darauf hingewiesen, daß Doyle für viele seiner Geschichten eine Lektüresituation des Vorlesens bzw. gemeinschaftlichen Zuhörens vorschwebte (wie sie sowohl in seinem Elternhaus als auch in seiner eigenen Familie gepflegt wurde). Im Vorwort zu *Round the Fire Stories* (1908) erklärte er fast im Stil einer Gebrauchsanweisung, er habe in diesem Band Erzählungen zusammengestellt, »die man an einem Winterabend am Kaminfeuer lesen kann. Dies wäre die ideale Atmosphäre für solche Geschichten, wenn ein Autor den Ort und die Zeit bestimmen könnte, wie ein Künstler das Licht und den Platz für sein Bild wählt. Sollte ihnen jedoch die glückliche Gabe zu eigen sein, jedermann an anderen Orten und zu beliebigen Zeiten zu erfreuen, so ist ihr Autor auch sehr zufrieden«.

Conan Doyle stellte seine Kurzprosa stark in die Traditionen des mündlichen Erzählens. Das erklärt die Ökonomie seines Gestaltens (die knappe, aber doch plastische Charakterisierung von Figuren und Situationen), die formal schlichte, antimodernistische Darbietungsweise und vor allem die frappierend häufig benutzte personale (Ich-)Erzählperspektive. Diese Geschichten fielen ihm leicht, er schrieb sie schnell, ohne große Vorbereitung und, wie seine Manuskripte belegen, oft auch ohne wesentliche Änderungen nieder. Und deshalb hielt er anfangs auch nicht viel von ihnen, sondern betrachtete sie als Mittel des Gelderwerbs, um sein Studium und später dann seine ehrgeizigeren literarischen Pläne zu finanzieren: seine historischen Romane – er schrieb vier davon zwischen 1886 und 1906. In diese allerdings investierte er viel Mühe, sowohl bei der Recherche als auch bei der Ausarbeitung. Für *The White Company* (1891) zum Beispiel las er, wie seine Witwe später erwähnte, sechzig Bücher: über Heraldik, Rüstungen, Waffen, Falknerei, mittelalterliche Sitten und Gebräuche der Bauern, Umgangsformen des Landadels usw. In seiner Autobiographie *Memories and Adventures* (1924) erinnert er sich, wie er nach dem Abschluß des rund fünfhundertseitigen Opus stolz ausrief: »Das werde ich niemals übertreffen!« und die tintenbekleckste Feder an die »enteneiergrüne Tapete« der gegenüberliegenden Wand schleuderte. Conan Doyle hing ursprünglich der Vorstellung an, nur was Schweiß und Mühe gekostet habe, könne etwas taugen. Diese quasi leistungssportliche Kunstauffassung, die in seinen Literaturbetrachtungen aus dem Jahre 1894 (erst 1907 unter dem Titel *Through the Magic Door* in Buchform veröffentlicht) noch anklingt, hat er erst allmählich revidiert. Der Grund oder die Folge dessen war, daß er auch mit seiner Kurzprosa zunehmend die ihm besonders wichtigen historischen Stoffe behandelte. Die für ihn naheliegende Synthese von historischem Sujet und kurzer Form verwirklichte er in den Abenteuergeschichten um den Brigadier Gerard (in einem Folgeband mit »Abenteuern aller Art«) und konsequenter noch in den »Impressionen« des Bandes *The Last Galley* (1911), welche, nach dem Prinzip der Historienmalerei verfahrend, dramatische Wendepunkte der Weltgeschichte in Szene setzen.

Was Conan Doyle aus eigenem Erleben oder purer Phantasierlust zum Erzählen reizte, war nach Stoff und Behandlungsart ungemein breit gefächert und paßte nur zu einem kleinen Teil in den Sherlock-Holmes-Rahmen: Geschichten von Krieg, Sport, Bewährung und Vergeltung; Nervenzerrendes nach authentischen Vorfällen; Phantastisches, entweder in Science-fiction-Manier in den Bahnen des wissenschaftlich Vorstellbaren bleibend oder als entwaffnend naive Fantasy-Träumerei ohne intellektuelles Kalkül, ganz aus dem Gefühl kommend und zum Märchenhaft-Wundersamen tendierend. Die diversen Facetten seines Schaffens sollen dieser erste und ein folgender Band mit »Abenteuern aller Art« dokumentieren.

Die Vielseitigkeit des Schriftstellers Arthur Conan Doyle entzieht sich pauschalen Urteilen. Als Kurzprosa-Autor charakterisiert ihn jedoch treffend ein Satz, den ich in einem Jubiläumsartikel fand: »Überhaupt war er, trotz einer gewissen Pedanterie, unfähig, etwas wirklich Langweiliges zu schreiben.« (Tom Appleton, *Der Doktor, der Detektiv und der rätselhafte Mr. D.*, 1990)

Berlin, im August 1992 Reinhard Hillich

Anmerkungen

Das Geheimnis des Sasassatals
The Mystery of Sasassa-Valley
Erschien anonym im ›Chambers's Journal‹ vom 6. September 1879. Es war Conan Doyles erste literarische Veröffentlichung, wenngleich er, zu der Zeit Medizinstudent an der Universität von Edinburgh und ständig in finanziellen Nöten, noch nicht an eine schriftstellerische Laufbahn dachte, sondern die Literatur lediglich als seine »Milchkuh« ansah. 1889 erschien die Geschichte nochmals in einem von James Hogg zusammengestellten Band mit Texten, die mitsamt den Rechten an Zeitschriften verkauft worden waren. Doyle bezeichnete diesen Band (*Mysteries and Adventures,* ab 1891 unter dem Titel *The Gully of Bluemansdyke*) nicht ganz zu Recht als eine »Piratenausgabe« von Geschichten, die er noch als »halber Junge« geschrieben habe: »Es ist hart für mich, daß man diese jugendlichen Ergüsse in dieser Dreigroschenaufmachung herausgebracht hat [...] Je weniger man sie bespricht oder liest, desto besser.« Er reagierte wohl vor allem deshalb so brüsk, weil der Band einer von ihm selbst zeitgleich herausgegebenen Sammlung mit frühen Erzählungen (*The Captain of the Pole Star,* 1890) Konkurrenz machte.

Schrecken in der Landeinsamkeit
A Pastoral Horror
Erstmals 1890 veröffentlicht in der englischen Zeitschrift ›People‹. Die Story ist mit Mary Shelleys *Frankenstein* (1818) verglichen worden; ebensogut könnte auf Ähnlichkeiten mit Stevensons *Strange Case of Dr. Jekyll and Mr. Hyde* (1886) hingewiesen werden. Die Wahl des Schauplatzes geht auf den Aufenthalt des sechzehnjährigen Conan Doyle an der von Jesuiten geführten Internatsschule von Feldkirch in der österreichischen Region Vorarlberg zurück. Nach der Reifeprüfung 1875 wurde er dorthin geschickt, um seine Deutschkenntnisse aufzubessern und sich auf sein Medizinstudium vorzubereiten. Das Jahr in Feldkirch (bis zum Sommer 1876) blieb Doyle stets als das glücklichste seiner Schulzeit in Erinnerung, da die Zöglinge recht human behandelt und ordentlich verpflegt wurden. In der deutschen Sprache machte er indessen keine großen Fortschritte, denn die Gruppe der etwa zwanzig englischen und irischen Schüler blieb in der Freizeit unter sich. Dies rächte sich später,

als er 1891 zu einer augenärztlichen Spezialausbildung für ein halbes Jahr nach Wien ging: Er war kaum imstande, den Vorlesungen zu folgen, und gab es nach zwei Monaten ganz auf. Die meiste Zeit hatte er sich ohnehin mit dem Manuskript des phantastischen Romans *The Doings of Raffles Haw* (1892) beschäftigt.

Katalognr. 249
Lot No. 249
Erstveröffentlichung 1892 im amerikanischen ›Harper's Monthly Magazine‹, wurde in den Sammelband *Round the Red Lamp* (1894) aufgenommen, der abenteuerliche Begebenheiten aus dem Arztmilieu beinhaltet. (Eine rote Lampe am Hauseingang war damals das Zeichen für einen allgemein praktizierenden Arzt.) Der medizinische Aspekt ist in diesem Text allerdings eher marginal. Ursprünglich sollte der Band den Titel *Dream and Drama* tragen.

Plantagenets: Mittelalterliche Aristokratenfamilie, gegründet von Geoffrey of Anjou, aus der mehrere englische Könige hervorgingen, angefangen von Henry II. bis Richard III. Doyles Mutter, die sich intensiv mit Heraldik und Genealogie beschäftigte, verfolgte die Ahnenreihe ihrer Familie zurück und entdeckte eine Verbindung zu den Plantagenets – ein Umstand, der die Erziehung des jungen Conan Doyle (zu ritterlichen Tugenden) bestimmte und so den Grundstein für einige seiner historischen Romane und Erzählungen legte.

J. Habakuk Jephsons Bericht
J. Habakuk Jephson's Statement
Doyles erste Erzählung, die von einem angesehenen Magazin, dem ›Cornhill Magazine‹, angenommen und abgedruckt wurde (1884), allerdings ohne Verfasserangabe. Der rätselhafte Fall der *Marie Céleste* ist historisch verbürgt: Im Dezember 1872 wurde die Brigantine unter vollen Segeln, aber ohne Besatzung, zwischen Lissabon und den Azoren entdeckt. Conan Doyle spann sein abenteuerliches Seemannsgarn so geschickt um die Fakten, daß die Geschichte als tatsächlicher Bericht bzw. als ernsthafte Rekonstruktion des unerklärlichen Geschehens aufgefaßt wurde. Noch 1913 brandete im ›Strand Magazine‹ eine Leserdiskussion um die Schiffstragödie und die Wahrscheinlichkeit von Conan Doyles Darstellung auf. Einige Züge der Erzählung erinnern an Robert Louis Stevensons *Schatzinsel.* Der noch völlig unbekannte Autor durfte sich zu Recht geschmeichelt fühlen, als ein Kritiker den ungezeichneten Text Stevenson zusprach und ihm Poesche Qualitäten bescheinigte. Wahrscheinlich ließ sich Doyle zu seiner Version von dem Fall des briti-

schen Schiffs *Flowery Land* inspirieren, unter dessen bunt zusammengewürfelter Besatzung 1863 eine Meuterei ausbrach und zu einem Massaker führte. Der Fall wurde vor dem Londoner Kriminalgericht Old Bailey verhandelt; Doyle griff ihn 1899 in seinem Bericht *A True Story of the Tragedy of the ›Flowery Land‹* auf, der den Auftakt für eine Serie nacherzählter authentischer Verbrechen bilden sollte. Das Motiv des rätselhaften Verschwindens von Schiff und Besatzung behandelte Doyle noch einmal in der romantischen Abenteuergeschichte *The Fate of the Evangeline* (1885).

Laudanum: eine schwache Opiumlösung, die als Schmerzmittel verwandt wurde.

Drei Korrespondenten
The Three Correspondents
Erstveröffentlichung 1896 im ›Windsor Magazine‹. Auf ärztliches Anraten verbrachte Conan Doyle mit seiner an Tuberkulose erkrankten Frau Louise die Winter- und Frühjahrsmonate 1885/86 in Ägypten. Dort erreichte ihn die Nachricht von einem drohenden Krieg zwischen den vorrückenden Truppen der britisch-ägyptischen Kolonialarmee unter dem Kommando Lord Kitcheners und arabischen Aufständischen, die von Kalif Mahdi geführt wurden. (Es ging um ein Wüstengebiet, »Ägyptischer Sudan« genannt, aus dem die Briten 1885 ihre Truppen zurückgezogen hatten, und das nun erneut besetzt werden sollte.) Doyle bot sich telegraphisch der ›Westminster Gazette‹ als Sonderkorrespondent (ohne Bezahlung) an und reiste nach Assuan. Dort sollte er sich mit einer Gruppe von vier britischen Journalisten einem Kavallerieregiment anschließen, das zur Frontlinie verlegt wurde. Die Journalisten brachen jedoch nachts heimlich auf, um Wadi Halfa eher zu erreichen. Die Geschichte verdankt ihre Entstehung diesem Kamelritt, bei dem eigentlich nichts Spektakuläres geschah, außer daß ihnen bei einer Rast ein martialisch wirkender arabischer Krieger begegnete (der sie ignorierte). Die Figuren des Mortimer und des Scott sind den mitreisenden Sonderkorrespondenten der ›Times‹ (Knight) und der ›Daily News‹ (Scudamore) nachgestaltet. An der Front fiel, solange sich Doyle dort aufhielt, kein einziger Schuß.

Bei dem als Autor eines militärischen Handbuches erwähnten Wolseley handelt es sich um Field-Marshal Lord Garnet Joseph Wolseley (1833–1913), den damaligen obersten Armeeführer; Doyle lernte ihn 1898 bei einer Feldübung der Armee persönlich kennen.

Die neue Katakombe
The New Catacomb
Erschien zuerst unter dem Titel *Burger's secret* in *The ›Sunlight‹ yearbook 1898,* dann in *The Green Flag,* einer Sammlung von Kriegs- und Sportgeschichten (1900).

Es existiert eine deutsche Übersetzung dieser Geschichte, in der anstatt des Deutschen Julius Burger ein Däne namens Peter Jansen auftaucht. Da es sich um eine autorisierte Übersetzung handelt, dürfte diese Änderung im Einvernehmen mit Conan Doyle vorgenommen worden sein. Eine entsprechend variierte englische Textfassung konnte nicht ermittelt werden. Vgl. Conan Doyle: *Die neue Katakombe und andere Geschichten.* Rechtmäßige Übersetzung von R. Lauterbach und A. Gleiner. Berlin: Neufeld & Henius 1930. S. 53–82 (= Lutz Kriminalromane 2).

Das Abenteuer vor dem Außenministerium
A Foreign Office Romance
1894 in acht Zeitschriften veröffentlicht, erschien dann 1900 in *The Green Flag.*

Lacours Beschäftigung mit dem Koran signalisiert etwas von der intensiven weltanschaulichen Suche, die Conan Doyles Abwendung vom Katholizismus (seit 1882) und sein Interesse für spiritistische Phänomene begleitete. Okkulte Aspekte des Buddhismus spielen im Roman *The Mystery of Cloomber* (1888) eine zentrale Rolle.

Kléber, Jean-Baptiste (1753–1800): Architekt und Offizier. Segelte 1798 unter Napoleon Bonapartes Kommando nach Ägypten, war dort ab August 1799 der militärische Oberbefehlshaber. Ein junger Syrer erdolchte ihn am 14. 6. 1800 in Kairo. Der Attentäter wurde in einer öffentlichen Hinrichtung vier Stunden lang gepfählt.

Pitt, William »der Jüngere«, Earl of Chatham (1759–1806): Britischer Premierminister und Führer der Tories. Betrieb eine restriktive Innenpolitik, die sich gegen die nach französischem Vorbild entstandenen politischen Clubs in England richtete. Zu seinen außenpolitischen Aktivitäten, auf die hier angespielt wird, gehört seine militärische Unterstützung der französischen innenpolitischen Opposition (Vendée usw.), mit der er die Truppen Frankreichs im Land binden und die militärische und ideologische Expansion des revolutionären Frankreichs erschweren wollte.

Talleyrand-Périgord, Charles Maurice de (1754–1838): Geistlicher, später äußerst wendiger Staatsmann unter Bonaparte. War 1797–1807 und 1815–1830 Frankreichs Außenminister, zwischenzeitlich auch Chef der Provisorischen Regierung (1814–1815).

Bow Street Runners: eine vom Londoner Friedensrichter und Schriftsteller Henry Fielding um 1750 gebildete Polizeitruppe, benannt nach dem Gerichtssitz in der Bow Street.

Die gestreifte Truhe
The Striped Chest
Erstveröffentlichung 1897 im ›Pearson's Magazine‹, erschien dann in ›The Green Flag‹ (1900).

Quellenverzeichnis

Den Übersetzungen liegen folgende Texte zugrunde:

The Mystery of Sasassa Valley; A Pastoral Horror. In: The Unknown Conan Doyle. Uncollected Stories. Compiled and with an introduction by John Michael Gibson and Richard Lancelyn Green. London: Secker & Warburg 1982.

Lot No. 249. In: A. Conan Dolye: Round the Red Lamp. Being facts and fancies of medical life. Leipzig: Tauchnitz 1895. (= Collection of British authors. Tauchnitz Ed. Vol. 3040).

The Striped Chest; The Three Correspondents; The New Catacomb; A Foreign Office Romance. In: A. Conan Doyle: The Green Flag, and other stories of war and sport. Leipzig: Tauchnitz 1900. (= Collection of British authors. Tauchnitz Ed. Vol. 3425).

J. Habakuk Jephson's Statement. In: A. Conan Doyle: The Captain of the Pole Star. Leipzig; Tauchnitz 1891. (= Collection of British authors. Tauchnitz Ed. Vol. 2762).